国家社会科学基金项目《信息时代资本主义研究》最终成果

北京市马克思主义研究基金资助出版

# 信息时代
# 资本主义研究

## XINXI SHIDAI
## ZIBENZHUYI YANJIU

陶文昭　著

人民出版社

# 目 · 录

# 前　言

　　有关资本主义的研究，是近年来学术界的一个热点。关于当代资本主义尤其是涉及全球化资本主义的书籍文章为数众多。熟知的学术同仁中，不少人有这个方面的著述。在这种背景下出版这本关于资本主义研究的著作，既是置身学术潮流之中，但又想在其中另辟蹊径。因此，在前言中对全书的构想先做一个交代，确有必要。

　　本书名在"资本主义"之前冠上"信息时代"，据我所知的国内著作还是少见的。之所以如此，并非只是出于标新立异。大约10年前信息化浪潮在中国兴起的时候，我就开始涉入了这个领域，以一个略有工科背景的政治学者眼光，探究信息化对社会发展的影响。当初的卷入也许是一种机缘，但学术的旨趣加上研究的路径依赖，使我在这个领域有点一发不可收的感觉。当年我曾设想对信息时代的政府、民主和社会等三大问题进行逐一研究，如今昔日带有浪漫主义的设想在不知不觉中演化为现实。最近一些年，我先后获得了国家社科基金项目"信息化与社会主义"、"信息时代的资本主义研究"，教育部人文社会科学项目"电子政府引论"、"电子民主研究"的资助，以及在美国和韩国有关课题的访学。这些项目大多已经完成，《电子政府研究》已由商务印书馆出版，其他的成果也在积淀并预期出版。这本《信息时代资本主义研究》是国家社会基金项目的成果。

常读书的人都有一种感觉，同一主题的书籍读一两本还觉得新鲜，看多了就觉得大同小异，甚至人云亦云。关于资本主义的著述难免也有这样的情况。作为读者，我也有同样的感受。但作为学者，我却理解其中的苦衷。就各种研究资本主义的书籍而言，虽然书名不同，但客观研究的对象都是一样的，专业学者的基本思路也有一定程式，因此写出来的作品肯定有相当的共性。本书恐怕也跳不出这个三界之外。本书所能做的，是在不回避"大同"的同时，试图努力地追求"小异"。我试图在这样几个方面着力。一是在研究视角上，突出信息化网络化的特色。本书的研究对象是当代资本主义。对象一样，但观察的视角可以有区别。本书着力从新技术尤其是信息技术的角度，解读当代资本主义的各个方面。二是在结构内容上，本书采取常规的经济、政治、文化、社会、国际、发展的大逻辑。这是学者所常用的结构体系，也为读者提供理解上的方便。但是在具体内容上，本书在兼顾完整性的基础上，不面面俱到，而是突出一些特殊的或特色的问题。之所以只选取这些问题，既是因为这些问题比较重要而且比较新颖，也是出于作者学术强点的考虑。三是在学术立意上，本书尽量压缩一般性的论述，尽可能多地提供新视角、新资料和新观点，着眼于知识增量。以上这些反映本人对学术著作的一种看法，即逻辑过于完整、内容过于丰厚的著作，外在的完善往往损害内在的追求。在外在与内在之间，我宁愿选择虽不完善但能更多地反映个人的学术触角和特色的形式。

本书的主要内容和观点概要如下。在经济方面着重讨论新计划经济、温特制和非物质劳动三个问题。计划经济与市场经济是当代两种主要的也是相互竞争的经济体制，信息技术对两者都产生了影响。一些学者以迅猛发展的信息技术为支点提出了新计划经济论。另一些学者则认为信息技术与计划经济相矛盾，信息技术与市场经济形成了互动。资本主义生产模式经历了福特制到后福特制的转变，信息时代产生了新型的温特制。温特制首先和主要出现于信息产业，并扩展和影响到其他产业。信息时代产业变迁中，服务业等的兴起使得非物质劳动成为新的课题。劳动性质的变化毋宁是更为深刻的时代变化。在政治方面着重谈论社会阶层的变化、民主参与、专家治国以及新型社会运动等。一些学者提出了教育和知识在新的阶层划分中的举足轻重的地位，并以此观察新的社会结构。信息技术提供了新的民主手段，民主参与成为未来的新趋势。信息时代的社会愈加复杂，专家地位的上升，需要在专家治理和民主参与之间进行新的平衡。在信息化大潮中，出现了包括自由软件运动等在内的新型技术运动，这是政治发展的一个新趋势。在文化和社会方面着重讨论贝尔的文化矛盾、福山的社会分裂理论以及数字鸿沟等

3

等。信息时代不是天然的和谐社会，贝尔认为资本主义经济、政治和文化三大领域形成了剧烈的对立和冲突，文化陷入危机之中。福山从犯罪的增加、家庭的解体和信任的衰落等，揭示了技术进步中社会的裂解。数字鸿沟使得资本主义在财富分化之上出现了新的社会分化。这些新的矛盾和危机呼唤着新的社会价值。在全球化方面着重以网络结构解读当今的全球现象。各种实体与全球网络处于不同关系之中。既有一些国家利用网络的联接实现了发展的跳跃，也有更多国家在网络中处于边缘化的甚至断裂的位置，被称为第三乃至第四世界。还出现了为数不少的另类或病态的网络联接，诸如犯罪的全球化等等。在国际格局方面着重探讨霸权主义和恐怖主义的两极。信息时代催生了美国的霸权尤其是软霸权的扩张。与此同时，恐怖主义借助网络化推出了无领袖抵抗和不对称攻击等新策略。从技术角度，信息时代的资本主义发展到了一个新的阶段。资本主义的矛盾出现了新的变化，最新的全球金融危机是这种矛盾的暴露。信息时代将仍然是社会主义和资本主义长期竞争的时代。社会主义从长期看具有竞争上的优势。通过面向时代的变革从而在竞争中最终胜出，是摆在社会主义国家面前的长期的战略任务。

对于信息时代资本主义的以上问题，本人最近几年有过多方面的具体的思考，也在学术期刊上发表过一些相关的文章。本书对这些年的思考和成果进行了整合。然而，信息时代资本主义是一个新的课题，国内外的研究都才起步，尤其是本人对许多问题的领悟还没有贯通，因此本书存在的缺点是显而易见的。本书旨在起到抛砖引玉的作用，最大的愿望是能引起学界和社会对信息时代的社会问题予以更多的和更严肃的关注。

本书的研究得到国家社会科学基金的资助，出版得到北京市马克思主义研究基金的资助。在研究过程中，参阅了大量的国内外学者的文献，以及更为大量的互联网上的无名文献。人民出版社的杜文丽女士富有成效的工作，使得本书得以面世。在此对他们一并表示感谢。

# 第 一 章

# 经济运行的新视角

信息时代的来临,资本主义经济发生了许多新变化。这种变化引发了对经济发展内在机制的新思考。本章在回顾技术革命推动资本主义不断变迁的基础上,简要介绍信息时代资本主义经济的主要特征,着重讨论温特制、新计划经济和非物质劳动三个崭新而有争议的理论问题。

*1*

## 一、资本主义的演进

科技革命与资本主义发展相伴而行。近代以来,科学技术不断取得重大的进步。最初以蒸汽机为代表的技术发明,推动了西欧的工业革命,使资本主义生产方式最终战胜封建主义生产方式,资本主义制度得以巩固并在世界范围内扩张。19世纪末期,以电力技术广泛应用为标志的又一次科技革命,催生了钢铁、化工等新兴工业的崛起,资本主义生产力水平大大提高,国际经济联系迅速扩大,推动资本主义向新的阶段过渡。

二战之后掀起了新的持续不断的科技革命。这些新科技革命具有几个鲜明的特点。第一,科技革命以群的形式出现,涉及几乎所有的领域。以往的科技革命,只涉及自然科学的某个领域和某些工业部门,只在某个方面或个别科学领域有所突破。如蒸汽机是热力范围内的技术革命,发电机、动力机是电磁学范围内的技术革命。而新的科技革命,涵盖了自然科学的主要领域,如数学领域的计算机技术,物理学领域的核能技术,化学领域的材料技术,生物学领域的生物工程技术,天文学领域的空间技术等等。第二,科技革命以欧美为中心,波及到世界范围。以往的科技革命总体上局限于欧美一国或几国,这次新的科技革命由中心向外围,波及到不同发展程度乃至不同社会制度的国家。美、日、德、英、法等主要资本主义国家是这次科技革命的中心区,但发展中国家和社会主义国家都受到程度不同的影响。第三,科技成果转化迅速,成为直接的生产力。以前的科技成果从出现到生产应用时间间隔较长,比如 19 世纪末、20 世纪初的一种发明到生产应用大约需 30 多年。20 世纪中期以后,科技革命与生产的关系大大密切,乃至出现了一体化的趋势,形成了相互推动的机制。科学技术由知识形态的、潜在的生产力发展成为现实的、直接的生产力,并渗透到生产过程的各个环节,推动着生产的发展。

毫无疑问,新科技革命对当代资本主义产生了广泛和深刻的影响。如何看待这个变化着的当代资本主义,却是众说纷纭。20世纪末期以来,西方出版了一批重要的研究资本主义的著述,诸如莱思特·瑟罗的《未来资本主义》、阿里夫·德里克的《全球资本主义的复苏》、乔治·索罗斯的《全球资本主义的危机》、苏珊·斯特兰奇的《赌场资本主义》、保罗·霍肯的《自然资本主义》、罗伯特·海尔布隆纳的《21 世纪的资本主义》、丹·希勒的《数字资本主义》、瑞·坎特伯雷的《华尔街资本主义》、彼得·霍尔的《资本主义的差异》、约翰·邓宁《全球资本主义正在走向末路》、阿兰·科塔的《形形色色的资本主义》、神原荣助的《资本主义超越资本主义》等等。

有关资本主义的提法众多,诸如熟知的"全球资本主义"、"垄断资本主义"、"金融资本主义"乃至"赌博资本主义"等。这里着重介绍一些著名学者从技术角度阐述资本主义的几种新提法。

较早并且比较出名的提法当是丹尼尔·贝尔的"后工业社会"。贝尔出生于1919年,先后任教于哥伦比亚大学和哈佛大学,是美国著名的社会学家,在社会学、未来学与发达资本主义研究等领域享有很高的学术声望。1972年全美知识精英普测时,他以最高票名列二十位影响最人的著名学者之首。贝尔的代表性观点都曾流行一时,其中《后工业社会的来临》影响最为广泛。在这本著作出版之前,贝尔早在1962年春就在学术报告《后工业社会:对1958年以后的美国的一种理论观点》中提出,知识和科学技术正在社会变革中起着重要作用,今后三五十年内将出现"后工业社会"。贝尔归纳了"后工业社会"的五个特征:一是经济结构从商品生产经济转向服务型经济。后工业社会中大多数劳动力不再从事农业和制造业,而是从事服务业;二是社会的领导阶层由企业主转变为科学技术研究人员;三是理论知识成为社会的核心,是社会革新和决策的根据;四是未来的技术发展是有计划有节制的,技术评价占有重要地位;五是制定各项政策需要通过智能技术。

彼得·德鲁克提出了"后资本主义"。彼得·德鲁克生于1909年,一生著书将近40本,在顶级的学术刊物《哈佛商业评论》发表文章30余篇,被誉为"现代管理学之父"。德鲁克还被《纽约时报》赞誉为当代最具启发性的思想家。德鲁克在《后资本主义社会》一书中提出的"后资本主义"概念。他认为知识已取代传统的土地、自然资源、劳动和资本等而成为最关键的生产要素。这从根本上改变了社会的结构,创造了新的社会动力,创造了新的政治学,已使当今社会成为"后资本主义社会"。在他看来,在后资本主义社会中,控制资源和决定性的生产要素,既不是资本也不是土地或劳动力,而是知识。在德鲁克眼中,后资本主义也是一种"信息资本主义"。信息资本主义甚至可以追溯到 20 世纪早期知识应用到生产中的时候，或 20 世纪中期知识更多地应用到生产的时候。新的"信息资本主义"并不意味着资本主义的终结，而是使人们有可能为了资本而不是人类的普遍福利，而对人力资源和自然资源进行更有效的剥削①。

丹·希勒更直接地使用了"数字资本主义"。希勒 1978 年获宾夕法尼亚大学传播学博士学位，是一位著作颇丰的传播历史学家，也是著名的左翼传媒学者。他 1999 年在麻省工学院出版的《数字资本主义》认为，信息网络以一种前所未有的方式与规模渗透到资本主义经济文化的方方面面，成为资本主义发展不可缺少的工具与动力。但互联网所昭示的平等、共享和民主等，只是一种美好的愿望。事实上，互联网恰恰是由一个跨国程度日益提高的市场体制中的核心生产与控制工具组成的。希勒的结论是，数字资本主义代表了一种更纯粹，更为普遍的形式，它没有消除，反而助长了长期困扰市场制度的不稳定性，以及不平等与以强凌弱等种种弊端。

西方未来学家对信息社会的预测流传很广。阿尔温·托夫勒 1970 年出版《未来的冲击》，1980 年推出《第三次浪潮》，1990 年发表《力量的转移》。这些著作都曾经风行世界，引起了很大的社会关注。在《第三次浪潮》中，托夫勒将人类发展史划分为第一次浪潮的农业文明，第二次浪潮的工业文明，以及第三次浪潮的信息文明。托夫勒乐观地对人类社会的未来作了种种预测，认为未来社会的形态是信息爆炸、知识成为财富的信息社会。约翰·奈斯比特是另一位世界著名的未来学家。奈斯比特著述甚丰，不断有新作问世，包括《亚洲大趋势》和《2000 年大趋势》等，其主要代表

---

① 李惠斌：《后资本主义》，中央编译出版社，2007 年版，第 39 页。

作《大趋势》曾在全球共销售了1400多万册。奈斯比特在一系列作品中系统地阐述了他对社会发展趋势的看法,形成了其信息社会理论。奈斯比特认为,1957年前苏联发射人类历史上第一颗人造地球卫星,标志着信息时代的开始。他把美国社会的发展趋势归纳为十个发展方向,其中的第一个方向就是从工业社会向信息社会转变。当然,虽然未来学家的著作很多、影响很广,但毕竟不能算是纯正的学术著作,有些阐述带有江湖风格。

曼纽尔·卡斯特比较系统地提出了网络社会理论。卡斯特1942年出生于西班牙的巴塞罗那,少年时期聪敏过人,年轻时政治激进,参加了20世纪60年代席卷欧美的学生运动。他在就读和工作中,碾转于西班牙、法国、加拿大等国,后来执教于美国加州大学伯克利分校。卡斯特著述众多,在社会学领域很有建树。在20世纪80年代之后,他对信息技术倍加关注,相关的著作有:《信息技术、经济重构与城市发展》(1988)、《信息城市:信息技术、经济重构与城市区域化过程》(1989)、《地区化与全球化:信息时代的城市管理》(1996)。而从1996年起,卡斯特连续出版了网络时代的三部曲,即《网络社会的兴起》(1996)、《认同的力量》(1997)、《千年终结》(1998)。这个三部曲鸿篇巨幅,洋洋洒洒百万余言,虽然文中技术术语众多,表达尤其是中文译文有些艰涩难懂,但却闪烁着许多新思想。有人将之与马克斯·韦伯的社会学经典《经济与社会》相提并论,因此卡斯特也被誉为"信息时代的韦伯"。本人很早曾仔细研读过卡斯特的一些著述,受其思想的启发良多。卡斯特通过对西方七个发达国家产业结构变迁的分析,指出这些发达国家已经具备了信息社会的主要特征,即农业就业逐渐凋零,传统制造业就业的稳定衰退。生产者服务和社会服务的兴起,前者强调的是企业服务,而后者则强调医疗保健服务。作为工作来源的服务业活动日趋多样化,管理性、专业性和技术性的工作快速增加,白领无产阶级形成。零售业就业所占比例显著且相对稳定。职业结构的顶端和底层同时增加,职业结构的升级,需要更高技术与高等教育的职业所占的比例,增加的速度比低层次工作的增加还要快等。

总而言之,不少西方学者认为发达资本主义社会已经转变成信息社会。学者对此有几种表述,如丹·希勒用的是"数字资本主义"(Digital Capitalism),曼纽尔·卡斯特使用的是"信息化资本主义"(Infomational Capitalism),还有人使用"网络资本主义"(Network Capitalism)以及"虚拟资本主义"(Virtual Capitalism)等。这些用词的含义各有具体的区别,但总体上还是相通的,都是指信息时代的资本主义。

科技革命所引起的社会变化,总是首先乃至主要体现在经济方面。对于当代资本主义在经济方面的变化,国内学者的研究有一些基本的共识。一是新科技革命推动了生产力的迅猛发展,新兴产业成为经济新的增长点。二是产业结构出现了调整,第一、第二产业大大下降,第三产业迅速上升。三是企业组织形式发生变化,股份公司进一步发展等。

关于信息技术对经济发展的具体影响,美国商务部在20世纪末曾编印了三个研究报告,即1998年的《浮现中的数字经济》、1999年的《新兴的数字经济》、2000年的《数字经济2000》等,就信息技术产业对经济增长、通货膨胀、就业及劳动市场的影响进行了具体的分析。这些报告宣称,美国经济正在经历一场深刻的变革。这场变革最明显的外在标志和根本原因,就是新科技革命,尤其是信息技术革命。在过去的十几年中,信息技术创新、资本市场创新、商业模式创新,信息技术产品和服务的价格不断下降,对这个行业的投资不断增加,是美国多年来经济持续高增长、低通胀、高就业的一个主要原因。20世纪90年代互联网在美国进入了爆炸增长阶段。以互联网为标志的信息基础设施的大规模建设,电子商务的惊人增长,正在改变企业的经营方式、收购兼并方式和客户服务方式,以及企业与供应商关系的管理,并正在使人们的信息获取渠道、交流方式、购物和娱乐发生着一场前所未有的革命。报告宣称,就像200年前英国成为工业革命的领头羊一样,今天美国正在成为21世纪信息革命的领头羊,并开始进入一个更大的经济繁荣的新时代。报告述认为,新的组织形式、新的体制结构同新技术一样,都是新经济的重要组成部分。

20世纪90年代中期以来,信息技术产业对美国经济的影响具体表现在以下几个方面①。第一,信息技术产业成为经济增长的加速器。持续的增长提高了信息技术产业在经济总产值中的比例,从1994年的6.3%提高到2000年的8.3%。第二,信息技术产品价格的下降,降低了美国总体通货膨胀水平。信息技术产品和服务价格的下降,间接和直接地导致美国经济总通货膨胀率的降低。由于信息技术产品价格下降的趋势有所加剧,导致美国总体通货膨胀水平下降了0.5个百分点。第二,1995年至1999年在实际的GDP增长中,信息技术产业几乎占据了三分之一。信息技术产业的产值在美国经济总产值中占10%。在1995年至1999年间,由于信息技术产业的快速增长以及信息技术产品和服务价格的下降,信息技术产业占美国实际经济增长的30%。第四,商业和投资活动中使用的信息技术设备和软件不断增长。在1995年至1999年间,信息技术设备和软件的实际商业投资翻了一番多,从2430亿美元增加到5100亿美元。20世纪90年代所有信息技术设备的投资平均每年增加9至10个百分点,这是美国经济高速增长的一个重要因素。第五,为了实现技术创新,总的研究开发

① 参见高红冰:《数字经济与信息资本主义》,新浪科技,2001-04-24。

7

费用不断增加。1994 年至 1999 年间,美国总的研究开发投资平均每年增加 6%。

美国发展政策学会推出的《新经济指数》,描述了新经济的十个主要特征:第一,新经济构筑了产品和服务的灵活生产。这与传统经济建立于标准化的大规模生产的组织形式不同,因此,越来越多的人从事办公室工作和提供服务,引起行业和职业的变化。在新经济社会里,竞争优势越来越产生于用户化、设计质量,以及客户服务,增殖的更大部分来自于办公室工作。第二,贸易的大规模增长意味着更为激烈的竞争,而竞争使得创新成为成功的关键因素。正因为如此,全球化加速了行业和职业的重组,导致一些行业和工作的消失,以及另一些行业的崛起。国际贸易日益成为新经济重要的组成部分。世界经济正经历一次长期的转变,由封闭的国内经济转变为全球所有竞争对手都参与的一体化的经济系统。第三,在全球范围内,市场、技术和人才对商业投资的需求日益紧迫,对外直接投资在全球范围内呈上升趋势。美国在对外直接投资方面远远走在其他主要工业化国家前面。第四,知识经济包括知识的生产者和知识的使用者。第一种类型包括的产业如软件、生物技术和信息技术硬件产业,从业者主要产出的是研究成果,这些研究成果将会转变为新产品和服务。第二种类型包括对信息进行管理、加工和发布的产业,它已经成为经济的一个很大的组成部分。第五,新经济由新生的、快速增长的具有创业精神的公司所组成。企业家愿冒风险组建全新、快速增长公司的能力与意愿,以及公司机构和法律对企业家精神的支持,触发了经济增长并创造新的就业机会。新建的、快速发展的公司在经济中所占比例是对一个经济体创新能力的反映。第六,知识的日益重要性意味着无形资本如教育和研究开发的股票净值,比有形资本如建筑物、交通和机器设备增长得更为迅速。公司价值的大小日益取决于无形资产诸如研发能力、品牌、员工才能和知识的大小。无形资产在新经济的重要性至少等同于有形资产，而且有形资产价值的很大一部分取决于无形资产的投入。第七，全球市场的形成、公司数量的日益增加、新技术的不断涌现、资本市场的变化等，都是导致激烈竞争的因素。竞争的压力是大部分公司重组的基本动因。第八，新经济的协作是在竞争中的协作。创新与价值越来越多地来自于商业网络。动态网络、个人合伙、合资企业是新经济的主要组织原则。在协作和联盟中所培育的社会资本可能同实物资本、人力资本对于创新和成长同样重要。第九，新经济不再是大规模生产的经济，这大大增加了消费者的选择。在传统经济时代，大量生产的产品都是一种模式。新经济时代，基于信息技术的生产过程的出现，使公司可以不用增加太多的成本就可以扩展产品种类。灵活的公司结构瞄准了新的多样化市场。第十，速度逐渐成为新经济秩序的标准。随着新一轮基于技术进步和创新的产品和服务的激烈竞争，缩短了从产品引入到最终被更好的产品和服务所代替的周期。创新能力和获取市场的速度成为竞争优势的更为重要的决定因素。

另外，信息技术对经济的驱动还显示了新的发展规则，即所谓的摩尔法则（Moore's Law）和梅特卡夫法则（Metcalfe's Law）等。第一，摩尔法则。1946 年科学家发明了半导体晶体管。之后不久，人们便将多个晶体管集成制造在一个半导体硅片上，这就是芯片。60 年代以后，芯片的集成度每 18 个月翻一番，与此同时芯片的价格却不断下降，这就是著名的摩尔法则。芯片性能每 18 个月翻一番、价格减一半的局面已经持续 30 多年。贝尔实验室和美国商务部均作出估计，这种状况还将持续 20 年。人们还比照半导体和计算机领域的摩尔法则，在互联网通信领域发现了新摩尔法则，即互联网骨干网的带宽每 6 至 9 个月翻一番。摩尔法则和新摩尔法则揭示了半导体和光通信作为信息技术产业内部的两个发动机,以指数形式推动信息产业实现的持续变革。第二,梅特卡夫法则。计算机网络的价值与其节点数目成二次方程式的关系,这就是著名的梅特卡夫法规。换句话说就是,计算机相互联网的数目越多,它对经济和社会的影响就越大。这也就是所谓的网络效应,当网络参与者非常少的时候,网络对于参与者的价值很低;但是当网络参与者的数量不断增加的时候,其价值就不断增加。随着网络规模的不断扩大,商业上的生产率收益就会以比简单算术方式更快的速度增加。梅特卡夫法则揭示了互联网的价值随着用户数量的增长而呈级数增长的规则。

## 二、生产体制的变迁

资本主义的生产体制是不断变化的。20世纪前期在大工业中诞生了福特制,20世纪中期以后在后工业社会中出现了后福特制,20世纪末期的信息化浪潮中,新兴的温特制显露端倪。

福特制顾名思义,源自美国的福特汽车制造公司。1913年亨利·福特在底特律海兰公园汽车组装厂创建了自动化生产流水线。为了实现规模和范围经济,福特建立起以职能专业化和详尽劳动分工为基础的巨型企业。由于福特汽车公司在生产方式上的这一创新,一跃成为世界最著名的汽车生产厂商。福特制作为一种先进的生产方式,也成为其他汽车厂商和制造业部门竞相模仿的对象,并迅速成为整个制造业中占主导地位的生产方式。

福特制作为一种生产组织方式,最显著的表现就是生产的标准化,包括零部件的标准化、生产工艺的标准化和产品的标准化。福特制最大限度地利用了劳动分工原理,通过零部件和生产操作的标准化,生产工人的劳动只是简单地把某个零部件安装到汽车上,组装线上的每个工人都只从事某一简单而标准化的操作。福特制还追求高度的纵向一体化。在推行福特制之前,福特公司主要从事组装业务,从其他公司订购零部件,最后组装成一辆完整的汽车。在推行福特制之后,福特公司的功能不仅包括汽车的总体设计、工程设计和组装,而且包括几乎所有的零部件生产。

福特制在规模生产上取得了巨大的成功。在这之后,福特生产方式在发达资本主义国家广泛使用。发达国家的很多部门中的主要生产组织,都呈现出福特制的典型特征。但是随着科学技术的创新、社会产品的丰富以及消费倾向的变化,福特制暴露了一些内在的缺陷,遭遇了新的挑战。在福特制生产方式下,巨型企业成为整个社会生产的主导,大企业组织结构的科层制、高度的纵向一体化和巨额投资的生产设备的专用性,使得生产难以适应市场的快速变化。福特生产方式的刚性特征,无法应对消费者的个性化、多样化和快速多变的消费需求。福特制严格的层级制和详尽的劳动分工,使大规模生产面临着如何发挥积极性问题。再加上20世纪60年代后半期及70年代上半期的社会局势动荡,使得在全球资本主义体系内出现了福特制的危机,即通胀、失业、停滞和利润率下降等等。

在这种情况下,在汽车产业出现了所谓后福特的丰田制。1950年日本丰田公司的年轻工程师丰田英二到位于美国底特律的福特公司鲁奇厂进行为期三个月的访问。在详细考察了鲁奇厂之后,丰田英二敏锐地察觉到福特制存在的弊端,并认为大规模生产方式并不适合市场需求多样化的日本,福特生产方式存在着许多需要改进的地方。经过随后20多年的反复试验和努力,丰田公司发展出了一整套以精益生产(Lean production)为核心的生产方式。精益生产是指根据市场需求多品种、小批量和大规模地制造客户所需要的产品,在生产过程中,通过持续不断的改进和全面质量管理,逐步消除生产过程中一切可能的浪费和实现零部件及产品质量的零缺陷和零库存。与福特制的大规模生产方式相比,丰田制的生产方式充分使用了人力资源、制造空间和设备投资,实现了更少的库存、更少的次品和更多样化的产品。

从福特制向后福特制的转变,反应着社会的深刻变迁。福特制的存在是以大规模生产和消费为基础。这种生产方式适应于单一的和不断持续增长的市场环境,却难以适应 20 世纪 70 年代以来以个性化、多样化和快速变化为特点的市场环境。由此西方发达国家的制造业生产方式开始由福特制向后福特制转变。尤其是 20 世纪 80 年代以来,随着经济全球化和信息技术在制造业领域的广泛应用,为了应对市场条件的变化,先后涌现出大规模定制、分包制、网络化、虚拟制造和集群生产等一系列新兴的生产组织方式,并与精益生产一起完成了整个制造业从福特制向后福特制的转变。

如果就信息时代最新的生产体制而言,更先锋的应该是温特制。温特制是英文(Wintelism)译称,中文中也有称做温特(或温特尔)主义,温特(或温特尔)模式,以及温特(或温特尔)联盟等。这个词是由 Windows(美国微软公司的视窗操作系统)和 Intel(美国英特尔公司的中央处理器)合成而来。1997 年迈克尔·布鲁斯(Michael Borrus)等在《温特制和全球竞争的变化:未来的模式》中较早使用并详细解释了温特制。

从狭义角度,温特制指的是美国微软和英特尔这两家公司在个人电脑产业的垄断地位。迈克尔·布鲁斯观察到,20 世纪 90 年代在著名电脑公司 IBM、东芝和康柏等电脑的广告中,几乎都强调“内置英特尔处理器和微软操作系统”,而不是自己品牌的特质①。的

---

① Michael Borrus & John Zysman: *Wintelism and the Changing Terms of Global Competition.* Berkeley Round talbe on International Economy, Working Paper, February/1997.

确,微软视窗软件与英特尔微处理器的结合,形成了个人电脑系统的基础结构。温特联盟事实上掌控了个人电脑的技术标准,现今全球大约90%的个人电脑都是这样配置。从广义角度,温特制指的是信息时代的产业组织模式,是对大工业时代的福特制乃至后福特制或丰田制的超越。过去这些生产方式是产品最终生产者在市场中进行垂直控制,而温特制则围绕产品标准在全球范围内有效配置资源,按照标准在全球范围内从事生产,形成标准控制下的产品零部件、模块生产与最终组合。

　　不同于福特制的垂直控制,温特制具有几个相互关联的突出特征。第一,专业化。传统企业巨头虽然有主业,但都采取多元化经营战略,多数涉猎当今的各种主流行业,诸如电子信息、机械制造、房地产、金融保险等。温特制下的企业,包括微软和英特尔这样全球名列前茅的大公司,业务范围极为单一。实际上整个电脑行业被分拆成软件开发、硬件生产、打印机、扫描仪、鼠标器等诸多独立的环节。每个环节都有许多专业化的企业在其中参与竞争。在这些分工领域中,涌现出微软、英特尔、康柏、戴尔、希捷、甲骨文等各自在某个领域处于领先地位的企业。第二,协作。传统巨型公司采取内部分工的垂直结构,巨头之间相互开展集团性竞争。温特制的水平分工,单一企业不能完成电脑等完整的信息产品,因而逻辑上强调各个环节生产商之间的协作与配合。福特制垂直结构追求规模效应和范围效应。温特制通过细化的产业分工,每个企业可以专注某一个部件或产品的一个部分,获得规模经济效应;同时,不同企业之间互相配合,又可以获得范围经济效应。温特制的协作,最顶端和代表性的是微软公司和英特尔公司的联盟。第三,灵活。福特制巨型公司由于科层制的内在机理,相对保守和僵化。温特制在整个产业链条上的各个组成部分都有很强的灵活性。企业以网络化的方式协同作战,应对灵活多变的市场。信息技术创新和新产品开发都很快,企业的丰厚利润多是来自成功的新产品投放的前期,过时产品没有市场和利润可言,因此整个产业讲究灵活应变。

温特制是信息化和全球化的产物。福特制以分工和效率为基础,强调生产的内部化过程,形成了大而全、强有力的单一生产体系。丰田制重视生产的社会化,在社会中形成自己零部件生产体系,以高效廉价创建了产业王国。温特制以建立和发展产品的标准为主线,在经济全球化中将产品分解为不同的模块,在资源能够最佳组合的地方从事生产和组合。福特制是内部化的产物,丰田制是产业化的产物,温特制则是经济全球化的产物。传统的机械、化工和材料等产业,在生产过程中需要进行大量的物质交换和测试,注重研发和生产工艺的整体配合,为此企业多采用垂直一体化和垂直分工的策略,产业多聚集在某一区域内,以方便实物和信息的交流和整合。信息技术的发展降低了跨区域间的交流成本和时间,建立跨地域的生产合作和整合平台,催生和巩固了个人计算机和电子组件产业的跨国生产体系。个人计算机硬件部分由多个主要模块构成,包括微处理器、存储器、主板、显示器、键盘、鼠标等。这些组件的生产投入存在很大差别。微处理器等芯片生产,是技术和资金含量都很高的产品,而键盘和鼠标则是劳动力密集的低价位产品。如果说前者的生产需要雄厚的技术和资金力量,集中于硅谷等关键地区和核心企业;那么后者则可以到那些具有劳动力和价格优势的地方进行生产。这样的全球组合更具有整体竞争优势。

温特制是对传统福特制等缺陷的克服和超越。从生产组织方式发展的历史进程看,每当一种新的组织方式替代原有的组织方式,本质上往往传统的生产组织方式不适合新时代的要求。福特制的组织结构是典型的金字塔科层制。这种组织在大工业时代具

14

有独特的优势,但是也有获取和处理信息的能力有限,对市场反应速度不快等劣势。在信息时代,福特制的巨大规模不再是竞争优势,反而成为累赘,于是温特制水平分工的生产方式应运而生。温特制首先出现于美国,也得益于美国较早地在信息和通信领域逐渐实施自由化和解除管制的政策。由于这些政策,美国出现了众多的相互竞争的信息企业。它们生产各式各样的产品。如何将这些企业的产品整合起来?温特制通过标准和协议使硬件和软件等组合起来构成完整的计算机产业。

温特制首先和主要出现于信息产业,并扩展和影响到其他产业。个人计算机行业最先出现温特制。计算机的代表企业 IBM 以前奉行的也是福特制的生产方式,其生产系统包括硬件、软件、售后服务以至融资租赁等垂直体系。然而,随着创新的成本增加和复杂化,使得一个公司甚至是 IBM 这样的公司,都不能拥有和掌握电脑所有相关的技术。1981 年 IBM 推出的个人电脑,率先采用微软的操作系统和英特尔公司的芯片作为配置,开辟了温特联盟的先河。如今,个人电脑、半导体芯片设计、计算机软件开发及其相应的产品服务领域是温特制的主要领地。当然,温特制的影响力覆盖了整个信息产业,并逐步扩展到其他现代制造业,成为未来全球产业布局的风标。

这里提出的生产机制的变迁,只是指出一种相对的发展方向,并不是说每个时期就只存在一种体制。事实上,社会本身是非常复杂的。每个时代都是多种生产机制共存的,虽然相互之间的比重是不均衡的。老的生产机制淡出是一个过程,新的生产机制诞生和成长更是一个过程。每个生产机制,既不是纯粹的,更不是形式单一的。就当今的信息时代的生产机制来说,有许多既相互接近和相互关联,又有所差别和有所不同的形式。

信息时代出现了新兴产业集群。信息技术渗透到社会生产的

15

各个领域,覆盖到社会生活各个方面,也遍布在全球各地。但是,信息产业又是一个喜欢聚集的企业,全球或每个国家乃至每个城市,都有一些信息产业的聚居地。美国的硅谷、印度的班加罗尔、北京的中关村,都是这样显而易见的例子。产业集群是集中在特定区域内的,在业务上相互联系的一群企业和相关机构,它的成员应包括提供零部件等上游产品的供应商、下游的渠道与顾客、提供互补产品的制造商以及具有相关技能、技术或共同合作的其他产业或企业,从侧面还扩展到提供专业的培训、教育、信息、研究与技术支持的政府或非政府机构,如大学、标准化机构、智库、职业培训机构以及商业、贸易协会等。产业集群最显著的特征之一就是地理集中性。技术扩散、交易费用的节省、企业竞争力的提高等集群的外部经济效应之所以得以实现,都是地理集中性的直接结果。信息时代网络化的组织形式代替了地理上的接近,使产业集群不只局限于传统的地域概念,使产业集群实现了空间上的拓展。

信息时代出现了新型虚拟企业。虚拟企业的产生是内外因综合作用的结果。现代经济迅猛发展,竞争日益激烈,众多企业不得不面对迅速变化的市场,诸如按任意批量的订单生产、产品范围的扩展、品种的频繁改变、有形产品和无形服务的日益结合等。在这种情况下,以往那些单靠企业自身的人员、技术和设备就难以适应。通过外部整合的虚拟企业,能够满足快速创造或组织新的生产资源的要求,能够满足由于个性产品或服务的寿命周期缩短的要求。计算机网络的发展,使许多企业有可能将地理位置上和组织上分散的能力结合在一个虚拟组织中,并在该过程中获得强有力的竞争优势。虚拟企业是在现代激烈竞争的市场环境和先进的信息技术的冲击下产生的一种全新的企业形态。虚拟企业中的成员工作地点离散化,分别在不同的地理位置上开展工作,异地设计、异地制造、异地装配在虚拟企业中是十分普遍的事情。虚拟企業对信息技术和通讯网络的高度依赖。虚拟企业成员之间通过信息网络可以跨越空间界限,进行便捷的信息沟通和共享。

信息时代出现了产业组织的模块化①。过去的大工业时代,产业内分工主要表现为垂直分工,企业主要表现为科层的组织形式。产业组织形式多表现为纵向一体化的倾向。信息时代产业内分工由原来的垂直分工转为横向分工,呈现出网络化和横向一体化的趋势。这种横向一体化的基本前提就是模块化。模块化能够通过子模块不同的排列组合实现创新,使得产品的品种更丰富。模块化组织的兴起,使企业组织由金字塔型向扁平化转变,企业的管理层次也随之减少,再加上通用的沟通界面,使得企业内部信息沟通、处理能力大大加强,各模块供应商的核心竞争力得到强化。比如个人电脑产业,该产业的特点是采用模块化的生产方式,适应快速变化的市场,可以应付复杂的个性化定制,产业内数以百计的企业分别集中精力做一个自己擅长的模块,在此基础上不断发展、创新,从而使该模块成为其所在的产业内具有核心竞争力优势的企业。在企业模块化的趋势中,企业把自己非专业的业务外包给模块供应商,由此企业可以进行多样化和灵活的选择,以更为有效地整合资源,减少生产成本和交易费用,赢得竞争优势。跨国公司通过模块化生产和管理,控制研发设计、技术装备、关键零部件等高端环节,抓住技术创新、技术标准的制订和推广、新产品的开发和升级,把非核心职能如生产过程中的劳动密集型部分、产品分销的物流组织等实现了标准化的环节外包到具有成本优势的地区,经过各自优势资源不断深化重组,形成创新的源泉和竞争的优势。

竞争和垄断是资本主义的基本特点。温特制并没有消除竞争

① 田敏:《信息经济时代产业组织模块化垄断结构的规制研究》,《电子科技大学学报(社科版)》(成都),2006年第3期。

17

和垄断,而是使两者呈现出新的特征。

温特制的垄断可以从企业和国家两个层面观察。在企业方面,温特制中的主导企业控制着销售渠道、市场规则和产品标准,并获得最多的利润。其中最有代表性的当然是微软公司和英特尔公司。在过去的20多年中,微软和英特尔两家公司组成了温特联盟,它们凭借标准化、开放性、兼容性和网络规模性等,在个人计算机领域处于支配地位。英特尔的微处理器和微软的操作系统不断升级并相互联动,成为个人电脑事实上的标准。美国商务专家马克·麦克内利指出,微软公司在个人计算机操作系统软件市场中的支配地位,使得它能够在过去的10年里让其他计算机系统公司、软件应用公司和计算机硬件公司按照微软公司的魔笛跳舞。1998年微软公司取代通用汽车公司,成了世界上最有价值的公司,市场价值为2620亿美元。现在的个人电脑中,微软操作系统占90%以上,英特尔芯片占70%以上。市场的垄断性占有带来了相应的高额利润。在个人电脑中,芯片和操作系统的成本几乎占电脑成本的一半,利润也集中在这两个部件上,其他配件部分利润微薄。1996年英特尔的利润率接近25%,比整个硬件产业及软件、服务产业部分高出5倍左右。除微软和英特尔之外,信息产业的一些关键领域也出现了具有巨大优势的巨头,比如思科公司在网络方面,戴尔公司在个人电脑方面,雅虎公司在门户方面,谷歌公司在搜索方面,美国在线在接入方面等。这些企业作为各个领域的先行者,主导市场标准,锁定用户消费偏好,长久地保持高市场占有率。信息产品的市场规模和占有率非常重要,大生产者通过把握先机,控制技术标准,快速抢占市场份额可以获得实质上的垄断地位。如是就有"三流企业作产品,二流企业作技术,一流企业作标准"的说法。超级企业总是试图通过对标准的控制,以获得范围内更宽广影响更深刻的市场控制权。

在国家方面,温特制成为美国主导国际新型跨国生产体系的工具。美国是信息技术的超级大国,拥有作为信息时代标志的硅谷,是英特尔公司和微软公司的母国。21世纪之初的全球信息产业中,美国中央处理器的产量占92%,系统软件产量占86%,信息产业投资占全球投资的42%,电子商务额占全球总额的75%,商业网站占全球总数的90%。当前世界信息产业的基本格局是:美国生产中央处理器和操作系统,台湾和新加坡生产一般电脑部件,韩国生产半导体的记忆部分,中国大陆和东南亚生产低档的周边产品。美国控制着技术和标准,同时也占据着信息产业价值链中最有价值的环节。在经济全球化中,美国公司逐渐把需要大量投入、折旧加快、风险增大的生产领域转移到其他国家和地区。这样不仅免除了市场不确定性的风险、自然资源的耗费,还确保了高额的垄断利润。美国在信息时代的经济全球化中获得了最大的利益,在20世纪90年代创造出经济120个月持续繁荣的奇迹。

温特制的竞争也可以从企业和国家两个层面讨论。在企业方面,信息产业的竞争激烈,主要原因在两个方面。一是标准的开放性。温特制标准化、程序化的生产过程,少数企业垄断核心标准。但这种标准是开放性的,为整个产品的零部件和次系统提供了相互兼容性。温特制的这种开放性,允许全球各种企业根据自身的能力,依照标准要求加入到模块的研发和生产之中。二是中小企业众多。温特制采用跨国生产网络和合同生产,这为中小型企业提供了机会,它们可以低门槛地进入信息产业链的某一环节进行竞争。温特制的竞争集中在每个价值链的节点上展开。从上游的原料及零部件生产开始,到产品的组装乃至配套产品和售后服务,每个环节都有许多专业化的企业在其中参与竞争。由于信息和技术的迅猛发展,产品和技术创新周期的缩短,竞争在每个领域都非常激烈。个人电脑领域大部分零部件如主板、硬盘等,因为供应商间存在激烈的竞争,利润已经非常之薄。竞争激烈使得信息企业的淘汰率很高。一些信息产品投资大、生命周期短,厂房、设备甚至研发的投入会迅速折旧。这就意味着只有那些在正确的时机、选择正确的产品、以最大的产量、在最短的时间、占据最大的市场份额的企业,才能取得成功。而幸运者总是少数,很多企业在激烈和残酷的竞争中被淘汰。

在国家方面,温特制促使外围国家和地区的信息产业展开竞争。美国等掌握着信息产业的高端技术开发和标准的制定,但在模块化生产方式之下,出于经济比较效益的考虑,信息产业制造的全球化和外包趋势明显。外围的国家和地区可以借此进入世界信息生产链中的一定环节,从而获得相应的利益。尽管这种利益与少数垄断国家相比是很小的,但对落后的国家和地区来说,毕竟是一个发展的契机。比如,印度成了系统软件外包开发的基地,中国成了低端硬件的主要生产基地。信息时代全球产业转移,为发展中国家承接产业转移、实现产业结构调整与升级提供了一定的机会。后进国家如果能在这种温特制下的竞争中领先一步,就意味着在新的基点上实现超越。

在谈到温特制时,人们更多关注的是微软和英特尔联盟的垄断。然而,温特联盟也受到多方面的冲击。一是温特联盟内部的矛盾。温特联盟是自然形成的,双方力量对比也在不断变化。1978年微软和英特尔首次接触合作时,微软公司只有11人,而英特尔已是万余人的大企业,双方地位悬殊,相比于英特尔,微软只是搭车的配角。然而到20世纪90年代中期,微软的地位如日中天,成了无冕之王,双方实力对比发生逆转。近年来,英特尔和微软在合作的过程中不时发生意见相左。从微软方面看,微软公司转向了芯片设计,试图在无需制造出芯片的前提下重新配置计算机设计。最近几年来游戏机和手机等新的市场发展迅猛,微软已经进入了这些市场,试图同时控制软件和硬件,因为这将使微软具有竞争优势。从英特尔方面看,英特尔公司试图和微软的竞争对手 Linux 系统结合。作为公开源代码软件,Linux 操作系统在亚洲国家发展速度很快,特别在政府、教育以及企业应用等领域更是迅速普及。英特尔为此展开与这个软件的合作。英特尔还抱怨微软的操作系统开发速度慢,制约了芯片速度的提升。两大公司的领导层表态也能见到矛盾的一斑。英特尔首席执行官克雷格 贝瑞特在回答与微软的关系时表示:任何商业伙伴都会有各自的目标,当目标一致时就携手并进,当目标不一致或有冲突时,就另寻合作伙伴,这是很正常的商业行为。而微软高级副总裁 1997 年就向比尔·盖茨建议:如果英特尔决定在拥有芯片的同时也想拥有操作系统,那我们的生意就危险了。我们的对策是买下芯片公司,同时拥有芯片和软件业务。二是其他力量对温特联盟的挑战。在芯片方面,AMD 一直冲击英特尔。1999 年 AMD 率先将芯片速度提升到 1GHZ。从技术角度,英特尔已经没有多大优势可言。在操作系统上,Linux 的急速发展,威胁到微软系统的垄断地位。微软还受到美国司法部反托拉斯的诉讼。其他成长的大公司具备了更大的竞争力,也跃跃欲试冲击温特联盟。戴尔首席技术长官凯文·凯特勒在一次采访中声称,不愿意再做温特阵营的追随者,要自己领导个人电脑的潮流。

总而言之,资本主义是垄断和竞争的对立统一体。即使是温特制的联盟,也不可能消除竞争。资本主义的竞争是多样化的,包括同类大企业的竞争、中小企业的竞争、可能的新加入者的竞争、可能的替代品提供者的竞争等等。只要有任何一种竞争存在,一个企业或企业联盟就不可能总是依靠垄断价格获得高额利润,而必须不遗余力地进行技术进步,以保持在市场上的优势。对于目前存在的某些信息产品的垄断,要辩证地看待。一些产品垄断较高利润的是对创新研发者前期投入的补偿和回报,是生产发展、科技创新所需要的,具有合理性并为人们普遍认可。信息产品与传统产品的最大不同,就是其科研试制费用先期投资的固定成本非常之高,而且基本上是一旦失败就无法回收的成本。其复制成本或者边际成本非常之低,在复制软件方面几乎为零。如果成功的创造性新产品不能获得较高的利润,就会挫伤人们进行创新的积极性,也不能对创造过程中的风险予以有效的补偿。专利制度就是为此而设的,而且确实起到了促进创新的作用。还需要看到,任何垄断能带来的较高利润都是有限的和暂时的。任何产品、工艺或服务都不是永恒的,都会或快或慢地被性能——价格比更优的新的产品、工艺或服务替代。

　　温特制反映了信息时代的潮流,具有一定的内在合理性。无论是企业,国家和地区,都要重视温特制,利用温特制,面向温特制做必要的调整和改革。一些企业和地区利用温特制得到了长足的发展。戴尔电脑的成功,除了要归功于因独特的直销方式而能有效地控制成本和抢占市场外,一个重要的原因就是它们过去一直紧跟英特尔和微软的发展步伐,这让它们的产品在技术上保持先进,成为个人电脑产业的新巨头。从20世纪80年代开始,台湾企业为外国公司代工生产电脑部件。90年代以后,发展为各种整机代工,参与到广泛的温特制国际分工。随着代工产品种类的增加,层次由低级向高级发展,台湾信息产业规模迅速增长,已经发展出一些具有世界影响规模的企业。反观日本,在适应温特制方面留下了教训。在信息化时代来临美国推出温特平台之后,日本未能主动融入信息产业的全球价值链体系。虽然日本企业在制造计算机的硬件技术、质量和稳定性等方面可圈可点,但是日本的几家大型计算机生产企业如富士通、NEC、日立等在内部仍然采用纵向一体化的标准模式来发展,对外部产品之间互不兼容,也不与美国的主流个人电脑平台兼容。这使日本的计算机平台始终无法成为国际普遍接受的产业标准。在信息产业领域，日本由于坚持过去曾经有效的体制，因而输给了更反映时代潮流的温特制。

温特制从本质上讲是一种通过企业的战略联盟来实施行业垄断的形式。对于传统的垄断企业而言，市场权力的行使主要依赖于对生产资源的控制力，即所谓的物质权力，而物质权力通常从一个企业的生产能力中反映出来；而温特制对市场权力的行使并不在于其物质力量的大小，而在于其结构性权力上，即企业联盟通过对竞争市场的游戏规则的改变和控制来影响行业内其他相关企业的能力。温特制的垄断劣迹斑斑。随着微软操作系统占据垄断地位，微软使用霸道的手段来打击应用软件商，其中最有力的手段就是捆绑，网景的浏览器就是这样被微软消灭。英特尔对渠道的控制使用排他性策略，强迫主机生产商只能安装英特尔的产品。由于在处理器和操作系统上的英特尔和微软的垄断地位，个人电脑厂商都是它们的打工者，长期以来忍气吞声，对处理器和操作系统上的高价格，根本没有讨价还价的权力。不仅如此，温特联盟还想凭借其强大的产业垄断者的身份，要求所有的国家、所有的厂商都遵守他们的游戏规则。因此，反对温特制垄断是信息产业健康发展的重要任务。

## 三、经济体制的论争

计划经济和市场经济是当代两种主要的、也是相互竞争的经济体制。究竟是实行计划经济还是实行市场经济，一个世纪以来成为理论和实践争执的焦点。20世纪初期社会主义的兴起，尤其是苏联计划经济体制在发展大工业上的巨大成就，世界曾掀起计划经济的浪潮，甚至西方传统市场经济堡垒国家，也在经济中溶入了更多的计划因素。然而,随着苏联剧变转向西方经济体制,中国改革以市场经济为导向,20世纪末期以来的经济全球化中,市场经济几乎一统天下。但是,两种经济体制的论争并没有终结。信息时代的来临,究竟是计划经济的复兴,还是市场经济的深化,论争又在新的平台上展开。

一些学者尤其是左翼认为信息时代是计划经济的复兴。美国学者安迪·波拉克以《信息技术与社会主义的自我管理》为题发表长文,论述计算机网络的飞速发展与广泛应用,为未来实行社会主义的计划经济提供了技术上的可能①。波拉克指出,遍布全球的成千上万的社会基层组织,如果像商业界、政府部门以及研究机构那样,通过互联网相互联络,分享它们的庞大数据库和经济模型工具,那么就可以立即向民主的、高效的计划经济过渡。其实早在20世纪70年代,英国学者斯蒂芬·博丁顿就出版了名为《计算机与社会主义》的著作,系统地论证计算机的出现促使计划经济的发展,以计算机和电子技术为基础的数学技术和系统规划技术的长远与最终含义很可能与私有制的市场体系不相容②。而追溯历史,更早的波兰著名学者奥斯卡·兰格提出用电子计算机来进行模拟市场的试错过程。兰格的基本思路是在不改变公有制和计划体系的情况下来完善计划经济,也被称为"计算机社会主义"。中国也有观点认为,在生产力高度发达的信息化社会实行市场计划经济模式③。随着信息、网络的大发展和广泛采用,人们之间的生

---

① 翼飞:《美国学者论信息技术与实行社会主义计划管理的可行性》,《国外理论动态》(北京),1998年第4期。

② [英]斯蒂芬·博丁顿:《计算机与社会主义》,华夏出版社,1989年版,第103页。

③ 张尧学:《从技术进步看市场经济与计划经济的有机结合》,《科学社会主义》(北京),2004年第5期。

产和消费将不再通过市场,而在网上可以直接进行交易,生产和消费可以直接见面,使产消合一,结果市场有效配置资源的功能就没有意义了。

　　除了严肃学者的论著,在观点杂博、标新立异的互联网上,不时有各种各样的新计划经济的议论。诸如关于新计划经济的构想、即将到来的新计划经济时代、大型计算机管理将召回逐渐远去的计划经济等,在网上多处流传。这些观点认为,互联网普及之前的计划经济,称为老计划经济。互联网的出现,电脑的大量使用,使人类进入到了一个新纪元。在这个新纪元中,新计划经济学的诞生就有了它的必然性。新计划经济是在超大型数据库、计算机、互联网等技术条件下对老计划经济的补充和发展。通过信息技术进行生产信息和消费信息的采集和处理,在社会化大生产和灵活的物流配送体系下对产品的生产、销售、分配和消费的计划指导。把准确预测消费和计划生产摆在同等的位置上,既有消费品市场的竞争,又有计划的和谐,即所谓的新计划经济。

　　新计划经济认为原计划经济的有些缺点不是自身固有的,而是没有很好执行实施。计划经济的本质是对人类消费品生产的最优化,然而实践中常出现事与愿违。客观上,由于无法得到正确的市场供求信息,使计划经济前提落空。传统计划经济中进行计划以及对计划进行调节和控制所需的信息量太大,难以收集和处理,从而既不能科学决策,也不能真正落实计划。计划当局负责收集整个经济的信息,决定政策,然后根据其结果向基层的生产主体下达指令。然而,计划当局是否能正确地掌握经济的全面情况是一个疑问。产品的周期分为生产、销售、分配和消费四个环节,老的计划经济难于采取全部信息,特别是消费方面的信息,往往只好把计划重点放在生产上。由于没有对消费市场的合理的观测手段,计划中的生产和消费市场脱节,往往造成消费品供应不足等影响人民生活的重大问题。主观上,由于计划是人去制定的,受长官意志影响的计划就背离了计划的科学性。一些计划的制定不是按照日常百姓的需要,而是为了追求高产量、高指标,甚至是为了取悦领导等,这就把计划经济搞成了官僚意志经济。在制订国民经济计划时,如果首先考虑的是政治需要、军事需要、国家需要和社会需要,那么就必然忽视人民群众的普通生活的需要。主观的需要当然不能代替客观的事实,因此这样的计划经济必然是不科学的。

他们认为新计划经济在理论上是可能的。在哲学上,世界是可以认识的。社会经济活动是有规律的,它与自然规律一样,不以人的主观意志为转移。既然存在客观的经济规律,人们就可以认识它,并自觉地利用它来为人类服务。当人们自觉地利用认识了的经济规律来从事社会经济活动时,实际上就是计划经济。在技术上,目前有关数学模型正日趋完善。国家计划需要编制几千个产品的投入产出表,所涉及的巨大矩阵运算,这些问题在信息技术发展中终究可以解决。在历史上,在苏联和其他实行集中计划的国家,线性规划作为一种制订计划的技术来应用。1939年苏联数学家坎托洛维奇就已经提出过线性规划的完整思想,开始在苏联计划工作中应用。现今,制作计算机模型模拟企业生产活动和城市交通运行情况等,不仅是可行的,也开始了初步的应用。如同博丁顿所指出的,建立这种适用于整个国民经济的模型,原则上也并不是不可能的。剑桥大学应用经济系在这方面所做的工作,肯定了这种可能性。当今数学建模理论在经济活动中的广泛应用,为计划调节和控制提供了坚实准确的理论基础。例如博弈论、混沌数学、模糊逻辑、多元代数等数学工具和理论,都已在经济活动中得到了广泛应用。国际上甚至开发出了专门用于经济活动的各种计算数学软件包。

信息技术大大提高了计算收集和处理信息的可能性和可靠

性。博尔顿指出,计算机作为国家计划的一种工具的潜力尚未发挥,但潜力确实存在。计算机的这种技术潜力同世界各国面临的实行集中计划的非常明显的迫切性相符合。在收集、存储、检索和分析需要输入到整个经济体制各种模式中的大量数据方面,计算机极大地扩大了可能性。有了计算机,把整个经济组成部分连接起来的许许多多关系才得以用模式表示出来①。当今的科学技术,尤其是信息技术的发展,已能够支持超大规模数据采集、传输和处理。网络计算与普适计算理论与技术的进步和发展,为经济活动的计划调节与控制提供了系统计算平台。计算机理论与技术的进步和发展使高速处理巨大海量数据成为可能。在计算运行方面,运算问题一直是计划制定的瓶颈,短期内解决数千种参数的复杂运算,超出了人力的极限。现代超级计算机芯片速度,每秒钟达到亿万次,比人工计算速度提高何止千百万倍。计算机能够快速处理大型的、复杂的计算。兰格曾设想通过计算机求解千千万万个联立方程,中央计划机关就可能有计划按比例地分配资源。现代计算机还可以模拟社会生产、交换、消费和分配的各个环节。日前国家宏观调控的预警机制,就是计算机模型虚拟预测的结果。在收集信息方面,海量信息的收集和储存也是计划经济的前提。一个拥有千百万生产商和数亿消费者以及不计其数的商品和劳务的社会,相关信息巨量而复杂。在计算机网络出现之前,对这些信息的有效收集和整理是不可想象的。随着信息技术的发展,计算机网络的大容量和高速度,为抓住瞬间需求的变化和集中处理信息提供了技术上的可能性。实际上在局部领域,已经有了这样的初步实践。比如在著名的网络书店亚马逊购买书籍,当客户以后

①　[英]斯蒂芬·博丁顿:《计算机与社会主义》,华夏出版社,1989 年版,第 124 页。

再次进入该书店,网站就能会自动推荐一些相关的书籍给读者。一些大型连锁公司如沃尔玛等,也用计算机网络形成内部的计划运行基础。在某种意义上,国家的计划经济就是把一个公司的科学管理规划外推到整个社会。

以信息技术为支撑的新计划经济将更客观和更具反应性。过去的各种统计测算误差,再加上本位主义和长官意志干扰,造成计划失真、失灵和失控。信息技术为基础的新计划经济,以规范化的预设程序进行可行性评估和经济效益分析,从而完全排除了长官意志和人为干扰。过去计划经济中的人工制订或修改计划,无法适应瞬息万变的市场需求变化。借助信息技术不仅可以储备既有的海量数据和进行快速的运算,而且还可以进行相应的预测。计划可以根据生产和消费的变化,进行即时调整。一些人还设想建立全面配套、反应灵敏、信息完备的全国性的网络化的数据库管理系统。计划部门既收集国民经济体系运行的宏观信息,也收集个体消费的微观信息。在微观信息方面,通过建立大批装备计算机销售扫描终端的超级市场,经过大型计算机网络的即时处理,使市场需求信息在 24 小时之内自动输入生产计划部门。依托同样的计算机联网技术,生产厂家能够按设定程序和指令,迅速作出投产、限产或停产的决定。

然而,另一些学者认为信息技术与计划经济之间存在着矛盾。前苏联的实践被看做是这种矛盾的典型。哈佛大学肯尼迪政府学院前院长约瑟夫·奈在中国三亚举行的第二届全球化论坛上指出,苏联的计划经济模式对一、二次工业革命是有用的,是重工业模式。20 世纪 30 年代西方经历了大萧条,50 年代苏联经济恢复得很快,计划体制是有用的。但这种计划经济体制对第三次工业革命是不好的。计划经济对钢铁、电力等重工业有利,但对以信息为基础的经济是灾难,因为信息循环很短,很多信息产品寿命只有

1—2 年,市场经济能对这种变化即时做出快速反应。如果按苏联计划经济的模式,这个产品就过时了。随着经济变得越来越复杂,技术更进步,组织更分化,经济发展需要从粗放型向集约型转变。然而,苏联没有适时进行体制上的改革,顺利促成这种转变。英国左翼学者里查德·巴布鲁克的判断是:苏联没有能力领导信息技术革命。苏联的政治经济结构,保守僵化而缺乏弹性,反应迟钝而缺乏敏感,与信息技术所具有的弹性、灵活和变化是不协调的。曼纽尔·卡斯特详细分析了信息技术的兴起与苏联模式崩溃之间的关系。苏联高度集中的计划经济不利于信息技术的创新。计划经济体制在本质上就是一个摹仿型经济体制,即摹仿业已成熟的技术体系的经济体制,而非创新型经济体制。在计划经济的官僚式决策体制下,决策一般都是回避风险。苏联中央集权的垂直指挥链,不利于网络式合作。在这种计划体制之下,科研与工业生产制度上是分开的。计划经济缺乏竞争和不计效益,使得技术创新缺乏内在激励机制。苏联科研成果转化为生产力的周期长,平均需 10—12 年。相比之下,美国 85% 的成果可在 5 年内转化为生产力。对于周期短、更新快的信息技术来说,苏联体制的反应迟钝就意味着致命的落后。在信息时代,人们的需求极其复杂,而且变化极快,层出不穷的新产品刺激了新的消费需要。与此同时,现代经济的生产结构也极为复杂,新产品、新材料、新工艺不断涌现。在这样的社会中,要把各个角落里分散发生的巨量信息收集起来,及时传输到中央计划机关去,并在短时间内进行有效处理,将结果变成一个统一的、各个部分间相互衔接的计划,层层分解下达到基层单位去执行,是根本不可能的。正是因为如此,巴布鲁克写道:在柏林墙倒塌和苏联解体之后,在信息时代甚至最狂热的左派都对苏联体制的共产主义幻灭。那种模式的共产主义不能代表信息社会的未来,而是代表着工业时代的福特主义的过去。

　　甚至带有一些计划色彩的日本经济,也被认为与信息时代不那么协调。日本不是苏联那样的计划经济。但与美国比起来,日本的政府和大企业发挥着很大的作用。从市场与政府的关系看,日本是典型的政府导向型市场经济模式。政府运用产业政策诱导社会资源向政府调控的领域和方向配置。从战后50年代重点发展纤维等轻工业,到60年代重点发展钢铁和化学工业,从80年代重点发展电器机械和汽车业,到90年代着力发展电子机械和信息产业,日本的每一次产业转换,都是在政府产业政策的诱导下进行的。日本经济模式在20世纪80年代以前表现出强大的增长和竞争活力,而在20世纪90年代以来新的信息技术发展中却显得应对迟钝,缺乏竞争活力。这其中一个重要的根源在于,日本的经济模式与信息技术不那么相容。在就业上,信息产业是风险企业,那些失败的风险企业的员工不得不到其他企业求职,因此需要建立流动的劳动力市场。日本则是长期奉行终身雇佣,解雇和流动在日本的经济体制下是极其困难的。在技术创新上,日本以前的发展更多依赖的是技术模仿和优良的加工能力。而信息技术革命强调原创性,从原创技术的出现到产品的问世,不仅在很短时间内完成,而且也是在同一个研究室中完成的。特别是软件产品,制造技术的难度几乎是零。原创技术的发明者完全可以依靠自身的力量将技术变成产品,直接投向市场。这样日本的强点不能很好发挥,而原创不足的弱点暴露,对信息技术显得力不从心。

　　市场化刺激了信息技术的发展,这尤其体现在美国20世纪末期的经济发展之中。美国是当代信息技术最发达的国家,拥有全球信息产业的圣地硅谷,拥有诸多全球信息产业的超级公司。美国信息技术的领先,当然是建立在美国超强的经济实力和超强的基础科学之上,但也必须看到,美国特有的经济体制与政策哺育和促进了信息技术的产生和发展。

解除管制的政策刺激了信息产业的竞争。美国总体上经济体制比较自由,政府管制较少,鼓励竞争和创新。在信息和通信产业方面,美国 1996 年通过了电信法案,允许和鼓励不同电信企业以及电信、有线电视和因特网服务业务进行交叉渗透与合并重组,允许外国资本持有美国电信企业股份,消除了在所有电信业务领域开展公平竞争的最后障碍。这对美国电信和互联网的发展具有里程碑意义。美国崇尚自由市场,社会经济生活的大多数领域都是由市场调节。在现代信息产业充满优胜劣汰的市场竞争中,美国企业具有的独立性和高度流动性的劳动力和人才市场,表现出高度的适应性。在自由市场体制土壤中,在解除管制的刺激下,美国信息产业如雨后春笋般爆发出来,造就了美国在 20 世纪 90 年代经济的长期繁荣。在美国的示范之下,国际上总的趋势是放松政府管制,减少或废除政府对电信等垄断性行业的行政管制,通过竞争发展信息产业。

风险基金政策哺育了信息产业的创新。美国政府没有出面组织和操作风险资本,却通过诸如政府辅助、税收优惠、政府担保、为风险投资企业的股票上市提供方便等等一系列优惠措施,营造了一个有利于风险资本投资活动的政策环境和法律环境,从而刺激了美国风险投资活动的发展,进而推动了美国信息技术产业的快速发展。1993 年美国国会通过了一个法案,规定银行向风险企业贷款可占项目总投资的 90%,如果风险企业破产,政府负责赔偿 90%,并拍卖风险企业资产。信息产业风险大,难以由传统的大企业来进行。大企业的官僚式决策体制,一般都是回避风险。美国领导信息革命的不是传统的大企业,而是一些风险企业。从 20 世纪 80 年代开始,在风险投资的支持下,一大批高科技的新型中小企业纷纷诞生。不仅亚马逊、电子港湾等具有代表性的网络公司,就连微软、英特尔以及思科公司在创业阶段也是属于风险公司。

现今著名电脑厂家中,除 IBM 以外,大多是从风险企业起步的。

　　信息技术促进了市场化的发展。在市场经济中,生产和交换的过程一直受到信息问题的困扰。经典经济学认为,当经济活动接近于完全竞争状态时才会实现最大效率。完全竞争的一个重要假设是:厂商和消费者能够获得充分的信息。然而,实践中的信息短缺、信息失真以及信息时滞,严重地影响市场的效率。企业或个人获取市场信息的困难,主要受制于两个因素,一是技术上的困难,很难收集和获取相关的信息;二是经济上的困难,收集和获取这些信息的成本过高,时间过长。而今信息技术的发展为克服这种困难提供了有力的工具。一方面,信息网络能提供充足市场信息。经济主体运用信息技术,具有高速处理信息的能力,而且能够立即在彼此之间以低廉价格交换大量信息的系统,更接近于信息充分条件下的完全竞争市场。另一方面,信息技术减少交易成本。过去完全的市场经济只有理论上存在,因为其基本假设是:经济主体之间交换信息而不需要支付费用。实际上,交换信息存在着相当的交易费用,所以现实的市场总是不完全的市场。信息技术大大降低了交流成本。除此之外。信息技术还能提高人们识别和分析信息的能力,从而增强人们的经济理性。毫无疑问,信息技术的发展促使市场经济深化。

　　在理论上,信息技术为充分的市场经济提供了可能性。比尔·盖茨在《未来之路》中甚至展望,信息高速公路将扩大电子市场,并且使之成为最终媒介,一个无所不包的中介场所。任何一个连入信息高速公路的计算机都能获得有关卖者和他们的产品以及服务的信息。这将把我们带入一个崭新的世界,在这里花少量交易费用就能获得大量的市场信息。它将使那些产品生产者比以往任何时候更有效地看到消费者究竟需要什么,也使得那些未来的消费者更有效地购买产品。电脑网络使我们得以享有充足的知识,按照亚当·斯密的市场概念,而这正是市场实现充分竞争的一个条件。互联网这一技术革命将带来理想的完全竞争状况,信息流通无阻,市场愈来愈接近有效率市场状态。资本主义发展到了一个新阶段,在此阶段,完美的信息将成为完美的市场的基础,在这种资本主义制度下,市场信息极为丰富,交易费用很低,出现所谓的"无摩擦的资本主义"。当然,目前信息技术还只是一定程度上改善市场经济。理想的市场经济状况受到诸多因素的制约,目前谈论"完全的"、"无摩擦的"市场经济还是不切实际的。

信息技术与市场化的关系,还要结合经济全球化考察。实际上,全球化、市场化、信息化是20世纪90年代以来交织在一起的时代潮流。它们之间有着内在的互动关系。信息技术是当代经济全球化的重要动力。资本主义经济的每次全球扩张,都有相应的技术基础。信息技术具有跨越时空的强大横向联系力,具有对传统经济进行技术改造的提升力,有力地促进了国际分工的新发展,推动了经济活动全球化的深化。当今经济全球化的任何一个方面,诸如生产全球化、贸易全球化、金融全球化、管理全球化、投资全球化、消费全球化等等,都离不开信息技术的支持。信息技术降低成本,压缩空间,提升速度,最大限度地克服传统的时空障碍,为经济的全球扩张提供了巨大的动力。信息技术对全球化的关键领域,诸如跨国公司的扩张、金融的全球化和服务的全球化都有着关键的作用。经济全球化是以市场作为运行机制的,是市场经济的全球扩张。信息技术对全球化的推动作用,也间接促进市场经济的发展。

信息时代计划经济与市场经济的论争折射这样的问题:无论是计划经济还是市场经济,从历史到现实都有内在的依据和各自的优势。在肯定一方的同时,不能完全否定另一方。也就是说,一国的经济实践都要不同程度地结合两种经济体制的因素。在某一

33

历史时期,一种经济体制占有主导地位。但即使是这样,也不能认为另一种经济体制就失去了历史的依据。过去是这样,现在是这样,将来还是这样。

就目前而言,新计划经济虽然在一些媒体尤其是草根式的互联网上不时传播,但总体上还是左翼的难以落实的构想,还没有国家将之作为实际政策的理论依据。之所以如此,在于新计划经济具有一些深刻的缺陷。

从哲学层面,计划经济体制是以社会理性作为假定前提的。这要求社会能够准确无误地了解社会需求、社会资源、生产者的生产函数以及每一个劳动者的劳动贡献。但是至今人类还不能完全认知世界,也不能完全把握经济和社会发展规律,因此完全的科学的计划不可能做到。也许随着人类认识世界的深化,更多地、更精确地把握世界,那个时候能更自觉地从事经济活动。但就目前而言,新计划经济只是一种理论上对未来的设想,不能等同或混同于当今的现实。

从技术层面,技术上的可能性不等于现实性。可能性转化为现实性需要考虑成本、时间等条件。如果要精确地收集社会生产和生活信息,需要巨大的成本和很长的时间。假如以满足生活需求来设计计划,那么就必须准确掌握个人的生活条件和生活状态。随着生活水平的提高,人的生活条件参数非常复杂,而且生活状态是每时每刻都在变化。在目前计算技术的条件下,要能准确把握生活需求是不可能的。实际上,新计划经济论大大地低估了生活需求评估的难度,大大低估了计划经济计算的计算量。这种计算呈现指数爆炸式增长,即使在纯数学上,要么无法进行计算,要么要花费很长时间,计算出来的结果早就没有什么意义。历史实践也证明靠计算难以解决计划经济中的问题。苏联在20世纪70年代曾动员了大批数理经济学家和科学家,使用当时世界上最先进的电子计算机,试图为国家计划当局等提供计划的切实依据。结果是,苏联拥有一个世界上最庞大的经济管理机构、最繁琐的经济计划体系,但计划经济最终还是失败了。很简单,前苏联经济学家费德连科曾谈到,在苏联大约要生产 200 多万种产品,其中有 100 多万种产品作为投入再进入生产之中,用数学计算出详细的生产计划需要 1018 个序列,为了完成这个约为 100 万 3 次幂的巨量运算,用苏联每秒运算 1 百万次的巨型计算机,则需要 30000 年时间完成。计划经济的有效运行需要几个前提条件:一是中央计划当局必须充分掌握准确完整的信息;二是信息的传播和处理必须足够迅速,才可以保证经济计划决策的时效性;三是必须有能力保证信息在传输过程中,不因微观主体利益冲突而发生歪曲或失真。但是,实践中还不可能具备这些前提,其中的一些问题不是信息技术所能完全解决的。纯粹的技术决定论,在解决计划经济的问题上也行不通。

然而,选择市场经济并不等于认同新自由主义。美国里根执政之后,各届政府开始长期奉行新自由主义政策。在 20 世纪末期,先后进行了放开对天空、电信、电力、基础设施和金融系统的管制,全面强化了各行各业的竞争。由于美国在全球化和信息化中的领先和主导地位,美国的这些带有新自由主义色彩的做法也被推广到世界各地,甚至被认为是信息时代经济发展的重要制度基础。中国要研究先进国家尤其是美国在迈进信息时代的经验教训。但是,对美国实行的这些政策要仔细斟酌和鉴别。诚然,美国信息产业发展的主要动力是市场机制,但美国政府在引导信息产业发展上也发挥了一定的作用,诸如为信息技术产业发展提供相对宽松的国内外市场环境和法制环境,运用财政支出政策、税收政策、价格政策、产业政策等杠杆,引导和帮助民间企业对国家信息基础设施的投资、信息技术的应用和开发。曼纽尔·卡斯特就指出,若不是美国政府积极想要重获相对于苏联的技术优势,因而慷慨资助,并且保护市场,这些信息产业公司是不可能生存的。不论是美国或者世界,国家才是信息技术革命的发动者,而不是车库里的企业家。

计划经济与市场经济两者的关系要辩证看待。一些学者提出了观察两种经济体制的不同视角。英国学者阿历克斯·卡里尼科斯在《反资本主义宣言》中指出,社会主义计划往往被认为是过时的做法。其实我们现在恰恰需要社会主义计划。建立社会主义的计划经济是完全可能的①。他认为,作为资本主义替代品的计划经济,应当建立在生产者和消费者之间分散的、水平关系的基础之上,而不是计划中心强加的垂直命令式关系。总而言之,是一种民主的计划。威廉·基本也特别指出应看到市场经济的问题。由于前苏联、东欧实施的那种极端的计划经济模式被唾弃,从而使得资本主义市场经济模式所包括的一系列弊端被掩盖起来,使得人们对这种模式的弊端视而不见。

需要指出的是,当代西方资本主义没有纯而又纯的市场经济。邓小平在著名的南方谈话中就指出,计划多一点还是市场多一点,不是社会主义与资本主义的本质区别。计划和市场都是经济手段。计划经济不等于社会主义,"资本主义也有计划"②。加尔布雷斯早就论及资本主义经济中的计划与市场的二元结构问题。他指出,资本主义存在着"计划体系"和"市场体系",大公司、大企业规模大。技术复杂,投资大,建设周期长,因此需要安全和稳定,需要预测未来,因而实行计划经济体系。中小企业和个体经营者,只

①　[英]A. T. 卡里尼科斯:《反资本主义宣言》,上海译文出版社,2005 年,第89 页。

②　《邓小平文选》第 3 卷,人民出版社,1993 年版,第 373 页。

能选择市场经济体系。计划与市场两者相互联系、相互依赖,地位不断发生变化。在整个社会中,计划体系处于有利的地位。加尔布雷斯的这种看法无疑是另一种视角。当代资本主义经济具有计划性,这是生产社会化与资本占有社会化发展的历史趋势,是资本主义发展新阶段的一个特征。当代资本主义的计划性的突出特点,一是有计划的规模更大了,它是在国家垄断资本的基础上,在全国规模上的有计划;二是范围更广、程度更高了,它不仅是对社会物质资料生产在一定程度上的有计划调节,而且是对整个社会再生产,即对社会的生产、交换、分配、消费的一定程度上的计划调节;三是权威性更强了,它不仅借助国家垄断资本的力量,而且在一定程度上直接凭借国家政权的强力,从而对社会经济生活的运行过程实施干预与调控。当然,资本主义的计划与传统社会主义的计划经济有很大不同。从整体上讲,资本主义国家占主体地位的仍然是并且也只能是市场调节。就计划调控自身来说,也是直接调控与间接调控结合在一起的,国家对国有经济发展以直接调控为主的,对整个社会的调控则是以间接调控为主。

西方国家在实践中也注意运用技术进步做好经济规划或宏观调控工作。比如法国,从1947年就开始了经济计划工作。起初是由社会党和共产党推行,后来也被其他执政党所采用,并得到法国大企业利益集团的有力支持。冷战结束之后,1995年右翼政党领袖希拉克当选总统,但政府仍旧将国家计划放在重要的位置上,继续实行法国式的"计划主导型双重调节"模式。其他发达国家都程度不同的注意国家的宏观调节。的确,当代信息技术的突飞猛进,使得现代资本主义能够实现某种宏观协调,实现有组织、有计划地生产和投资,从而避免出现大的经济危机。借助于信息技术手段,当代资本主义各国的经济统计、计量经济学以及市场行情预测有了很大进展。私人与官方研究行情的机构不仅大量涌现,而且这些研究机构有效地预测周期动向,建立和完善数据预测系统。这在宏观上使得资本主义生产盲目性程度大大降低,计划生产的自觉性大为提高。这在微观上使企业有可能观察并预测整个市场的当前行情以及个别部门生产的长期趋势。

中国在借鉴世界各国经验时,要结合自己的国情。中国既要求坚持市场化的改革方向,又要重视政府对经济运行加以必要引导和干预,不能搞市场原教旨主义。中国顺应信息时代的潮流正确地选择了市场经济的道路。综合最近几十年的社会实践,尤其是苏联高度集中计划经济的解体和美国在信息化发展中的领先地位,中国在信息时代来临之际进行市场经济体制改革是明智的。中国确立市场经济体制,既是总结历史的经验教训,也是前瞻信息时代的未来。中国还要运用信息技术完善市场经济。一方面运用信息技术加强宏观调控,另一方面运用信息技术发挥市场效能。中国根据经济形势实施相应的宏观调控政策,综合运用计划、财政、金融等手段,发挥价格、税收、利率、汇率等经济杠杆的作用,保持经济稳定增长。在进行宏观调控和经济治理过程中,要充分运用现代信息技术手段,提高管理水平和工作效率。中国经济体制转轨还没有彻底完成,各种制度建设还不健全、社会信用体系缺乏、法制不完善、消费者法制意识淡薄,这些与社会及市场信息的不完善或不对称相关。

## 四、劳动性质的变化

纵观近代以来的历史,科学技术的每次重大突破都带来产业结构的重大变革。第一次科技革命引发了欧洲的工业革命,兴起了纺织工业、交通运输业、建筑业等,使国民经济突破了传统的农业、手工业的局限,一些先进国家跨入了工业社会的大门,作为第三产业的商业、服务业也获得了发展。第二次科技革命中,电气的广泛使用,钢铁、化工等重工业迅速崛起,成为大工业时代的标志。农业退居次要地位,第三产业进一步发展。

　　二战之后新科技革命对产业结构的影响,突出地表现在第三产业的崛起上。以美国为例,20世纪50年代以来,第一、二产业持续下降,到1986年第一产业下降到3%,第二产业下降到26.4%,第三产业则上升到70.6%。第三产业之所以比重日益上升,最重要的推动因素就是新科技革命。高新技术的发展要求从业人员必须是具有高度科学文化知识和技能的脑力劳动者,从而带来文化教育事业的发展;高新技术的发展要求有充足的科技资源、商业渠道、工业生产服务体系、交通运输条件,又促进了相关的服务行业的发展;高新技术的发展和应用大大提高了第一、二产业的劳动生产率,使大量的劳动力从这些产业中转移出来,为第三产业的迅猛发展提供了充足的劳动力资源。

　　需要指出的是,产业结构的变化不仅表现在三大产业比例关系的消长上,而且也体现在各产业内部部门结构的变化上。就第三产业而言,而今的第三产业与传统的第三产业有很大的差别。二战以后尤其是在20世纪70年代以来,第三产业在科学技术和总体生产力大为提高的推动下,结构发生了显著的改变,主要体现在下列几个方面:一是传统服务业广泛采用现代技术,经营范围不断扩大,经营方式不断创新。尤其是信息技术广泛应用于金融业、服务业、商业等部门,极大地促进了其现代化程度,效率明显提高。二是科研、信息、咨询、设计等行业,成为当代资本主义国家第三产业发展的方向。同时,文娱、体育、旅游、保健、教育等为人的全面发展和现代生活服务的部门发展较快,提高了国民素质的整体水平。三是组织和管理社会经济生活的政府部门成为第三产业的重要组成部分。如美国目前政府部门的就业人数,包括邮政、教育、医疗、保健等,以年均2%的幅度递增,政府部门就业人数已占服务业总就业人数的21%,是服务业的重要组成部分。

不仅如此,在信息化的浪潮中装备制造业等典型的第二产业也正在并将被改造成某种意义上的服务业。在产品价格竞争激烈、利润空间迅速缩小的形势下,国际装备企业越来越依靠服务来扩大经营的增值空间。近年来装备制造业的网络化和电子商务的发展充分显示了装备制造业服务化的趋势。国际上知名的大企业均在积极地开展与产品相关的全寿命周期内的服务,并积极推进网络销售、网络承揽订货、网络售后服务等。随着装备制造业服务化趋势的发展,许多企业的销售额中,服务的比重在不断提高,服务对公司毛利润率、营业利润率的提高起的作用不断增强。国外装备制造业发展的经验表明,在用户的需求进入多样化阶段以后,装备制造业就要从硬件生产为中心的素质中脱身出来,向以软件服务为中心的、具有综合工程能力的"产品 + 服务"的产业转变[①]。

关于当代产业结构的变化趋势及其原因,在各种书籍、刊物中讨论的较多,本书对此不做展开。本书讨论另一个新兴的、也是更为深刻的问题,那就是如何看待日益扩大的存在于第三产业的非物质劳动。2000年迈克尔·哈特和安东尼奥·奈格里在哈佛大学出版社出版了《帝国》。该书成为左翼关于全球化的重要的具有较大影响的著作。这也为该书的作者赢得了世界性的学术声誉。由此所带动,作者的诸多观点开始流传并受到重视,其中的非物质劳动论值得关注。

劳动是人类的本质活动,是人类社会存在和发展的基础。因此,一些左翼试图深入到劳动层次揭示当代社会的本质和变迁。

---

① 马云泽:《信息化时代世界装备制造业的软化趋势》,《桂海论丛》(南宁),2007年第3期。

哈特等正是基于这一理念提出和阐发非物质劳动。

非物质劳动的观点源自意大利的激进左翼。《帝国》作者之一的奈格里就是身世非同寻常的意大利革命左派。他既是著名的左翼学者,也是激进的政治行动者,并曾因此入狱和流亡。另一位作者哈特,虽是美国年轻一代的学者,但和意大利渊源很深。他与奈格里亦师亦友,并且多年来花费很大的精力从事翻译,将意大利的政治思想介绍到英语世界。如同哈特所言,意大利左翼自20世纪60年代以来,试图解释当代劳动实践的变化方式,以及新形式的劳动可能带来什么样的新的、更大的潜能。新的概念诸如非物质劳动、大众知识分子、一般智力等,都试图抓住合作和创造性的新形式,这些新形式都关涉当代社会生产,一种由控制论、知识性和情感性的社会网络所界定的集体性的生产①。哈特等非物质劳动的论述秉承了意大利左翼的思想脉络。

非物质劳动是英文 immaterial labor 的译称,有的译成非物质劳务;英文中也使用相近的 immaterial production,译作非物质生产。哈特认为,非物质劳动是创造非物质性产品,如知识、信息、沟通、人际关系或情感反应的劳动。传统意义上的概念,如服务工作、智力劳动及认知劳动等,都涉及了非物质劳动的某一方面,但没有一个能概括其全体。哈特还认为,更好的方法是将这种新形式的劳动理解为"生物政治的劳动"(biopolitical labor),也就是不仅创造物质产品、而且创造人际关系乃至社会生活本身的劳动。生物政治一词或许更准确,但容易产生概念上的复杂性。非物质劳动虽然意义比较含混,但容易为入门者所掌握。权衡利弊,所以哈特还是姑且用之。

---

① [美]迈克尔·哈特:《当代意大利激进思想序言》,《国外理论动态》(北京),2005 年第 3 期。

哈特区分了三种类型的非物质劳动。第一种非物质劳动出现在已被信息化和已经融汇了通信技术的一种大工业生产之中。这种融汇的方式改变了生产过程本身。生产被视为一种服务,生产耐用物品的物质劳动和非物质劳动相混合,并趋向非物质劳动;第二种非物质劳动带有分析的创造性和象征性的任务,它一方面自身分解为创造性和智能的控制,另一方面成为日常的象征性任务,第三种非物质劳动涉及感情的生产和控制,并要求虚拟或实际的人际交往,即身体模式上的劳动①。哈特的著作深受意大利政治文化影响,又长期学习文学专业,英文原文就比较晦涩,翻译成中文更是难以通俗易懂。这段话如果用比较明了的中文来表述就是:一是生产耐用产品的非物质劳动,二是智能的分析性和象征性的劳动,三是生产和控制情感的劳动。意大利学者毛里齐奥·拉扎拉托则认为,非物质劳动概念有两个不同的方面:一方面是商品的"信息内容",它直接指向在工业和第三产业中大公司里的工人劳动过程所发生的变化,在那里直接劳动所需的技能逐渐变成神经机械学和电脑管控的技能。另一方面关于生产商品"文化内容"的行为,非物质劳动包括一系列活动,这些活动不再是一般意义上的"工作"。换句话说,这类活动包括界定和确定文化与艺术标准、时尚、品味、消费指针以及更具有策略性的公众舆论等不同信息项目的活动②。哈特的区分显然比拉扎拉托细致一些。当然,非物质劳动虽然分成多种基本类型,但在实际的劳动实践中,它们常常是互相融合在一起的。

哈特所指的这些非物质劳动中,有关服务和智力的劳动比较

---

① 〔美〕迈克尔·哈特、安东尼奥·奈格里:《帝国》,江苏人民出版社,2005年版,第340页。

② 〔意〕毛里齐奥·拉扎拉托:《非物质劳动》,《国外理论动态》(北京),2005年第3、4期。

常见,最不同寻常的是第三种的情感劳动(affective labor)。情感(affects)不同于感情(emotions),不仅涉及精神,同时也涉及身体。情感如高兴和悲伤,揭示了整个机体中的现时生命状态,它在表达出某种身体状态的同时,也表达了某种思维模式。因此,情感劳动是一种生产或操控诸如轻松、愉快、满足、兴奋或激动等的劳动。人们可以容易识别一些通常的情感劳动,如法律服务、航空服务和快餐服务等。情感劳动重要性提高的一个指标是越来越强调教育、态度、个性和社会亲和方面的表现,其作为雇用员工的重要因素。一位具有良好态度和社会技能的工作人员,也应当是一位适宜于从事情感劳动的员工。

非物质劳动具有一些特点。在劳动过程上,非物质生产的生产过程或劳动过程与消费过程同时进行。物质产品的生产过程与消费过程是两个不同的过程,是先生产后消费。在非物质生产中,像教育、医疗、戏剧和艺术等,生产过程与消费过程是同时进行的。生产结束了,消费过程也完成了。在劳动对象上,非物质生产的劳动对象一般是人本身,而物质生产的劳动对象是自然界。在工作时间上,非物质劳动的工作时间和业余时间之间的区分越来越不明显。我们越来越难以把休闲时间跟工作时间分辨开来。某种意义上讲,生活变得难以从工作中区分开来。当生产的目的成为解决问题,或想出新主意或创造人际关系时,工作时间就可能扩展到所有的生活时间。以农业和家务劳动为例可以说明。传统农业劳动在地里并没有时钟。如果有需要,工作时间可以一直从清晨延伸到黄昏。传统妇女家务劳动的安排,更是明显地消除了工作日与非工作日的区分,而将之扩展到整个生活中。在工作地点上,传统上工人的生产几乎完全是在工厂里进行的。与工作时间变化相对应,非物质劳动的工作地点也在扩展。不仅在办公室里会突然想到一个主意,也可能在洗澡或睡觉时想到它。在产业分布上,非

43

物质劳动不仅呈现在服务业中，也体现在工业中，甚至在农业中。哈特特别举例指出，农业劳动在体力方面需要特别大的支出，但农业也是一门科学。每一位农业工作者都是一位化学家，将土壤种类与正确的农作物搭配，将水果和牛奶变成葡萄酒和奶酪；他也是遗传生物学家，挑选最优质的种子来改良植物的种类；他又是气象学家，善于观察天空。农业工作者必须了解地球，根据其节奏使用它；农业工作者也必须得是金融经纪人，能看懂不断变化的市场，以确定出售农产品的最佳时机。总之，现代农业生产者一直都运用了知识、智力和创新手段，这些都是非物质劳动的典型特征。

哈特强调当代非物质劳动对其他形式劳动的霸权地位。中世纪以来世界经济范式分为三个历史时期。每个时期都有生产的主体。第一个范式中，农业和原材料开采是主体；第二个范式中，工业与可持续商品的生产是主体；第三个范式中，服务和信息业成为了经济生产的核心。第一个范式向第二个范式的转变，意味着现代化和工业化；第二个范式向第三个范式的转化，意味着信息化和后现代化。哈特认为，任何经济体系中都存在多种不同的劳动方式，它们同时存在，但总有一种劳动方式能对其他的方式构成霸权。在19世纪和20世纪，工业劳动在全球经济中占有一种霸权性的地位。在20世纪最后10年，工业劳动失去了霸权地位，代之而起出现了非物质劳动。

非物质劳动的霸权地位并不意味着它在数量上的优势。工业劳动在19世纪与其他生产方式如农业劳动相比，在数量上并不占优势。现今非物质劳动正趋于霸权地位，并不是说今天世界上大多数工人生产的主要是非物质性商品。相反，如几百年来的情况一样，农业劳动在数量上仍然占据优势，从全球范围来说，工业劳动在数量上也没有下降。非物质劳动就定量而言，并未在经济上成为主导性的力量，在全球范围内的分布也是不均匀的。非物质劳动在全球劳动中只占少数,而且只集中在全球某些主导性地区。

非物质劳动的霸权地位,与其说是体现在数量上,不如说体现在质量上。在原始社会、农业社会和工业社会中,物质产品的生产占主导地位。一般来说,社会的文明程度越高,包括信息资源开发利用在内的非物质生产的比重就会越高。目前服务业的比重在发达国家占到了主导地位,美国达到76%。非物质劳动的霸权地位体现在它能转化为其他形式的劳动。在工业时代,工业生产能将其他生产方式卷入其漩涡。农业、矿业甚至整个社会本身都卷入了工业化潮流。当然,工业化了的农业与工业相比仍然存在很大的差异,但它们也享有越来越多的共性。非物质劳动的劳动方式像一个风暴的中心一样,能逐渐转化其他的劳动方式,并使它们适应自己的核心本质。非物质劳动给其他劳动形式以及社会本身施加了一种倾向性影响。正如工业时代各种劳动方式和社会本身必须工业化一样,今天的劳动和社会必须信息化,必须变得明智、富于沟通,富有感情。

非物质劳动为发展新的劳动组织提供了新的基础。比之以前的劳动形式,非物质劳动构成了一种不同的、更加密切的协作关系和交流关系。相比于生产汽车和打字机的劳动,生产通信交流、情感关系和知识的劳动,更能够直接扩大共同享有的领域。非物质劳动的产品是劳动本身,并在许多情况下,它一出来就是社会化和普遍性的。因此,非物质生产导致劳动的进一步抽象化,以及劳动的更大社会化。这些跨越了所有的行业领域的创造性实践,诸如物质生产、非物质生产、欲望生产、情感生产等等,都是劳动。在非物质劳动中,工人是各种生产和操作中的能动主体,而不是服从简单指令的奴隶。由于工作要求进行集体性的合作与协作,因此工人便必须具有沟通的能力,必须是工作团队的积极参与者。非物质劳动之间的合作,不像以前的劳动是由外界强加或组织起来的,而是内在于劳动的自身之中。因此,非物质劳动的创造性为一种自发而基本的共产主义提供了潜力。共产主义社会的种子以新的集体的方式和这种劳动潜在地联系在一起①。

非物质劳动还锻造了新的主体。由于共同基础的不断建立,以及不同生产方式的日益趋同,一方面减弱了将劳动者区分为不同阶级的基础,另一方面为一种称之为"人众"(multitude)的劳动者形成创建了共同的基础。根据《牛津英语大辞典》解释,multitude 这个词的本义接近于弱势群体,包括了贱民、边缘人口、老百姓、民众、群众等,在中文很难找到与之对应的准确词汇,简体中文翻译用的是"大众"。"大众"是相对于阶级这个概念而言的,从新的劳动社会学角度看,工人正日益成为非物质劳动生产力的承担者,他们重新占有了生产工具。在非物质劳动生产中,这种工具就是人的大脑。工作的这种独特性质把工人塑造成了大众,而不是阶级。非物质劳动及合作成为主要的生产力。这也使得劳动和反抗的主体发生了深刻的变化。资本主义的剥削关系早已走出工厂,覆盖了整个社会本身。无产阶级的构成已经历了转化,已成为一个十分宽泛的范畴,包含着所有那些自己的劳动遭受直接和间接的剥削,屈从于资本主义生产和再生产规范的人。大工业的工人阶级只代表无产阶级及其革命的历史中的部分阶段。大众处于全球化世界的底层,是全球资本主义的被压迫者。大众是一种新的无产阶级,而不是新的大工业工人阶级。他们替换了传统的以产业工人为中心的无产阶级,变成了革命的主体。大众将创造新的民主形式和新的宪政力量,它总有一天带领着我们穿越帝国②。

---

① [美]迈克尔·哈特:《当代意大利激进思想序言》,《国外理论动态》(北京),2005 年第 3 期。

② [美]迈克尔·哈特、安东尼奥·奈格里:《帝国》,江苏人民出版社,2005年版,第 5 页。

非物质劳动作为劳动依然受到剥削,并寻求新的解放。哈特批评了所谓的新经济的乌托邦梦想。一些学者认为,通过技术革新和全球化,所有工作便可以变得有趣而愉悦,财富变得民主化,并可以免除向过去的倒退。哈特认为,事实并不是这样。非物质生产的霸权并不能使所有工作都变得令人愉快和回报丰厚。它不能缓解工作场所中的等级制和控制现象,也不能遏止国家或全球劳动市场的单极化趋势。非物质劳动下仍然存在剥削。只不过剥削不再主要占有个人或集体的劳动时间,而是获取协作劳动产生的价值。在新的网络式生产方式中,劳动在交易中的地位更被削弱。资本不必再与某一地域上有限的劳动力进行交易,而可以在全球劳动力中进行博弈。

非物质劳动的霸权促使探索未来的国家模式。这种劳动使国家控制的旧模式不再有效。这要求以追求民主政治的目标,对国家形式进行深入的思考。这不仅要改变资本主义形式的国家控制,也要批评传统社会主义发展出来的那种国家形式。这不仅是对苏联集权模式的简单批评,而且要重新考虑社会主义国家的民主特性,探索新形式的民主代表制。传统社会主义国家中,重视物质生产的发展,但限制非物质生产的发展。这使得它们的非物质财富贫乏,人民的非物质生活单调、枯燥。前苏联国家中的短缺,不止是物质产品的短缺,精神产品更为短缺。新的未来国家应当把非物质劳动放到重要的位置。

重视非物质劳动是时代发展的要求。亚当·斯密就对生产性劳动与非生产性劳动进行了划分,他在《国富论》第 2 篇第 3 章这样写道,有一种劳动,加在物上,能增加物的价值;另一种劳动,却不能够。前者因可生产价值,可称为生产性劳动,后者可称为非生产性劳动。19 世纪由于非物质生产领域同整个资本主义生产比起来微不足道,因此当时对劳动的研究限定在物质资料生产部门。

在马克思的分析框架中,社会劳动就有生产性劳动和非生产性劳动之分。生产性劳动即创造价值的劳动,非生产性劳动即不创造价值的劳动。由于受实践条件所限,当时非生产性劳动并未得到足够重视。随着社会的发展和劳动的日益复杂化,非生产性劳动的地位和作用日益凸显。目前在发达国家,非物质劳动占社会劳动的比重已在2/3以上。否认非物质劳动创造价值,就越来越不符合基本的经济事实,也无法被现实社会接受。因此,对非生产劳动需重新界定,扩大它的外延,承认非生产性劳动创造价值,应该说是学术发展的必然趋势。当今而言,物质劳动和非物质劳动都是劳动。物质生产部门、非物质生产部门的劳动者,都是价值贡献者,社会需求满足者,社会财富创造者,社会生产力的推动者。从哈特的非物质劳动论中,我们应该受到这样的启发。

当代有必要深入研究非物质劳动。20世纪80年代末,法国学者皮埃尔·布迪厄在《资本的形式》的专论里,将资本的概念一分为三,在经济资本之外,提出并论述了"文化资本"和"社会资本",以及这些资本在当今社会中的功能及其转换规则问题。他特别提到,与传统所确认的经济资本相比,所谓文化资本和社会资本,都可以表现为"非物质的形式"。未来学家托夫勒曾非常敏锐地预测到:"当代经济方面最重要的事情是一种创造财富的新体系的崛起,这种体系不再是以肌肉(体力)为基础,而是以大脑(脑力)为基础[1]。"丹尼尔·贝尔认为,后工业社会是以服务行业为基础的。后工业社会第一个最简单的特点,是大多数劳动力不再从事农业或制造业,而是从事服务业,如贸易、金融、保健、娱乐、研

---

① ［美］阿尔文·托夫勒:《力量的转移》,新华出版社,1996年版,第10页。

究、教育和管理①。的确,当代既要看到非物质劳动与物质劳动的共性,又要看到两者之间的不同。哈特等注意到劳动方式的新变化及其效应,其论述具有一定的新意。在学术上,还需要对非物质劳动进行更多、更详尽和更系统的探讨。

左翼学者库尔茨则对服务业持批评态度②。在库尔茨看来,当代资本主义企图通过建立服务性社会来拓宽就业领域,并以此缓解矛盾的做法实际上是海市蜃楼。库尔茨指出,当今资本主义社会的统治精英实际上已意识到在现存的经济结构中不会再有充分就业,于是他们为了控制由此造成的危机,就不惜一切代价为就业寻找新的领域,这个新的领域就是现代服务业。他们强调可以把从第一产业和第二产业被解放出来的劳动力逐渐转移到提供服务的第三产业,从而也就使工业社会转变为后工业的服务业社会。库尔茨一针见血地指出,这是一种天真幼稚的乐观,是海市蜃楼,是资本主义驯化出来的学术思想所犯的一个典型失误。库尔茨十分肯定地指出,如果认为向服务业社会的转轨能够在资本主义社会内部发生,并且完全没有类似从农业社会过渡到工业社会那种根本的裂变,那实在是很幼稚可笑的想法。一个巨大的社会变革意义上的服务业资本主义社会将不会出现。库尔茨还尖刻地认为,一些富人正拥有越来越多的直接为自己服务的劳动力,他们应该百万倍地对这个不幸的服务世界还能提供的东西感到满足,而直接为他们服务的那些人则作为高收入者的奴仆将不得不为几个铜板和一顿热饭而受雇。库尔茨认为,如果这也算是服务行业的话,那么在这些服务行业工作的人则是当代奴仆,这些行业越是发

49

---

① [美]丹尼尔·贝尔:《后工业社会的来临》,新华出版社,1997年版,第14页。

② 陈学明:《在高倍数显微镜下看当代资本主义———库尔茨对资本主义最新发展阶段的论述》,《红旗文稿》(北京),2007年第18期。

展,当代奴仆的数量也就越多,所受的压迫也就越深。与此相似,杰里米·里夫金在他的著作《劳动的终结:全球劳动力的衰落和后市场时代的黎明》中,试图证明人类劳动从所有经济部门中逐步被排除。他证明科技变化已经导致了资本主义经济下农业和工业部门大规模的失业,并预言信息、计算机和电讯技术的发展,将给目前就业率正在上升的服务性行业,带来同样的失业。

对哈特的非物质劳动论,有两点值得注意。一是哈特的观点带有左翼惯有的超前性。在政治光谱上,马克思主义者属于左翼,但左翼不都是马克思主义。因此对于左翼观点,也不能简单肯定。哈特所属的这种左翼,更是激进的左翼,与经典的共产主义者立场差别很大。奈格里等是意大利极左政治的代表,具有无政府主义倾向,多数严肃的左派都对之并不认同。哈特等不仅承认非物质劳动,而且将这种劳动置于霸权的地位。这种标新立异的观点,过于夸大了当今的社会发展水平。就信息化而言,20世纪末期发达国家信息化也在加速,并且达到较高的水平,但是还不能认为现在已经进入了成熟的信息社会。作者与众多的左翼人士以及未来学家一样,存在着对全球化和信息化水平过于超前的误判。在探讨非物质劳动的意义时,要恰如其分,不能脱离当前的实际。二是哈特的观点并不是信息时代的马克思主义。哈特是美国年轻一代的学者,毕业于美国西雅图的华盛顿大学英文系,任教于杜克大学文学系。哈特比较系统地接受了马克思主义知识,不仅是经典的马克思、列宁的思想,也包括从卢卡奇、葛兰西、法兰克福学派到当代的福科、德里达的思想。虽然《帝国》一书在封底内页的宣传文字上,甚至写上了"新共产主义宣言"的词句,一些学者甚至形容哈特等是互联网时代的马克思。但是,哈特的观点与马克思主义距离很大。毋宁说,用马克思主义立场和观点评析他们的非物质劳动论是一项重要的学术任务。

# 第 二 章

# 政治发展的新动向

　　技术进步与政治发展是密切关联的。信息技术渗透到当代资本主义政治的各个方面。本章就信息时代的民主、政府、阶级和运动等重要的政治表现，做一些具体的探讨。

## 一、电子民主的兴起

　　当今世界民主的众多形式中，最常见的是代议制的间接民主。这种民主体制在几个世纪的运行中不断完善，在同其他类型的政治体制和其他的民主形式的竞争中取得了相对优势，成为西方主导的民主体制。

　　然而，代议制民主既不是唯一的民主形式，更不是完美无缺的民主形式。西方的代议制民主在实践中出现种种不足，最主要的是民众的政治冷漠和官僚的威权治理。对于广大选民来说，几年一次投票选举议员和官员。而在投票之后的平日里鲜有作为，对政府实施的公共政策缺乏直接的、有效的影响。公共选择理论认为，当选民们个人利益与公共利益缺乏直接的相关性，或者选择的成本太高的时候，理性的选民就会放弃自己的政治权利，只能听任利益集团或者政府操纵和支配公共政策，导致政治冷漠症。由于民众冷漠而放弃政治参与，依照民主原则本应由全体公民决定的一系列重要的政治社会问题,就简约为少数政府官僚和专家所解决的技术性问题。这样,代议制民主在实质上已经演变为一种技术官僚的威权治理。政治生活的官僚化和技术化,使得代议制民主潜伏着合法性危机。

冷战结束之际,弗朗西斯·福山对西方民主极度称颂,并高调地作出了"历史终结"的妄断。对此,一些左翼学者对民主提出了批评。雅克·德里达剖析了西方的议会民主制度。他反问道,还有必要指出议会的自由民主制在世界上处于如此少数孤立的状态吗?还有必要指出我们称之为西方民主制的东西从来没有处于如此功能不良的状态吗?选举的代表制或议会生活为经济机制所扭曲,它在一个极度混乱的公共空间中运作越来越艰难。萨米尔·阿明更是指责西方实行的软专制主义。他认为软专制主义正是美国的一贯特征。阿明的基本判断是,民主正被掏空了一切实质内容,而落入市场的股掌之中。资产阶级个人主义不是通向民主,而是直达专制。戴维·施韦卡特指出,资本主义的所谓民主制度实际上是一种多头政治制度。从表面上看,这一制度会让所有的问题都进入民主的程序加以决定,实际上许多问题都会被从自由讨论的领域中剔除。由于资本家具有控制权,从而他们不会把涉及经济变迁等重大问题放到民主的程序之中。他们试图把那些基本的问题,那些会伤害他们利益的问题,从投票箱中排除出去。施韦卡特注意到,资本主义辩护者对资本主义的所谓民主的推崇,主要是对其选举制的推崇,而资本主义的选举制并不是真正体现了民主。那些有钱人,由于他们拥有财富,从而他们可为政治竞选提供很多经费,而且在代表特殊利益方面,他们也组织得很好。他们接近政府官员特别容易,而且往往在政府上层有代言人。在现行的资本主义体制下,"财富可以通过多种渠道来提高让正式的民主程序反映有钱人利益的可能性"①。

当代民主的这种状况很早就引起了人们的担忧。汉娜·阿伦特提醒人们,要把重大的公共事务决定权交给人民大众。如果除了投票日之外,又不让公众拥有发言和受教育的机会,这是非常危险的。本雅明·巴伯认为,这种民主事实上形同"寡头民意"主导了多数人的利益,是"弱势民主"。所谓弱势是指它在合法性上较弱。为了矫正代议制民主的缺陷,落实民主的实质,一些学者尤其是具有左翼倾向的学者试图探索新的民主途径和民主模式,其中最为突出的就是强调民主参与。

于尔根·哈贝马斯等提出了协商民主,强调公民在公共领域的直接参与。民主过程不仅表现为议会中利益的妥协,而且也表现为在公共领域的自由商谈。凡是涉及重大的公共决策,在政策实施之前必须由公民进行讨论和争辩,通过不同意见的对话,最后达成妥协和共识。在哈贝马斯看来,国家政治统治在宗教基础消失之后,世俗化国家的合法性源泉只能来自公民普遍的、广泛的政治参与。在公职人员的选举上,可以承认并接受代议制度,实行间接民主;但在公共意见的表达上,公众则是不能被替代、被代表的,必须通过公共领域的自由讨论。哈贝马斯期望通过公共领域的重建,强化现代国家的合法性基础。哈贝马斯十分强调政治参与对民主社会和个人实现的影响,在他看来,早期资产阶级公共领域是人们影响社会和政治秩序的有效途径。他曾描绘了 18 世纪文学俱乐部、沙龙、报纸与政治刊物、政治辩论与政治参与制度的兴起。哈贝马斯看到了资本主义公共领域的衰落,19 世纪末随

53

---

① [美]戴维·施韦卡特:《反对资本主义》,中国人民大学出版社,2002 年版,第 213 页。

着国家和私人企业的介入,私人利益逐渐占据上风,公共领域和私人领域之间的界限也变得日益模糊起来,最终,公共领域蜕变为统治领域。按照哈贝马斯的分析,在当前发达资本主义社会中,公共意见是被政治、经济和媒体界的精英们控制的,他们的私人意见左右了公共意见,传统的公共领域已经消失了。

汉娜·阿伦特也主张公民的直接参与。她将人的活动分为"劳动"、"工作"和"行动"三种,前两种属于私人领域,后一种属于公共领域。所谓的"行动"就是公民所从事的政治活动。它是人与人之间唯一不需要物质或物品为中介而相互交往的活动。在阿伦特看来,在代议制民主政治当中,选民虽然可以通过民意代表,去捍卫自己的私人利益,但"行动"的大门由此而被关闭了。真实的意见唯有通过在公共领域的公开讨论才能形成,而不是被代表。她赞成卢梭的观点,即公共权威的合法性基础是建立在持续的同意基础上的,而这样的同意只能通过公共领域直接参与的"行动"才能得以体现。

本雅明·巴伯则是当代主张民主参与的代表性学者。巴伯提出了以"强势民主"改造"弱势民主"的方案,其核心就是扩大公众对政治的直接参与。所谓强势民主意味着公民参与影响他们的重大决策。它强调的是活动(activity)、过程(process)、自我立法(self – legislation)、创造(creation)和变化(transformation)。人民主权理论将公共权力的合法性归根于公民的广泛的政治参与。通过落实公民对政治的普遍参与,赋予公共权威以充足的合法性。民主参与医治政治冷漠。巴伯认为美国实际存在两种民主:一种是国家民主,体现为两党冲突、总统大选、联邦机构的政策等。另一种是地方民主,体现为邻里街坊组织、家长教师协会、社区行动团体等。美国人对第一种民主的怀疑感和冷漠感越来越深,但是对第二种民主的热情始终不渝①。在地区或社区事务中,公民成了积极的思考者、行动者,因为这里的政治不再是"他们的",而是"我们的"。民主参与能克服官僚威权。威权主义的统治是以公民的政治冷漠为其存在的基础的。官僚治理是一种精英主义。丹尼尔·贝尔认为,民主参与的革命,在很大程度上是反对社会的专业化和技治主义(也称专家治国)的。最早论述商议民主的约瑟夫·毕塞特(Joseph Bessette)也主张公民参与反对精英主义②。

有效的民主参与,需要适宜的外在环境。这个外在环境的关键,在巴伯那里是公民社会(civil society)、在哈贝马斯那里是公共领域(public sphere)、在罗伯特·帕特南那里是社会资本(social capital)。巴伯认为提供更为直接、更为紧密、更为持久的参与的基础是公民社会。如果说议会民主与代议制相关,那么公民社会则与民主参与相关。哈贝马斯认为公共领域是商议民主的关键。公共领域指公民可以自由表达及沟通意见,以形成民意或共识的社会生活领域。帕特南则把社会资本作为理解当代民主兴衰的一个关键。社会资本主要指公民之间的信任、依赖和合作关系。

有效的民主参与,需要公民具有必要的素质。这体现在道德、文化以及规则等方面。在道德上,公民必须得具备起码的公德意识。公民在必要时愿意为民主政治做出一定程度的贡献和牺牲。比如,在选举时愿意抽出时间参加投票、平时愿意向相关部门反映自身或本地社区在施政管理方面存在的问题;愿意服兵役或从事其他形式的社会服务工作等等。在文化上,公民必须具备相应的认识能力,必须能够合理评判与自身利益有关的各项法规、政策、

---

① Benjamin Barber: *Strong Democracy*, University of California Press, 1984, p. xi.
② 陈家刚:《协商民主》,上海三联出版社,2004 年版,第 2 页。

计划、方案的利弊得失，从各项选择中寻找最接近自己目的的方案，并针对其缺陷提出修正办法。没有必要的文化教育，民主参与就只是个人偏见的发泄。在规则上，公民必须遵纪守法、自我约束。民主是一种规则体系。公民要参与民主、享受由民主决策而获得的利益，就必须愿意接受民主制度对其行为的约束和规范，并且愿意接受由民主决策过程所产生的各种结果，即使这个结果不能完全满足自己的心愿或有损自己的利益。

当代公民的民主参与存在着诸多障碍。马塞·哈尔指出，公民缺乏教育、公民冷漠、以及公民与代表之间的断裂是阻碍民主参与的三大障碍①。这表现为，公民缺乏民主参与的基本知识和技能；各个层次的投票率下降和公民参加社会活动的减少；利益团体、政府机构和立法机构形成铁三角，割断政府与公民之间的距离。在更深的层次上，民主参与的障碍则表现在公民社会的缩减、公共领域的衰退、社会资本的下降。哈贝马斯指出，19世纪末、20世纪初，由于福利国家的兴起以及大型企业私人组织的出现，使得公私领域的界线日益模糊，利益团体及企业组织的介入国家机器运作，理性辩论常常被策略操控所取代。大众传播本来是理想型公共领域的代表。然而，当代大众媒体引入消费文化，公共领域日渐式微。巴伯认为，19世纪美国公民社会强大，那时的政府很小且作用有限，同时经济领域的大企业不多。然而自那时以来，随着工业化之后出现垄断企业，经济领域开始侵蚀公民社会的范围。政府急剧扩权，也使公民社会的作用范围进一步缩减。帕特南则以"独自打保龄球"形容民间社团的衰落。保龄球是美国人最喜欢的运动之一，每年打过保龄球的人比参加国会选举的投票人数还多。但美国保龄球协会的成员却下降了，美国人倾向于"独自

---

① Barry Hague：*Digital democracy*，New York：Routledge，1999，p. 97.

玩保龄"。社会资本的下降威胁了美国历史上富有生机的地方草根民主。

信息技术在促进当代的民主参与上具有巨大的潜力。就深层次而言,这种潜力表现在三个主要方面,即强化公民与政府之间的联系、重构公共领域、提升社会资本。

信息技术强化公民与政府之间的联系。首先,信息技术促进政府信息公开。公民缺乏必要的政府信息,是阻碍有效参与决策的重要因素。网络的开放、互动、即时、高速等特点,为政府的信息公开提供了新的有效手段。政府能够为公众提供全时空、全方位的便捷服务。公民可以通过网络便捷地获取相关的信息资源。互联网有助于改变长期存在的信息不对称的状况。其次,信息技术增强了公众参与的机会。依照公共选择理论,公民在参与上的消极是理性分析成本与收益的结果。也就是说,参与成本过高是公民消极的重要因素。很高的通信和组织成本,使得只有那些富有并且组织得很好的团体,如有强大财力支撑的利益集团,才能较为有效地参与政府决策。下层的、大而贫穷的团体则处于不利的地位。信息技术极大地降低了参与成本,并极大地提高了参与便捷性,这将惠及普通民众。

信息技术提供了重构公共领域的机会。协商民主强调理性、平等、身份、教育等。对话的参与者之间存在不同的利益、不同信仰与不同的理想,他们通过对话以解决问题或作出决策。互联网能否培植商议民主所需的对话还存在不同的意见,但它的确在某些方面改善商议民主的条件。网络空间是一个多元化、平等的、开放的公共空间。在这个空间中,不论身份为何,每个人都可以表达自己的理念或观点。在网络空间中,人们以平等、互辩的姿态对政治事务进行最佳的讨论。雅克·德里达认为新技术不仅是技术,而且对公共领域有根本的影响,将改变公共领域的层次和结构。

麦克尔·麦克弗逊认为,运用现代信息技术可使全体公民取得对公共议题的信息,并通过互联网对公共议题进行讨论、辩论及投票,进而实践公民参与的理想。杰瑞·贝特曼等则认为,通过信息技术的应用,可以实现哈贝马斯的理想对话的沟通情境,促成真正共识的达成。网络上沟通论述的异质性、冲突性及多重主体性,反映社会的多元复杂性。网络论坛在某种意义上为民主参与提供一个能够容纳各种政治行为的公共虚拟空间。有些学者更进一步指出,互联网上直接的、商议的对话,所建立的不只是一个虚拟的社群,而是真实而多元的讨论社群,它进而发展出多元论述的公共领域。

信息技术有助于提升社会资本。民主参与依赖于强烈的社会资本。托克维尔在《论美国的民主》一书中认为,大量的公民结社是美国人能够进行史无前例的民主实践的关键原因。然而,如同萨塔·斯考科波所总结的,美国人急剧地改变了他们进行公民参与和政治结社的风格。拥有大量地方成员而积极干预全国事务的市民组织已经成为了历史遗物。互联网与社会资本具有内在的联系。的确,面对面地交流是作为社会资本要素的诚信产生的重要条件。信息技术优势在于交流的广泛性,而不是深度。社会交往区别为弱纽带和强纽带。互联网特别适用于发展多重弱纽带。互联网虽然不是强纽带的联系,但是可能加强既有的联系。互联网具有广泛的弱纽带联系,这些也可能成为强纽带联系产生的条件。在没有诚信的情况下,信息技术自身不能创造社会资本。但信息技术容易沟通和协调,强化诚信。互联网的组织结构还有利于公民社会的健康发展。西蒙·钱伯斯曾区分了好的公民社会与坏的公民社会,好的公民社会导致健康的民主发展,而历史上德国和意大利的坏的公民社会却导致了纳粹和法西斯运动。区分公民社会好坏的关键标准是:好的公民社会中的社团往往是平面结构的,并且是开放的和容易退出的;而坏的社团多为垂直等级结构,没有自由退出机制,并且不鼓励社团之间的交流。互联网的参与往往是自主的和主动的。人们根据自己的立场,选择自己关心、喜爱的领域投入对话和沟通;人们也可以随时加入和随时退出。换言之,互联网倾向于构造一种好的公民社会。

当然,信息技术本身还在加速发展阶段,信息技术在民主参与上的潜力还没有充分显露。而且,信息技术这种潜力的发挥还有赖于构造良好的机制。安东尼·韦尔曼考察了虚拟公民空间主要包括四项特征:即先行资源(antecedent resources)的满足、包容性(inclusiveness)、商议(deliberation)与设计等①。信息时代民主参与的公民,必须具有新的资源及环境。这些先行资源,包括个人进入或行使政治职能的技术与能力,如公民基本的信息科技教育、网络使用环境、以及计算机、网络宽带等基础资源。没有这些先行资源,一切都是纸上谈兵。包容性是指社会对于扩大普遍性政治参与的承诺。这需要解决数字鸿沟(digital divide)问题。如果一些公民无法运用信息技术进行民主参与,就会成为信息时代的边缘人。商议则指公民运用网络进行不断的讨论。这种讨论要保持多元性,而不是如凯斯·桑斯坦所担忧的那种"偏见的窄元"乃至"群体的极化"②。网络空间的设计指提供给使用者互动、中介、讨论、安全的非商业性空间。商业巨头等支配的空间,就难免带有微妙的偏向。

从总体上说,信息技术使民主运作廉价和便利,降低民主动员成本、组织成本,扩展民主时间和民主空间。众多的学者和大众传

---

① Anthony Wilhelm: *Democracy in the Digital Age*, New York: Routledge, 2000, p. 35.

② [美]凯斯·桑斯坦:《网络共和国:网络社会中的民主问题》,上海人民出版社,2003 年版,第 47 页。

媒突出地强调其平民性。2004年2月英国《经济学家》载文,调查和研究了信息技术带来的诸多发展,指出这种技术带来权力向普通人转移。通信技术每次大的变化,从印刷报纸到电视,最终都带来了政治上的大变化,而且通常没有被预测到。当互联网变成动态的、并无处不在时,它会带来属于自己的变化。这种变化究竟是什么,目前还不是很清楚,但赛帕步想者的早期声明,即互联网造成权力从政治精英向普通公民转移,会变成现实。美国《纽约时报》专栏作家托马斯·弗里德曼在著名的畅销书《世界是平的》中认为,信息技术使得世界上的不同角落、社会生活中的不同层级,在获得最新信息的资格与机会上是平等的,不再有政府文件逐层传达时代"先知先觉"与"后知后觉"的机会不平等。其他众多诸如此类观点都表示,信息技术使得政治朝着有利于普通公民的、人人平等的方向发展。

电子民主的平民化趋势,主要得益于信息技术的两个突出特点:一是廉价,二是便利。

信息技术节约民主成本。民主成本包括民主运作各个环节的费用。比如一人一票的普选制,从组织动员、选民登记、制定选举办法,到酝酿候选人、正式投票,甚至第一次选举不成功时还要进行二次或多次投票,这些环节都会发生很高的成本。信息技术在一些环节上不同程度节约费用。第一,降低政治宣传成本。民主需要政治动员,宣传政治组织和个人的政治主张。传统上依赖于报纸、电视广告等影响公众,这需要高昂的费用。而运用信息技术,诸如通过网站新闻、网络论坛、电子邮件、电子刊物、博客乃至短信等,能够使政治主张通过比较廉价的方式,得到更广泛传播,影响更多的群体。这种成本的降低有利于中下阶层表达自己的政治主张。毕竟建立网站的费用比起传统的电视和印刷媒体要便宜和容易得多。《华盛顿时报》首席政治记者唐纳德·兰布罗甚至指出,互联网使老百姓无需庞大的资本便可以成为出版者,并作为参与者去接触媒体,而不仅是观察者。任何人都可以开设一个网站,与传媒巨头一争高下。互联网将是 21 世纪最重要的民主手段。第二,降低政治组织成本。开展政治活动需要相应的组织,而组织运作离不开一定的财力支持。政治组织的财力门槛,使得一些弱势和贫穷的群体难以有效组织起来,削弱了他们的政治竞争力。信息技术降低了经费在政治组织上的重要性,有可能使更多的特别是经济上弱势的群体参与到民主进程之中。一些政党尤其是新建立的、下层民众的政党,利用网络以传达组织信息,维持与会员的联系,征招组织的支持者。互联网更方便地发现和聚集享有相同利益和观点的人,这有利于促进那些边缘性的团体组织起来。第三,降低投票等一些成本。网络投票可以到网站上投票,也可以用电子邮件方式进行。尽管网络投票仍未普及,但此种新的政治参与模式已在许多先进国家试行推广,未来会有进一步发展。电子投票系统可以免除了选票印制、计票等程序,节约相应的费用。

信息技术方便民主运作。在时间方面,一是节约时间。运用信息技术,公民随时能便捷地获取相关信息。美国把整个联邦机构的几千个办公室纳入交互式的"公民参与中心"。在这个中心内,公民可以同所有联邦机构的公共事务部门通信。二是扩展时间。信息技术可以使民主更长的和更富有弹性的运作。公民要广泛地参与公共事务,要开会发言。如果每个人都要有哪怕是 10 分钟的说话机会,一个小时的会议只能有 6 个人发言,一天 8 小时,也只能有 48 个人发言。这实际上表明,现实中任何大规模、长时间的集会都不具有可行性。运用信息网络,就可以不受这个时间的限制,个人可以在自己方便和闲暇的时候表达。美国已经研制出网络投票系统,选举当天因事不能参加投票的选民,可以透过网

61

络参加投票。三是及时沟通。在互动性方面,网络的功能是其他媒体所无法比拟的。

在空间方面,一是距离的缩小。互联网在理论上消除了地理上的局限。依照网络逻辑,只要同在互联网之中,结点之间的距离可以忽略不计。目前互联网上的基本应用都突破了地域而实现了全国和全球的联结。运用信息技术手段,身在海外都可以到本土投票,甚至是太空中的宇航员也能参加地面投票。二是空间的扩展。现代通信技术的发展,屋子装不下的问题,理论上得到解决。一些网络论坛提供了公民自由参与公共事务辩论的平台,如同在虚拟空间中的"雅典广场"。美国在俄亥俄州的哥伦比亚市建立了世界上第一个"电子市政厅",该市公民利用这一双向通信系统,只要按动一下室内电钮,就能即刻对当地的城市规划、住房条例、公路建设等问题的提案进行表决投票。

在运作方面,职业政治家运用互联网等,能大大改善与公众的联系。公众利用互联网的交互性,能方便地发表意见。传统纸张投票必须以人工方式来计算选票,为求无误,较为费时。网络投票能改善投票的效能及效率。电子投票可以改善传统投票人工计算费时的问题。2002 年 4 月在日本地方政府的一次选举中使用了电子投票系统。投票人使用带有个人身份的磁卡插入电子投票系统,点击候选人姓名,就完成了整个投票过程,大大简化了投票操作。

民主的本义是指人民当家作主。但在实践中,由于民主运作需要高昂的成本和优良的资质,使得具有这些条件的阶层具有事实上的优势。普通民众面临着各种门槛和障碍,包括时间、金钱、组织、知识、名望等等。很显然,社会上层比之社会其他阶层,掌握着更多的这样资源,因而在民主实践中占据优势,甚至是垄断的地位。名义上的人民民主通过微妙的运作机制,在实际中不同程度带有精英性质。这种运作机制中的两个核心的因素，就是民主的成本和技能。民主运作的这两个基本条件，不能不使得那些有钱、有闲和有文化的阶层和个人，在民主竞争中处于优越的地位。在资本主义社会里，尽管资产阶级提出了自由、平等、博爱和主权在民的口号和原则，但如同列宁所指出的，工人们被贫困压得喘不过气，结果都"无暇过问民主"，"无暇过问政治"，大多数居民在通常的平静的局势下都被排斥在社会政治生活之外①。

当代西方金钱民主极为浓烈。在被选举者中，竞争能力大小很大程度取决于其经济实力强弱。每次选举需要大量的资金投入，普通平民难以作为高层级的候选人。西方各国选举获胜组阁的每届政府中，其总统和内阁成员绝大多数是所在社会的富翁。即使是投票者，也与经济状况有关联。西方众多的研究投票的经典数据显示，投票率与选民的经济收入正相关。美国著名政治学家西蒙·利普塞特认为，高收入的选民在选举中有较高的投票率，而低收入选民投票率较低。的确，参与民主活动不同于参与经济活动，人们不仅不能从中得到直接的报酬和刺激，相反要付出相应的参与成本。这成为社会下层深度参与民主的重要障碍。

当代的精英民主取向也受到非议。现代社会的规模、复杂性和极大差异性，使得直接民主绝对不宜作为政治管理和控制的一般模式。而各种代议制民主殊途同归地带上了精英民主的性质。的确，广度民主对参与者的要求大多是资格方面的，而深度民主对参与者的要求主要是知识和能力方面的。维尔弗里多·帕累托等一些精英理论学家认为，现代民主政治的运作，透过庞大的官僚体制以及层级分工的结果，政治权力将会集中在少数精英手中。查尔斯·比尔德在《美国宪法的经济分析》一书中一针见血地指出：

---

① 《列宁选集》第3卷，人民出版社，1995年版，第189页。

美国民主体制的经济意义在于,有产精英阶层得以凭借其资源和知识的优势,在必要时获得有利的立法,而不受国会内多数的控制。

电子民主的廉价和便利无疑有利于下层民众,这有助于矫正金钱民主和精英民主的倾向,使民主朝着人民性的方向发展。研究政治和技术相互关系的专家迈卡·希福莱在2004年11月的《国家》杂志上著文指出,自上而下的政治一去不复返了。过去,竞选、机构和新闻界都是依靠大资本支撑的与世隔绝的权力中心,但是现在和旧制度不同,出现了很多能够让个体更疯狂、更能亲身参与、更能直接满意的东西①。美国《时代》周刊的"年度风云人物"自1927年诞生以来,已经80多年了,每年都遴选出对媒体和民众生活影响最大的个人或一群人。在2006年度,网民破天荒地成为《时代》的年度人物,因为网民夺回了全球媒体的主控权,开创且构成新的数字民主,击败了自认主导世局的大人物。当代西方选举投票率持续下降是各国所面临的一个共同课题。信息技术降低公民参与民主活动的成本,成为提高公众参与积极性的一条可行的路径。有的政治学家甚至预测,网络技术的发展将使公民的投票率增加,美国大选的投票率将由现在的50%—55%,上升到65%—75%。的确,2000年美国民主党总统候选人初选,历史上第一次采取了有法律效力的网络投票,结果使得投票人数较上次初选多出6倍,而且其中80%都是网络投票。

近代以来,民主理论分成两个主要派别,即直接民主派和间接民主派。虽然在发达国家的民主实践上,几乎都实行间接民主,但直接民主的呼声一直此起彼伏。从古典民主理论家卢梭,到现代

① [美]托马斯·弗里德曼:《世界是平的》,湖南科学技术出版社,2006年版,第39页。

的学者如卡罗尔·帕特曼,都主张公共事务由公民们直接决定。在他们看来,间接的代议制议会民主不能很好地体现民主精神。信息技术刺激了全民民主和直接民主的热潮。在理论上,一些激进的学者和未来学家甚至设想和设计着直接民主的模式。托夫勒曾设想通过电子技术手段实现民主的新机制:利用计算机、无线电和投票方法,随机抽取一些典型公众代表,用传统方法选出的代表只占50%,随机抽取的代表占50%①。信息技术创造的网络空间将使人类政治回归雅典式城邦政治,新式的网民(Netizen)将在电子疆域中真正落实主权在民的理想。所有公民都是议员,都能够对政府网站上的各项议案做出表决。传统议会的议事场所将会被互联网上的专用讨论论坛所取代。劳伦斯·格罗斯曼认为,新技术将转变政治民主的性质,美国民主将复归古希腊的城市民主。理查德·格鲁普在1996年就提出,电子邮件能克服美国民主系统中的危机。如果普遍接入电子邮件,美国将经历政治制度的更新②。迪克·莫里斯将网络选民誉为"第五阶级",并认为网络政治可造成政治的巨变,网络民意将促使政党政治衰退、司法体系公开化、国会权力萎缩,最终达成网络的直接民主③。比较温和者认为,信息技术的发展将使信息和传播从寡头垄断的媒体精英中解放出来,造成政治传播的非中心化,从而扩大普通民众对政治的影响力。

---

① [美]阿尔温·托夫勒:《第三次浪潮》,北京三联书店,1983年版,第470页。

② Richard Groper: *Electronic Mail and the Reinvigoration of American Democracy*, Social Science Review, 2/1996.

③ Dick Morris. *Vote. com*: *How Big – Money Lobbyists and the Media are Losing their Influence and the Internet is Giving Power to the People*, New York: Renaissance Books, 1999.

然而,直接民主即使在现代也还是难以实现的乌托邦。直接民主要求所有公民都能参与决定国家事务。这不仅是技术手段问题,更涉及极为复杂的社会问题。直接民主需要公民对政治问题有持久的兴趣,并且有足够的闲暇时间以及卓越的能力。事实上大多数公民并不具备这些条件。甚至连卢梭当年也认识到"不能想象人民无休止地开大会来讨论公共事务"①。不仅如此,直接民主还可能有负面的效果。电子市政厅、电子大厦以及其他形式的远程手段难以很好地达到深思熟虑的民主。直接民主在制度设计上缺少对公共权力的限制。由于缺乏合理的法律制衡,极端的情况可能演变为可怕的多数人暴政。

信息时代民主的前景不只是乌托邦的一种,也有敌托邦的可能(或称之为反乌托邦、恶托邦)。在之前景中,信息技术不是用来扩展民主,而是强化固有的体制,甚至运用技术使得民主倒退。范·戴吉克发现,在政治系统中使用信息技术的目的非常不同。一些团体寻求维护现在的民主系统,信息技术可能用于强化既有的官僚政治。现实中,处于统治地位的社会上层集团,更有能力和可能将技术用于巩固既有的有利于自己的体制。理查德·莫尔对此忧虑重重,网络与其说是民主的幻想,不如说是老大哥式的噩梦。这种敌托邦可能以多种形式不同程度地表现出来,诸如对公众的监视。信息技术使得政府等更容易对民众的行为进行大规模的记录和监视。约翰·帕克在《全面监控》中,以大量的资料描述了当今世界正成为电子监控的牢笼。互联网的发展在某种意义上正成为控制的工具。威廉·韦伯斯特曾讨论英国的闭路电视监视问题。英国闭路电视安装在各种公共场所,成为发达国家中最多的一个。这一方面有利于震慑犯罪、改善治安,但另一方面也侵害

①　[法]卢梭:《社会契约论》,商务印书馆,1980年版,第88页。

了个人的隐私,损害到公民的合法行动不受政府监视的权利。网络更有可能使公众暴露在政府的无所不在的监视之中。又如对公众的控制。这种控制来自多个方面。商业巨头正日益加强对网络发展的控制。安娜·玛丽娜认为,信息时代民主的未来取决于信息是作为容易接受的社会产品,还是作为昂贵的消费产品①。如果是后者,则有害于民主的发展。商业规则统治网络,信息是资本牟利的新手段,而不是民主的新载体。

## 二、专家治国的矫正

技治主义(technocracy)一词源于希腊语 techne(技术)和 kratos(权力),这个词也被译为技术统治、技术治国、专家政治、专家统治、专家治国等等。丹尼尔·贝尔甚至用能者统治②。为通俗起见,这里使用为公众比较熟知的专家治国。专家治国是指在一种政治制度中,决定性的影响属于行政部门和经济部门中的技术人员。

类似于专家治国论的思想源远流长。作为一种主张专家政治的意识形态,远古可以宗奉到柏拉图《理想国》的哲学王统治,近代则可以追溯到培根、圣西门等。17 世纪英国哲学家弗朗西斯·培根认为科学技术是社会发展的唯一动力,具有科技知识的人应该统治国家,并因此设想了《新大西岛》。空想社会主义者圣西门认为,人类历史的进步是由理性推动的。未来社会的政治将由对人的统治变为对物的管理和生产过程的领导,各类专家是领导者。

----

① Barry Hague：*Digital democracy*, New York：Reutledge, 1999, p. 38.
② [美]丹尼尔·贝尔:《后工业社会的来临》,新华出版社,1997 年版,第445 页。

现代意义的专家治国论与大工业和科学技术的发展相联系，在 20 世纪上半叶以美国为中心开始流行。早期著名代表人物是索尔斯坦·凡勃伦，他著有《工程师与价值体系》等专家治国的名著。凡勃伦认为，工程师与资本家的矛盾是美国社会的基本矛盾，应由科技专家控制社会，实现变革以消除资本主义的社会弊端。另一位著名代表人物是哈维·斯科特，他曾出版《专家治国引论》，提出以"技术统治综合体"控制社会学说。不仅如此，他还发起一些科学专家、工程技术人员成立了科学协会，推动专家治国运动。那个时期专家治国在各种类型的国家开始不同程度的实践。美国罗斯福新政时期大量吸收专家参与政权，行政各部中多数设立有工程事务的组织，并开始系统地吸纳经济学家等作为政府政策顾问。当时制度不同的苏联也流行专家治国。十月革命特别是

1921 年新经济政策实施以后，苏联需要大量的从旧政权接收过来的科学家和工程师帮助新政权进行经济建设，因此苏联开展了一场依据技术原理改造和管理企业和社会的运动。为了使苏联工程师能够充分发挥自己的才能，帕尔钦斯基认为工程师的社会角色应当改变，以前的工程师是由社会指派的一个被动的角色，上级主管部门要求他解决指定给他的技术问题；现在的工程师应该成为一个主动的经济与工业规划人，提出经济在什么地方和应当用什么方式发展①。1929 年，帕尔钦斯基被指控为阴谋推翻前苏联政府的"工业党"的领导人遭到秘密枪决。在接下来的肃反扩大化中，苏联有几千名工程师被扣上各种罪名遭到关押和流放，名噪一时的专家治国运动自然夭折。需要指出的是，中国的专家治国传统也很深厚。有的学者甚至认为，夏商时代就是中国历史上的专

---

① ［英］洛伦·格雷厄姆：《俄罗斯和前苏联科学简史》，复旦大学出版社，2000 年版，第 180—181 页。

家治国时代。近代"五四运动"之后,科学与民主并立而成为新文化运动的两面旗帜。胡适、丁文江等发表的一系列文章鼓吹专家治国。当时南京政权设立智囊团机构,援引专家入阁,部分知识精英进入政权。一个时期国民党政权的部长们几乎都是美英等西方著名大学的博士。

20 世纪 60 年代以来,随着战后新技术的发展,西方社会发生了重要的转变。关于这个转变存在诸多的说法。沃尔特·罗斯托在代表作《经济成长阶段》中,以科技进步程度、经济发展状况和物质消费水平为依据,将现代社会划分为传统社会、为起飞做准备阶段、起飞阶段、走向成熟阶段和高额的大众消费时代。西方经济进入了最新阶段。托夫勒在《第三次浪潮》中将农业革命、工业革命和信息革命形容为浪潮,当今社会进入了新的第三次浪潮。奈斯比特预测社会发展的诸多趋势,认为美国从工业社会进入到信息社会。其他的诸如罗伯特·赖克、曼纽尔·卡斯特、彼得·德鲁克、汤姆·斯托尼尔尔、兹比格涅夫·布热津斯基等,都从不同学科角度认为社会新的纪元即将来临或已经降临。丹尼尔·贝尔则称之为后工业社会。这些诸多的称谓,现今用更为通俗和流行的信息社会指代。

信息时代的来临,专家治国论进入了新的阶段。这个时期出现了一系列主张专家治国的学者和著作。早期雷蒙德·阿隆提出了工业社会论,生产在社会中起着决定作用。由此,人们在生产中的角色决定他们在社会权力体系中的地位。而科技又在生产中起着决定作用,因此科技专家必然管理国家和社会。约翰·加尔布雷思在《新工业国家》中提出,随着工业化社会的发展,技术专家阶层越来越大地负责管理和参与决策。加尔布雷思认为在资本主义的变化中,科技进步起到了决定性的作用。权力的演进都与生产要素的重要性相关。在不同的历史阶段,由于科技水平不一样,不同生产要素成为最难获得的或最难代替的,因此也是最重要的要素。谁掌握了这种要素的供给,谁就拥有权力。当代资本不再是稀缺的要素,专业知识却越来越重要,拥有这种知识的专业技术人员因而受到极大的重视。艾尔文·古尔德纳在《知识分子的未来和新阶级的兴起》中指出,后工业社会的中心是一个主要从事专业的阶级,这个新阶级利用自身的特殊知识来增加其利益和权利,控制自己的工作环境①。哈贝马斯认为专家治国论已成为晚期资本主义社会的官方意识形态。布迪厄认为,发达资本主义社会的权力斗争是由两个主要的且相互竞争的社会等级原则决定的,一种以经济资本即财富、收入和资产为基础,是支配的主导形式,即占支配地位的支配方式,布迪厄称之为"主导等级原则";另一种以文化资本即知识、文化和教育文凭为基础,是支配的从属方式,即占被支配地位的支配方式,布迪厄称之为"第二等级原则"。知识分子或者说符号生产者,包括艺术家、作家、科学家、教授、新闻记者等构成了支配阶级中被支配的集团,他们占据了权力场域里被支配的一级,他们拥有文化资本,甚至他们之中的某些人的文化资本的数量足以使他们能够对文化资本行使权力,他们成为权力和某些特权的占有者,正因为如此,他们是支配者;但是,在他们与政治权力和经济权力占有者的关系中,他们又成为被支配者。因此,知识分子作为支配者中间的被支配者。托夫勒认为信息时代权力的转移表现为知识和信息成为最重要的权力,它代替了暴力和财富,并对暴力和财富发生重要影响。信息时代的专门技术日益成为一种胜任职务和地位的主要条件,成为知识权威。以技术为基础的人物的兴起,是因为知识已经成为现代社会中一切有

---

① [美]艾尔文·古德纳:《知识分子的未来和新阶级的兴起》,江苏人民出版社,2002 年版,第 8 页。

组织行动的基本必需,这种掌握新的决策技术的成员,对于制定和分析决策必不可少。这里所论述的知识除了传统的科学技术以外,还包括国家的战略思想、在全球获取情报的能力、对其他文化的一般了解程度、民族国家自身的文化和意识形态对世界的影响、通信系统的发达程度及其传输的新信息的范围。

丹尼尔·贝尔是享誉世界的著名学者,也是信息时代专家治国的代表人物。贝尔在《后工业社会的来临》中,以技术为中轴,将社会划分为前工业社会、工业社会和后工业社会三种形态。他认为后工业社会应该由知识阶层、科学技术专家治理国家。如果说过去百年间处于统治地位的人物一直是企业家、商人和工业经理人员,那么,新的人物是掌握新的智力技术的科学家、数学家、经济学家和工程师①。

贝尔专家治国的逻辑是沿着理论知识在社会中的作用而展开的。贝尔指出了后工业社会五个最重要的方面。经济方面:从产品生产经济转变为服务性经济;职业分布:专业与技术人员阶级处于主导地位;中轴原理:理论知识处于中心地位,它是社会革新与制定政策的源泉;未来的方向:控制技术发展,对技术进行鉴定;制定决策:创造新的智能技术。理论知识处于中心地位,它是社会革新与制定政策的源泉②。显然,这五个方面具有内在的逻辑:专业技术人员居社会的主导地位,是建立于理论知识居于中心而成为社会革新和制定政策的源泉,以及在制定决策上依靠新的智能技术基础之上的。

贝尔对过去的专家治国论作了一些修正。过去专家治国论的

*71*

---

① [美]丹尼尔·贝尔:《后工业社会的来临》,新华出版社,1997年版,第375页。

② [美]丹尼尔·贝尔:《后工业社会的来临》,新华出版社,1997年版,第14页。

基本线索是:科技或知识或生产是社会发展的关键,因此作为科技等的拥有者的专家在社会中居于统治地位。贝尔遵循了这个基本的思路,但也依照社会的发展对重点作了强调。比如在知识方面,贝尔所强调的是理论知识,而不是一般的知识,不是一般的技能。贝尔指出,知识现在对任何社会的运转都是必不可少的。后工业社会所不同的是知识本身性质的变化。对于组织决策和指导变革具有决定性意义的是理论知识处于中心地位。理论与经验相比占首位。又如在统治阶层方面,贝尔强调的是掌握理论知识的科学家,而不是一般的工程师和专业人员。实际上,美国专业与技术人员阶级包括教师、工程师、工程技术人员、科学家等部分。其中公立与私立学校中的教师是最大的集团,占整个专业与技术人员阶级的1/4,但他们不是贝尔眼中的统治阶层。贝尔所看重的是科学家,包括自然科学家与社会科学家。他们才是专业人员中最重要的集团。在后工业社会中,专门技术是取得权力的基础,教育是取得权力的方式;通过这种方式出现的人们是科学家①。

贝尔所说的专家治国现象的确在当代初见端倪。美国在迈向信息时代中走在前列,专家治国发展具有典型性。美国从罗斯福新政开始系统地、大规模地引入专家进入政府。现代美国主要政府部门都有大量的专家。美国财政部内地事务司雇佣100个估价工程师,督办建筑局有274位专家,内政部地质调查雇佣专家不下300余人。商业部专利局雇佣650个科学专家审查各种专利。农业部雇佣500个以上的专家办理土壤、浇灌、森林、公路、农业设备等事宜。美国社会科学家也以前所未有的广度和深度参与了美国的对外政策制定。格林斯潘曾长期掌管美联储,对美国经济影响

---

① [美]丹尼尔·贝尔:《后工业社会的来临》,新华出版社,1997年版,第391页。

巨大,甚至被形容为美国发生了四权分立。其他国家的专家治国也在盛行,大众传媒不时报道某国组成专家内阁的消息。在受精英主义传统影响较深的东亚地区,专家治国成为新时代的选择。新加坡的政治制度中,决定性的影响属于行政部门和经济部门中的技术人员,他们以其技术能力行使权力。20 世纪 70 年代以来,具有博士、硕士学位的专家技术管理人员几乎垄断了新加坡的最高领导层。新加坡以拥有一个非常出色的文官系统而深感自豪。

信息时代专家治国论兴起,有几个相互关联的时代背景。

一是科学技术的发展。20 世纪后半叶的科技进步,使得其在社会发展中居于空前的地位。最常引用的说法是,20 世纪初科技对经济增长的推动作用为 15%—20%,20 世纪末期在发达国家这个比例已上升到 60%—80%。在这种形势下,所有追求现代化的国家,都在不同程度上重视科学技术。由此,也不能不重视技术专家。科技的发展,使分工越来越细,专业化程度越来越高。在这样的社会里,要对国家面临的各种问题制定合理的政策和实施有效的管理,就必须借助专业分析和专业建议,而掌握此类专业知识的专家走向台面似乎是水到渠成。

二是政府职能的扩张。现代政府职能的扩张和转变,一方面政府揽起了越来越多的事务,另一方面政府越来越重视经济发展。贝尔指出,随着工业社会向后工业社会的转变,美国首次变成了一个全国性社会,还变成了一个公众社会,重要的政策是由政府而不是市场决策。政府的管理和决策重要性上升到新的高度。在信息社会中,由于科学技术和社会经济的发展,决策的制定是在更加复杂的环境中进行的,制定决策的过程发生了重大变化,新的智能技术将成为制定决策的主要工具。20 世纪 40 年代以来,出现了信息论、控制论、决策论、博弈论、效用论和随机过程,以及线性规划、统计决策论、马科夫链式应用法、极小极大解等智能技术。由于知识和各种经济、军事、社会计划已经成为现代社会的基本需要,掌握了新的决策技术的专家参与决策是理所当然的。

三是民主政治的变化。专家治国论的政治基础不是根据天赋人权之类的假设,而是与技术民主论密切相关。美国著名政治学家哈罗德·拉斯韦尔认为,专家治国这个词兼备了技术和民主两词的声誉。二战以后,西方持技术民主论的人越来越多。他们认为,由于科学技术的发展,导致了资本主义民主形式的变化。这突出表现在立法机构与行政机构地位的变化。科学技术的发展,政府对经济生活的全面干预,使政府在福利、教育、交通、工商贸易、环境保护等方面面临着更大的负担。因为这些问题涉及许多领域的专门技术,而议会中的一般议员缺少这些专业知识,经验也少,因此出现了委托立法趋势,能承担立法任务的都是具有专业知识的专家。委托立法的加强,相应削弱了立法机构的权力,加强了行政机关的权力,具有专门知识的专家起的作用越来越大,传统官僚的作用下降。

信息时代的专家治国具有一定的进步意义。综观许多国家不同程度的专家治国,普遍存在的背后必然蕴藏着一定的合理性。的确,专家治国的历史进步性很早就有论述,哈维·斯科特指出几种统治形式:democracy 意味着多数人的统治,plutocracy 意味着财富的统治,autocracy 意味着一个人的统治,technocracy 意味着科学和技能的统治。在这几种统治中,专家治国至少胜于专制统治,也胜于财富的统治。从历史角度,中世纪之前是专制政权,资本主义之后是财富政权,专家治国是对这两者的替代,具有进步性。从政权的具体演变角度,一些现代国家的发展,创立时期是军人治国,到建设和管理时期,才是专家治国。工业化时代多倚重技术专家,成熟的现代化多倚重管理专家、法律专家等。技术专家也具有一些优势。当代政治正在走向职业政治和专业政治。管理政府是一门科学和技术,需要经过专门训练。专家治国的最大优点是理性、实事求是、操作能力强,一般比较能令社会稳定,对经济发展有利。现在不仅是技术专家治国,而且是经济专家或法律专家治国。贝尔认为,专家治国绝不只是一个技术问题。这种思想强调用逻辑的、实践的、解决问题的、有效的、有条理的和有纪律的方法来处理客观事物。它依靠计算、依靠精确和衡量以及系统概念。从这些来看,它是与那些传统的、习惯的诸如宗教方式、美学的和直观的方式相对立的一种世界观。

然而,专家治国有其先天的不足和后天的失调。有关研究指出,专家治国缺乏管理现代社会的其他的必要知识和素质;作为手段而非目的的科学和技术对目标确定和价值选择的问题先天乏力;在思想上和行动中易于陷入传统的科学和技术固有的机械决定论的模式,无视或轻视社会和人的问题的复杂性、多变性乃至混沌性;排斥乃至剥夺政治家和公民行使、参与政治的权利或权力;尤其是侵害或消弭人的自由和自主性等。对于信息时代专家治国论的缺陷,可以从政治合法性、管理有效性和价值倾向性的角度加以分析。

一是政治合法性。民主是当代政治合法性的基石。专家治国最根本的缺陷在于有悖于基本的民主规则。首先,治国的专家不是选举产生的,他们是通过专业人员集团内部的考核标准而进入政府部门的,因此他们不需要向广大的选民负责。专家治国论总是不断强调专家掌握权力,但这个权力如何经过民主程序给予他们,没有可行的途径。显然,在现有民主制度下缺乏对专家有效的社会监督。其次,专家治国压制和排斥了公民的民主权力。专家治国将一切社会政治问题简化为专门技术问题,通过科学的手段解决。这就置科学于政治领域的最高原则,则可能无形中冷落政治领域最基本的民主规则。专家治国不仅冷落一般的公民,还可能削弱选举出来的政治家的功能。政治决策愈来愈依赖十分精细的

75

技术分析和技术设计。在这种境况下,技术专家很可能会完全摆脱政治领导人的控制,甚至开始变得高高在上。这样,普选中选出的政治代表也就不像以前那样重要了。詹姆斯·伯纳姆就认为,西方各工业国都进入管理社会,出现了新的管理阶级和作为社会主体的技术专家,他们是社会的真正领导者,议会民主行将灭亡。

二是管理的有效性。专家能否具有治理国家的能力,受到业务和政治两个方面的质疑。从业务素质角度,专家虽然是专业能手,但并不一定具备管理现代社会的诸多必要的知识和素质,尤其是管理学和政治学等知识。当代学术知识的专业化,绝大多数学者所涉及的知识领域越来越深,却也越来越窄。有的技术专家,在专业领域堪称权威,但只要越出专业范围,便显得茫然无知。这与治国所需的一定意义上的通才要求并不相符。从政治素质角度,治国者要有一种宏观的、见微知著的调控能力,有一双能够左右时局的大手,极具鼓动力的情感和智能的大脑。所以,治国者首先应该是一个政治家,而不只是某一领域的专家。另外,领导者应该具备的其他基本品质,诸如社交能力,辩论中的说服力,愿意让步妥协,重视普通人的需要等,也显然不是专家的特长。

三是价值的倾向性。专家治国论者认为专家的价值具有亲合性和公正性。他们认为技术专家的权力来源于作为解放力量的理性、科学,他们的权力将为人类的幸福和解放服务。早期一些学者认为专业阶层可能阻止资本主义滑向经济衰退和道德堕落,专业主义发展最终会有利于社会进步和公正。古尔德纳指出,专业主义不动声色地把新阶级奉为公正、合法的权威典范,以其专业技能和对社会的奉献、关心而进行操作①。贝尔也鼓吹,能者统治应当

---

① [美]艾尔文·古德纳:《知识分子的未来和新阶级的兴起》,江苏人民出版社,2002年版,第23页。

使社会成为一个公正的社会，即使不是平等的社会。然而，专家治国是精英主义的。正如卡尔·博格斯指出的那样，专家治国使得专业阶层在劳动分工中占据了一个特权地位，基于对知识和技能的垄断，从而获取特殊的利益。治国必须有价值导向，治国所要解决的社会和人的问题，在很大程度上涉及价值选择，其中最重要的是必须以人为本。精英主义认为，人类社会永远存在有文化教养的杰出人物和愚昧无知的民众。专家治国所遵从的精英主义传统，有悖于人民利益高于一切的价值。

专家治国论与马克思主义相距甚远。一些专家治国论者将专家治国与马克思主义关联起来。马克思有一句名言："手推磨产生的是封建主为首的社会，蒸汽磨产生的是工业资本家为首的社会"①。这经常为专家治国论者引用。罗伯特·海尔布伦纳1967年在《机器创造历史吗？》一文开头就引了马克思这段话，并明确地把马克思的范式界定为专家治国。贝尔认为专家治国论的一个重要思想来源是马克思主义。现代也有一些学者混淆科学技术第一生产力和专家治国。事实上，马克思主义与科技统治、专家治国的基本主张并不相同。马克思主义承认科学技术在现代社会中的作用及其增长趋势，但并不把科技手段当做目的，并不片面强调科技人员的政治作用。

当代专家治国的基本立场是维护资本主义制度。专家治国论的政治倾向需要历史地看待。有的学者指出，早期专家治国论是西方现代性精神理念与激进知识分子的传统相结合的产物，是一种对社会现实进行激进批判的社会乌托邦。然而，现代专家治国论强调国家的非政治化，对现存的社会体制、社会目标不加批判地认同，因而演变成了维护现代资本主义国家的意识形态。贝尔的

---

① 《马克思恩格斯全集》第4卷，人民出版社，1972年版，第144页。

后工业社会理论就是回避社会主义和资本主义的本质差别,而认为资本主义和社会主义只是后工业社会的两种形式。其专家治国论也采取超越政治或非政治的态度。但是,非政治其实也是一种政治倾向,就是对现存体制的默认和赞同。就专家而言,现在各式专家不是人文知识分子那样的批判角色,而是不同程度溶入领导体制之中,在经济领域、政治领域、军事领域、人众传媒领域都占有着重要地位。他们在其中拥有自己的既得利益,也倾向于拥护既有体制。

专家治国需要以民主为基础予以规正。贝尔说,在任何社会中,关键问题都是:由谁掌权? 如何掌权①? 其实,现代国家的统治权和行政权相对分离,如同企业中的所有权与经营权相对分离一样。所谓专家治国,也就是专家在国家中的角色如同经理在企业中的角色。即使在企业中,经理也不是最终的权力所有者,资本所有者掌握最终权力,这是毫无疑问的。国家是政治性的实体,专家更不是国家权力的垄断者。在民主制度下,国家权力的取得必须以民主为基础。贝尔认为,在前工业社会里,统治阶级是以财产和军事力量为基础的地主和军人。在工业社会里,统治阶级是企业家,他们的阶级基础是财产、政治组织和技术。后工业社会是一个知识社会,理论知识居中心地位,具有指导作用,政治决策具有技术性质,知识取代土地、机器成为最重要的战略资源。在这种社会条件下,以专门技术为基础的科学家和研究人员就成为统治阶级。然而,即使在资本主义制度下,统治权力的取得必须经过民主程序合法性的检验。信息时代,无疑是一个民主潮流更加汹涌向前的时代,民主的本质在深化,民主的形式在扩展。在这个意

① [美]丹尼尔·贝尔:《后工业社会的来临》,新华出版社,1997 年版,第391 页。

义上,鼓吹专家治国无疑是对民主潮流的逆动。贝尔也看到这种情况,现代社会到处都可以看到反对官僚主义和要求民主参与。民主参与的革命,在很大程度上是反对社会专业化和后工业社会中出现的专家治国的形式之一①。需要指出的是,信息时代提供了人民获取信息和知识的新途径。知识和信息成为政治权威的重要资源,人们是否占有以及占有信息量的多少,直接影响其参与国家管理和实现自身利益的程度。当今时代,一些曾经只被专家们掌握的医学、法律等方面的专业知识,正在被普通公众所接受和掌握。知识的民主化冲击和检验着曾经的权威。

专家和政治家要相互配合。从分工角度,政治家是决策者,技术专家从技术角度为决策提供咨询意见。美国总统虽然在科学、国防、经济、外交等许多方面聘请了一批顾问,不过他们都不是最后决策者,最后决策者还是总统等政治家。这种分工内化到个人身上,就是政治家专业化和专家政治化。如果说信息社会的统治人物是掌握科学技术的各行业专家,但实质上他们已经不是单纯从事科学研究的科技专家,而是具备了赢得权力和使用权力的能力,即具备政治家素质的科技专家。同样,政治家也具备科技专家的学历、知识结构和素质。政治家也掌握系统分析、线性规划、程序预算等新的决策技术,他们的科学技术素质日益成为正确掌握权力的必要条件。

专家治国还要正确地选择专家的类型。中国历史上的科举,也是选择那个时代的专家。但科举选拔的标准,往往看重诗词文章,而非解决实际问题的能力,已经不适应现代形势。一般而言,在工业化进程中迫切需要大批工程技术人员,工程师可能在政坛

① [美]丹尼尔·贝尔:《后工业社会的来临》,新华出版社,1997年版,第399页。

上脱颖而出。相对而言,追求个性解放和批判精神的人文知识分子,则不适合直接的领导职位。当代政治中,政治动员、组织、管理都日益成为专业化的活动。政治专业化、职业化程度逐步加强,这需要而且产生一批职业政治家。从民主法制的运作角度,这些职业政治家才是治国的核心。

## 三、技术运动的发轫

在信息时代来临之际,独树一帜的自由软件运动造成了一定的社会影响,引起了社会较大的关注。要理解这个运动,首先要了解什么是自由软件。自由软件运动的发起人理查德·斯多尔曼认为,具有"中心自由"的软件就是自由软件。而"中心自由"包含四个缺一不可的要素,即为任何目的运行该程序的自由;研究该程序是如何工作的并为你的需要而改编它的自由;再发布复制品以便你能帮助你的邻居的自由;改良该程序并向公众再发布你的改良版本以使全社会受益的自由。概括起来,这就是使用、学习、发布、改良软件的自由。拥有全部这些自由的软件,就是自由软件。自由软件运动是由那些支持自由软件的人士所发起的运动。

自由软件的渊源较早。在某种意义上,自由软件不是新生事物,而是计算机和互联网与生俱来的传统。计算机网络发展的各个阶段,都留下了自由软件的影子。20 世纪 60 年代末期诞生的阿帕网和 Uinx 操作系统,奠定了自由软件运动的基础。促使互联网爆炸的一些关键技术如万维网、浏览器等,也都是属于自由软件之列。斯多尔曼是自由软件运动的发起人。他 1983 年发表了《GNU 宣言》,也称"角马宣言",其被认为是自由软件运动的宪章;1985 年创办了自由软件基金会( Free Software Foundation,简称 FSF),这是一个完全致力于自由软件开发的机构。它既是自由软件工程的开发与筹资企业,实际上也是自由软件运动的教育宣传推广组织。一般认为,"角马宣言"的发表和自由软件基金会的建立,标志着自由软件运动的诞生。在此之后,自由软件运动相继出现了一些标志性的事件。例如,1989 年自由软件基金会发布了通用公共许可证,用以保护自由软件运动的进行与推广。同年芬兰大学生林纳斯·托瓦兹(Linus Torvalds)发布了开放源代码的Linux 系统。1997 年埃里克·雷蒙德发表了宣传开源软件的《大教堂和集市》的文章。当时著名的网景公司宣布免费散发其浏览器,并开放其源代码。

自由软件运动有一些著名的代表人物,其中最重要的是斯多尔曼和雷蒙德。理查德·斯多尔曼是该运动的主要发起人以及精神领袖。他是一名美国软件工程师,曾在麻省理工学院人工智能实验室工作,后来离职全身投入自由软件运动。他发表了"角马宣言",发起了自由软件基金会。1997 年以后埃里克·雷蒙德被广泛公认为是开放源代码运动的主要领导者之一。他是开源运动的主要理论家,是开放源代码促进会的主要创办人之一。

每一个运动都有特定的目标。自由软件运动在 20 多年的理论和实践中,提出了一系列基本诉求。

第一,反对软件私有以及与之相联系的版权制度。

早在麻省理工学院实验室工作时,斯多尔曼就痛切地感受到软件领域中私有观念与软件发展的矛盾。早期的实验室里几乎没有专利、版权和加密等观念,程序和文件放在网络中,如同自由地获得空气一样,人们可以自由地共享、使用和修改软件。软件工程本来是集体的协作,然而私有观念及其专利、版权等,则阻碍这种协作。斯多尔曼认为,软件领域的私有权限制了使用,浪费了生产力与财富,没有把技术取得的重大成果转变为人的发展,并且在导致社会与人心的腐败。他在"角马宣言"中写道,自由软件就是要恢复早年计算机共同体的协作精神,私有软件的所有者设置障碍、破坏协作,我们要消除这种障碍。他进而指出,私有产权的物质对象时代已经过去了,数字式可复制资料的新时代到来了。在这样的时代中,至少在软件领域,私有产权的权利有些失去了意义,有些意义重心发生了变化。斯多尔曼明确地把自由软件与私有软件对立起来,希望今后只有自由软件。甚至自由软件基金会还制定一个规则:不在自己的计算机中安装任何私有软件。

软件的私有是以版权、专利等形式表现出来的。因此,自由软件运动质疑私有版权制度等。第一,版权愈益成为榨取金钱的工具。在古代没有版权,后来才出现了专利、版权等对有用信息的私有权。在当初的版权中,有利社会的因素要强大得多,对社会和使用者的伤害不大。而后来特别在新的信息时代,版权已经变成囤积软件和有用信息从而压榨金钱的手段,其破坏作用的一面越来越大,已经严重阻碍了人们对信息的自由获取,妨碍了软件工程师之间的自由协作。的确,知识产权这个概念,是近一百多年的产物。每一次重大科技革命及其在工商业中的普及应用,都使知识的传播更容易。而资产阶级为了垄断知识,需要控制传播从而对原有的版权法及专利法进行修改和重新诠释。在 20 世纪 50 年代后,影印机、录音机的普及尤其是电脑技术革命以来,版权等更被强化。20 世纪 70 年代末,以微软公司的创始人比尔·盖茨《致电脑业余爱好者的一封公开信》为标志,以世界知识产权组织《伯尔尼公约》为框架,软件步入了版权的时代。版权使软件中累积的人类智慧变为商业私利。现代商业软件成为疯狂追逐利润的工具。第二,版权背离了知识创新的基本精神。斯多尔曼等强调版权等不应该被过度滥用。因为过去科技进步,就是在没有专利的阻碍下,人们可以站在巨人的肩膀上,以前人的发明为基础,进一步推动科技的创新。Linux 系统的创始人托瓦兹在一封回应微软资深副总裁有关开放源代码运动的评论时写道,牛顿不仅因为创立了经典物理学而出名,也还因为说过这样一句话而闻名于世,即我之所以能够看得更远,是因为我站在巨人肩膀上的原故。软件源代码是交流技术、交流思想的主要媒介,正像传统的科学是通过论文、著作进行交流一样。企业为了保护软件的知识产权而将源码秘而不宣,已经背离了知识产权保护创新的基本精神。

第二,自由软件运动对软件商品化持保留态度。

自由软件与礼品经济相联系。早期的软件还没有独立地成为重要技术要素,也没有大众需求的市场,因而不是商品。实际上,也有一些学者以信息时代的礼品经济解释软件的非商品化。从经济规律上看,自由软件运动所遵循的内在经济规则与传统领域的区别主要就是商品经济与礼品经济的不同。一些学者研究指出,在人类早期阶段的原始社会和人类最终阶段的未来社会,基本规则不是商品经济,而是礼品经济。礼品经济是相对于商品经济而言的,不遵循严格的商品等价交换原则。软件的交易,一个软件拷贝卖出后,使用价值转让出去,但卖者手里仍然保有一模一样的使用价值。这就不符合商品交换规律,而与礼品交换规律相一致。理查德·巴布鲁克所著《高技术礼品经济》指出,网络经济的本质,是礼品经济。

自由软件运动赞赏免费或低廉费用。自由软件的"自由"与"免费"在英文中是同一个词(Free),两者是有一定关联的,免费甚至是自由软件运动包含的意义之一。自由软件运动是一个反唯利是图的运动。虽然还存在商业行为,但由于源代码的开放性,使得软件销售的价格变得很低,而不至于像微软软件的价格那样高得离谱。作为商业经营中的产品,自由软件主张以成本为定价基础,倡导低费用,而作为支持服务与额外服务,则是尊重用户基础上的市场定价。自由软件运动为了实现其最终目的,即通过开发

83

与传播自由共享的新型软件以实现软件和知识的全人类共享,其策略之一是与商业并存、与商业和平共处,其具体做法是采取低价格经营模式。在自由软件运动的推动下,软件市场出现了相当的变化,朝着普遍的低利润但有较高效益、重视服务与使用导向经营方式的发展。

当然,自由软件运动也不是一概反对商品化。虽然自由软件的推动者反对商业,但为了借助一切可以借助的力量,自由软件的开发者并不反对任何人销售自由软件,甚至不是销售者所开发的软件。因此,任何人都可以将自由软件加以包装、销售。的确,自由软件倡导者还特意对自由和免费做了区别。斯多尔曼在许多文章中都强调,自由软件中的"Free"指的是自由,而不是免费。自由软件基金会也接受捐赠,但它的绝大多数收入来源于销售自由软件拷贝以及其他服务。现今它销售的产品包括含有源代码的光盘,可执行程序的光盘、印制精美的使用手册及其豪华版。自由软件和销售拷贝之间并没有矛盾。事实上,销售拷贝是为开发自由软件筹集资金的重要手段。自由软件不免费具有策略的意义,在现行市场机制下,要保证自由软件进行的起码条件,一定的收费是不可避免的,除非得到国家和社会的完全支持。

第三,自由软件运动反对封闭垄断。

开源软件是自由软件的一类,反垄断突出在开源方面。开放源码符合科学技术发展的一般规律。开放源码软件,可集中无数开发人员的智慧协同开发,使开放源码软件能做到品质高、开发快,并且找错也快。专有软件的商业模式建立在牺牲社会的自由度上。无论什么软件,无论它现在何等优秀,但只要它是专有的,终归会趋于平庸。比如最著名的开源软件 Linux 系统,今天已成为集体劳动的结晶,很多人作了无偿的贡献。托瓦兹完成了该系统的内核,无疑作出了关键的贡献。但内核只占整个系统的3%,

自由软件资金会项目贡献了30%的代码,其余67%的代码来源于其他方面。

开源软件更新快,促进学习。著名开源软件红帽公司(Red Hat)董事长罗伯特·杨认为,开源软件有两个深远影响,一是创新会更快,因为不再只有微软系统或微软的工程师有渠道拿到操作系统的源代码;二是教育,我们不光只教电脑研究生如何操作技术,我们更可以教他们技术背后的原理。在所有权专属的状况下,你只学到引擎如何启动,但在开放源代码中,你尽可以了解引擎全部的内部原理,甚至修改引擎。而由于学生受的教育更好,创新的速度也会更快。

开源软件修正错误更有效。雷蒙德的名言是,更多的眼睛能够看到更多的错误。雷蒙德在《大教堂和市集》中指出,自由软件和商业封闭软件泾渭分明:一种是封闭的、垂直的、集中式的开发模式,反映一种由权利关系所预先控制的集权制度;而另一种则是并行的、点对点的、动态的开发模式。前者是封闭的大教堂模式,后者是开放市集模式。微软的模式就像是艰难而缓慢的大教堂建造工程。这种大教堂的方式在修补软件错误方面明显失效。而自由软件则仿效了自由集市的模式。在集市里,公开源代码的程序随时随地地暴露在千万名程序员的眼皮底下,使错误无处藏身,并能随时修改。他还提出了著名的林纳斯定律(Linus' Law)。Linux 由于它的源码开放,所以得到无数技术人员的反复推敲和论证,其安全隐患要比商业操作系统少得多,而且不存在开发者有意留下的秘密后门,使用者可以容易地管理和控制它。

在当代资本主义中,自由软件运动是激进的。如何开展这个运动,争取社会的认同,取得最大的效果,则需要适当的策略。斯多尔曼在《实用的理想主义》一文中谈到:如果想在这个世界上实现什么,仅有理想主义是不够的,还需要能够使你达到理想的路径,换句话说需要实用。我们的策略是:你愿意使你的软件自由到什么程度,就自由到什么程度,只要表现出一分自由,就支持这一分自由。为此,自由软件运动在实践中运用了开源运动、左版运动和反微软运动等多重策略。

第一, 开源运动。

开源运动是近年来自由软件运动的重要组成部分。开源软件(Open Source Software)顾名思义,就是开放软件的源代码。它不等于自由软件,但或多或少带有自由软件的色彩。开源软件包括自由软件,但也包括半自由软件,甚至包括一些私有软件,只要它们公开源代码。开源软件的发展与信息产业的新形势有关。随着Linux 操作系统的日渐流行,自由软件运动中越来越多的人们,一方面呼应自由软件的精神,一方面又积极拥抱商业世界。在商品化和追逐财富的形势下,自由软件团体内的一部分人将自由软件的标签改成了开源软件。开源运动的代表人物是雷蒙德。在 20世纪 80 年代初斯多尔曼发起自由软件运动时,雷蒙德受到感召,很快成为了自由软件基金会最早的撰稿人之一。但是,雷蒙德认为自由软件词不达意,进而举起了开源的大旗,用以替代自由软件。

开源软件是自由软件运动的一种重要策略。有些人认为两者能够兼容,而在理想主义的斯多尔曼看来,开源软件是降低了自由软件的标准。因为开源软件着重于创造强大的、高质量软件的潜力,但回避了自由的基本原则。雷蒙德则批评了斯多尔曼的理想主义,而采取了更务实、更符合市场口味的线路。开源软件态度较温和,只要求开放源代码,而不是绝对反对私有软件。开源运动的支持者更注重软件的使用性,而不是盲目地反对和谴责商业软件。开源软件支持者中有许多程序员在使用开源软件的同时,也编写商业软件谋求生路。自由软件运动追求信息共享的理想,这需要对现存社会关系进行长期的改造才能真正实现。开源软件则把理想设定在软件开发的技术层次，通过开放源码这一技术手段，吸引全球自由编程者为某一程序贡献集体力量，使软件开发成为一种开放的群众活动。相对来说，开源软件要求比较低，容易实现。

开源运动还扩展到软件之外，比如内容开放运动。内容开放（Open Content）的作品是指任何在比较宽松的版权条例下发布的创造性作品，例如文章、书籍、图像、音像及影像制品等。内容开放的作品允许任何第三方在不受传统版权较严格限制的情况下自由复制信息。有些内容开放还允许第三方不受限制地对原作品进行修改或再发布。著名网络法学家劳伦斯·莱斯格教授就将自己的《自由文化》一书，在发行纸装版本的同时，还按照创作共用（Creative Commons）协议在网络上公布电子版，允许全球读者在遵循该协议的条件下免费阅读和自由传播。美国华盛顿大学拉曼·萨姆杜拉教授，创造了一个解除限制的音乐复制、散布和使用的方式，这就是自由音乐（Free Music）的活动。除此之外，互联网上还出现了硬件资源共享组织。这些组织提出，不仅软件资源共享，而且硬件设计的资源也应该共享，这些组织已经主动在互联网上提供了相当数量的芯片设计方案，供一切人自由下载。开源运动还促成了网络博客运动的发生。一批开源领域的程序员开发出各种各样的博客软件。这些软件不但免费，而且开放源代码；它们可以让具有计算机基础知识和技能的任何人，方便、快捷而低成本地构建自己的交互网站，发表自己的见解。

第二， 左版运动。

左版运动是自由软件运动的一个重大关键战略。左版（copyleft）概念是针对右版（copyright）即传统版权提出来的。"Copyleft"和"Copyright"的词素中，"left"和"right"也有"左"和"右"的意义，因此也成了"左版"和"右版"的对立。左版的中心思想是给予任何人运行、拷贝、修改以及发行改变后程序的许可，但不准许附加他们自己的限制，从而保障了每个人都有获得自由软件的软件拷贝的自由。

左版是合法斗争，利用了版权法，但反其道而行之，以达到与通常使用相反的目的。自由软件运动推出的左版，不是一般的"反版权"，更不是"无版权"。形式上，它也是版权，但内容规则与传统版权完全相反。自由软件中曾经有一种无版权的软件，毫无版权限制任人复制与使用。这看上去很激烈，但斯多尔曼经过思考，认为这一作法并不现实，欲速则不达。在现行体制下，无版权自由软件不能保证许多开发者的生活，尤其是它会被私有公司任意利用并再在其上安上版权与专利，用户不久仍然将受到限制。自由软件也需要一种保护，这种保护并不是靠义务劳动和道德教育来保障的，它必须在现存社会中起效用，必须是一种有强制力的法律、规则和惯例。私有软件以版权来限制人们使用与发展软件的自由，自由软件则运用左版来保护和扩展人们的这种自由，并以此来与私有软件竞争，推广自由软件。

不能把左版理解为合法盗版。盗版要么窃取他人成果谋取商业私利，要么掠取其他资本利益再图私利。而自由软件本身是非逐利的，其本质是不断扩大的共创共享与来自社会、回馈社会。左版的推行，将把盗版行为改造与提高为传播自由软件的贡献行为。对于自由软件的复制，左版要求承担义务，负起推广与传播自由软件及其观念的责任。真正实现自由软件运动的宗旨，将从根本上消灭盗版。

第三，反微软运动。

在信息产业有一种被通俗地概括为"赢家通吃"的现象，在此行业中早期进入市场的大企业能快速形成垄断并能较长地保持其垄断地位。出现这种现象的原因包括：信息生产在投入产出关系中边际效益递增更为明显,顾客被高昂的系统转移成本锁定等等。垄断的出现给垄断者带来了高额的垄断利润,但是垄断压制了市场竞争,阻挠了技术创新。自由软件倡导开放创新,反对垄断封闭。当今世界信息产业巨头的微软公司,既是私有的代表,也是版权的代表,并且是垄断的代表。因此,自由软件运动以微软公司为斗争的主要对象之一,是顺理成章的。

自由软件运动指责微软滥用版权。20 世纪 80 年代初,美国微软等公司将专利法的概念应用于软件产品之上。版权所有使软件产品从此摆脱了硬件厂商的束缚,出现了真正意义上的独立软件产品供应商,也成就了微软的庞大帝国。美国的微软公司是现今最主张强化知识产权的跨国集团。这个公司赖以崛起的基本技术,几乎完全是无偿或以微不足道的价格取自公共的或别人的产品。比如视窗软件的使用所依赖于鼠标和形象的图标,都不是微软发明的,而是早就有人发明了。盖茨最终都把这些技术变成了自己的知识产权。

布赖恩·马丁综述了自 1966 年起至 1997 年的激烈斗争过程与理论论辩,更全面地抨击了知识产权①。这篇文章指出,真正能靠自己的知识产品维生的人少之又少;知识产权概念是含混的,名义上是知识生产者的权利,实际上往往不是这样。版权的拥有人越来越不是原创者个人,而是资本机构与法人,即成为了资本的权利;版权抓小偷小盗,却实施一些制度化的剽窃,窃掠弱势个人、团体、民族和地区的知识与思想;版权的建立从一开始就忽略了知识产品必然是社会产品这一重要事实,带有天生的硬伤;版权体系越来越来演变为压制知识与思想创造的工具,同时又导致大量伪知

①　参见贾星客:《论左版》,《云南师范大学学报(哲学社会科学版)》,2002年第 1 期。

识和谎言。因此,知识产权不是合理的正当的。

自由软件运动试图以开源的 Linux 系统冲击微软的 Windows 系统。开放源代码的主要斗争方向,就是针对微软的。操作系统对于整个计算机系统的应用关系巨大,它是管理其他软件与系统运行的基础软件,所有的应用软件都受制于操作系统,如果没有自由操作系统,自由软件运动就不可能取得决定性的进展。自由软件运动一直寻求一个自由操作系统。一旦有了功能齐全的自由的操作系统,就可以形成一个自由软件的应用与开发环境,为生成与运用更多自由软件提供基础平台。托瓦兹所开发的 Linux 系统是遵从左版协议的开放源代码系统,也就成了同微软斗争的现实的有力的工具。Linux 系统的发展,一些大的信息产业公司如 IBM、Intel 等都试图与之合作。而红帽公司则专门经营开源的 Linux 软件。开源软件在微软的统治力量相对薄弱的领域表现最为突出。巴西、秘鲁、澳大利亚等政府部门,都在鼓励使用 Linux 和其他开源软件。中国还在 Linux 的基础上开发了具有自己知识产权的红旗操作系统。这对中国在信息时代维护国家安全和核心利益,具有与"两弹一星"相媲美的意义。

自由软件运动 20 多年来取得较大的影响和成就。它催生了能与微软抗衡的操作系统,扩大了自由软件的市场份额,冲击了私有软件的经营模式,推动了信息技术的扩散。自由软件运动不仅独立发起一些斗争性的活动,如发起联合抵制亚马逊网站以专利危害技术发展的活动;也呼应其他活动,如反对欧盟试图通过软件专利法的国际性运动;还帮助更为弱小的自由活动,如为"自由编程同盟"进行呼吁等等。当然,自由软件运动也有很大的局限性和弱点。自由软件开放的特点虽然能够相对地扩大创新的效果,但却并不能保证创新者的利益。在小规模的情况下,在专业市场的条件下,在不需太大投资的情况下,自由软件还具备一定的优势;但在大规模的市场条件下,在面对大众用户的情况下,在需要高投资的情况下,自由软件的不足就成了致命的弱点。自由运动内部也出现矛盾乃至分化,如斯多尔曼和雷蒙德两个代表人物之间的分歧日益明显。

自由软件运动高扬了理想主义的大旗。斯多尔曼是网络世界的鼎鼎大名的理想主义者。在麻省理工学院实验室工作后期,斯多尔曼目睹了商业软件的出现,看到了共享与协作的毁灭,亲身经历了软件私有和商业秘密协议带来的屈辱与愤怒。他那时也受到过高薪诱惑,并有过痛苦激烈的思想斗争。但他最终说道:我也可以去发财,但我终身都将不快活,所以下定决心为自由软件进行斗争。为此,1984年斯多尔曼离开了原职,成为一个开发与推广自由软件的斗士。理想主义不是一味地排斥必要的利益。斯多尔曼也认为,自由软件不会使程序员丧失报酬,只是与私权软件开发体制相比,他们的报酬会降低。但如果消除了高薪与囤积体制的恶意诱惑,不仅不会影响程序员的创造力,反而还会消除社会浪费,提高编程的社会生产力。编程工作的独特内在魅力和乐趣以及社会对其贡献的赞誉,都将激励他们的创造力。

信息时代软件的重要性不可估量,软件的开发与应用在未来将成为普遍的社会生活基础,软件领域的变革本身就具有综合变革的意义。斯多尔曼明确指出,自由软件实际上是一个社会工程,它使用技术工具来改进社会。自由软件运动在更深的意义上引发对信息时代社会变革的深思。

自由软件运动几乎痛击了信息时代资本主义的各个方面。作为资本主义发展的一个特定历史阶段,信息时代资本主义与商业资本主义、工业资本主义、金融资本主义等是一脉相承的,其核心仍然是私有制,而这个私有制更多地以知识产权等形式表现出来。信息时代的资本主义开创了空前的垄断形式,突出表现为知识的垄断和霸权。这个资本主义还以新自由主义开道,商品化无孔不入。自由软件运动则挑战私有制、私有版权,反对知识垄断和过度商品化。很明显,如果自由软件的精神贯彻到底,则意味着颠覆资本主义的基本原则。

自由软件运动还对社会发展的新趋势提供了一些启示。自由软件运动提出并强调了一种新的直接社会关系即社域(community)。这种社域基于计算机网络,而不基于或局限于地域性。这种社域是一种民主自治的自由协作社会单位,既是软件开发、运用的团体,也是共享、贡献、享受乐趣的朋友圈。目前的电脑网络中,出现了许多类似社域的、蓬勃发展与丰富多彩的社会集合体。斯多尔曼还设想让软件事业成为一种社会公共事业,通过征税方式,以国家、社域、个人、学校、科研机构等的综合力量,以民主、规划与市场结合的方式进行开发与推进。的确,信息产品的社会化生产、信息共享和软件共享是社会化大生产的客观要求,这将对未来社会变革的走向产生深远的影响。

自由软件也是发展中国家的有力工具。每一项科技发现和发明,既是发明者本人的产物,也是社会和历史的产物,还是人类共同劳动的结晶。在全球化以及科技研发跨国化的今天就更是如此。目前有关保护知识产权或申请专利的制度,最得利的只是少数国家。在全球所有的专利中,高达97%的专利为西方发达国家拥有,其中超过一半的全球版费和特许费流向美国。由于严厉的知识产权法令提高了科技转移价格,发展中国家在引进高新技术,发展信息产业方面遇到了极大困难。自由软件作为一种新的开发方式,有利于发展中国家打破发达国家的技术垄断,更快地追赶全球信息化的潮流。

自由软件运动无疑属于左翼运动。西方一些左派人士在20世纪60年代后期就提出通过信息共享来启动未来的新社会运动,并不断地发表反对信息与知识私有权的观点。在冷战后世界左翼总体上处于低潮的时候，以信息技术为背景的自由软件运动的出现，为左翼审视信息时代的社会变革提供了新思路。

当然，对自由软件也不能过分拔高。自由软件在软件领域比重较小，而软件产业在整个社会生产中的比重也较小。这两个比例较小从根本上表明，自由软件运动在整个社会中的力量有限，因此对自由软件运动不能过于拔高，而要实事求是地估量。应该指出的是，目前自由软件运动还具有偏激和浪漫的一面。比如对知识版权问题，就要全面历史地看待。自由软件有着一定的合理性，但也要看到现阶段商业软件仍然是主导的开发模式。总体上，在信息化的加速发展中，自由软件运动方兴未艾，也将面临历史的考验。

## 四、社会阶层的分野

关于当今发达资本主义国家的阶级问题，学界的专著众多，论文就更多，算得上是车载斗量。本书只用一章中的一节来讨论这个问题，自然不必过多地重复学界反复讨论的一些问题，也不可能做详尽资料性的展开。这里阐述的重点放在如何划分阶级阶层以及信息时代在这个问题上的一些新视野。之所以选择这个角度，因为划分的标准不同，得出的结论就大不相同。如何度量一个客观的对象，尺子很重要，甚至比量出的结果还要重要。

在西方社会阶级结构的巨大的、快速的和复杂的变化中，与之对应的阶级分析理论也极为庞杂和备受争议。马克思主义的阶级理论深刻而丰富。马克思主义的创始人马克思和恩格斯有许多相关阶级的论述。而列宁曾经对阶级下过一个经典的、也是经常被引用的定义："所谓阶级，就是这样一些大的集团，这些集团在历史上一定的社会生产体系中所处的地位不同,对生产资料的关系……不同,在社会劳动组织中所起的作用不同,因而取得自己支配的那份社会财富的方式和多寡也不同。所谓阶级,就是这样一些集团,由于它们在一定社会经济结构中所处的地位不同,其中一个集团能够占有另一个集团的劳动"①。列宁在这里提到的涉及阶级问题的明显因素有几个:生产资料占有关系,在社会劳动组织中的作用,还有收入的方式和多寡。但这些因素不是不分主次的简单罗列,其中对生产资料的占有关系具有根本性。这是马克思主义一以贯之的基本立场。因此,对阶级的划分要紧紧抓住是否占有生产资料这个核心问题,避免在众多的枝节问题上的纠缠,才能透过现象看本质,越过细节抓主干。当然,马克思主义也看到了阶级问题的复杂性,除了生产资料的占有关系,还有其他各种关系。每一种关系都有复杂的表现,它们纠织在一起就更为复杂。这就要求不能过于简单化地看待阶级。

　　当代对西方社会结构的分析,有阶级理论和阶层理论两个大类别。相比较而言,阶级理论是一种宏观的定性分析,依照一定的基准,试图将社会分成几个阶级。阶层理论则微观一些和定量一些,依照一定的指标体系将社会分成几个阶层。而这些理论在渊源上,都深受马克思和马克斯·韦伯的影响。如果说分层理论受韦伯的影响大一些,那么当代阶级理论在某种程度、某些方面,都受到马克思主义传统的影响,有些还自称和被称为"新马克思主义者"。他们阶级理论的新颖之处,就是试图对马克思主义经典阶级分析框架进行扩展或修正。所谓修正,就是在分析阶级时增添新的因素,或者对不同因素的权重进行调整。比如结构主义者试图用经济、政治和意识形态三个平行的因素分析阶级。所谓扩

---

① 《列宁选集》第4卷,人民出版社,1995年版,第10—11页。

展,就是对经典的阶级框架进行发掘,以赋予其中的新内涵。这最典型的就是资本问题。马克思主义阶级分析强调生产资料的占有关系,而生产资料也就是资本。当代资本则具有多样的表现形式和实现形式。在资本的形式上,一些学者以更广义的视角看待资本,即不仅有物质资本,还有文化资本、人力资本、知识资本、社会资本等等。以这个广义资本分析社会结构,显然不同于过去的将资本限定于生产资料所作的分析。其中变化最大的就是社会中哪些拥有较多新式资本的人们,比如知识阶层等。在资本的数量上,在股权分散的潮流之中,社会中拥有一定资本的人数大大增加,并且国家和非营利组织也成为这种资本的重要持有者。资本数量分布上的变化,使得分析社会结构时,不仅要看是否拥有资本,而且要看拥有多少资本和拥有什么样的资本。

马克思主义者观察当代西方社会结构的变化,立足于以下两个基本点。第一,坚持以生产资料占有状况为根本的阶级分析方法。阶级分析方法、阶层分析方法乃至个体分析方法,都是认识社会结构的视野。但在资本主义社会中,社会结构最基本的分野依然是阶级,阶级矛盾和阶级斗争依然是最重大的政治问题。相对于阶层等其他分析方法,阶级分析方法带有根本性和战略性。不能用其他分析代替、冲淡和掩盖阶级分析。必须用阶级分析揭示社会基本阶级的变化和社会发展的基本走向。在阶级分析中,坚持以生产资料占有状况作为根本的依据。资产阶级实质上是通过占有生产资料,从而剥削雇佣者所创造的剩余价值。对于现今流行的一些广义上的资本,它们在什么意义上和什么程度上才能作为衡量阶级之用,需要谨慎地斟酌。就目前阶段而言,相对于各种形式的广义资本以及其他因素而言,生产资料的占有依然是阶级分野的本质和核心。离开了生产资料占有而谈论阶级,就不是真正意义上的阶级。西方一些学者也认为,在阶级结构中的财产维度在资本主义社会中仍然是最基本的①。第二,积极吸纳现代阶级分析理论中各种有用的因素。马克思主义者要使解释当代西方社会结构的变化时更有说服力,还必须注意结合当代一些新的分析方法。当代社会结构新变化的重要特点就是复杂化,要更好把握这个复杂的变化,有必要采取多角度的观察。一方面,要重视阶层分析的作用。马克思主义经典理论中既有阶级分析,也有阶层分析。阶级分析和阶层分析在认识社会结构上各有强点,并且在某种程度相互补充。当代西方社会结构日趋复杂化,把阶级分析与阶层分析适当结合起来,有利于宏观与微观相结合、定性与定量相结合,从而更具体地也是更好地把握社会的变迁。深入细致的阶层分析毋宁是对粗线条阶级分析的有益和必要的补充。另一方面,要重视阶级分析中一些新因素的影响。在阶级分析中,除了生产资料占有这个本质因素之外,还要注意其他各种形式资本,还要注意资本之外的诸如意识形态、结构地位等因素。这些因素对人们阶级地位影响的大小,在不同的历史条件下是不同的,对不同的社会群体也是不同的。当代总体的趋势是,这些因素的影响逐渐加大,尤其是对那些处于管理和专业地位的群体。具体而深入地分析这些因素的影响,就能增强阶级分析的时代性、针对性和说服力。美国著名阶级分析学者埃里克·赖特,就试图将马克思的阶级结构概念发展为一种令人满意的操作化形式,从而对美国阶级结构的一些显著特征进行描述性分析。

在马克思主义的经典框架中,依照对生产资料的占有关系不同,资本主义社会阶级结构可分为两个基本的阶级和一个次要的阶级,即占有生产资料并雇佣他人的是资产阶级,不占有生产资料

---

① [美]埃里克·赖特:《后工业社会中的阶级》,辽宁教育出版社,2004 年版,第 243 页。

并处于被雇佣地位的是无产阶级,占有一定生产资料并以自我雇佣为主的是小资产阶级。在当代西方的社会变迁中,这些基本的阶级都出现了新的变化。

当代工人阶级呈现出新的特点。第一,工人阶级的队伍依然庞大。西方一些理论认为,工人阶级正在缩小乃至消亡。比如资本的分散化,西方发达国家持有一定数量股票的人数急剧增加,在一些实行所谓的"人民资本主义"的国家更为明显。又如依照文化资本、人力资本理论,一些专业人士和技术专家拥有此类的资本。如此众多的人们拥有不同数量和不同类型的资本,就使得没有任何资本的人的比例大大减少。新小资产阶级论者普朗查斯将工人限定于直接从事物质生产、直接创造剩余价值的人,因而得出工人阶级只有 19.7%。矛盾阶级地位论者埃里克·赖特依照他的模式研究出的结果则是,在 20 世纪 90 年代美国狭义标准上的工人阶级占 40%。总体上,依照马克思主义的不拥有生产资料和从事雇佣劳动的标准,工人阶级不仅存在,而且队伍非常庞大。赖特也认为,即使依照狭义的标准,工人阶级仍然是发达资本主义社会阶级结构中最庞大的阶级位置,甚至是绝对多数。第二,工人阶级内部结构发生变化。其中最为突出的就是传统蓝领工人的相对减少。当代资本主义发展进程中,服务业兴起并成为主导产业,第一、第二产业在不同程度缩减,而这些产业过去是蓝领工人集中的领域。并且在各个产业中,白领职业的比重都在大幅度上升。需要指出的是,在经济全球化的进程中,西方的下游产业逐渐转移到发展中国家,各种艰苦职业的从业人员有相当多的外籍劳工。这些因素综合起来,使得传统工人大幅度减少。相对而言,那些从事技术工作、管理工作、服务工作的工人比例则不断攀升,并成为工人阶级的主要生长点。第三,工人阶级表现日趋复杂。一些工人占有数量不多的资本,这虽然不能从根本上改变阶级属性,但总对他们的思想产生一定程度的影响。一些工人具有多重身份,比如管理者。他们既有工人阶级的一面,但事实上执行着一些总体资本的职能,在一定程度上影响他们的归属。一些工人阶级属性较弱,比如那些与生产资料联系比较远和间接的群体。另外还有诸如妇女、退休阶层等,他们有的受家庭影响比较大,有的受国家政策影响比较大。

资本家阶级也有变化。随着资本形式的多样化,资本家的构成更为复杂化。当代除了直接占有生产资料的资本家之外,还有只持有股票资本的食利资本家。除此之外,一些人借助知识和管理技能在经济变化中迅速致富,成为新的财富巨头。比如在新兴的信息产业中,一些人凭借敏锐的眼光,将高技术成果转化为商品,在风险基金的资助下成功创业。他们当然也是资本家,但在某些方面又要和传统资本家作适当的区别。甚至一些学者用"知本家"指代其中的一些人。至于资本家在社会中的比例,赖特的量化研究结果是,如果将资产阶级定义为雇佣 10 个以上的劳工者,那么它们在所有发达国家中都不超过 2% ,瑞典和挪威则少于 1% 。而普朗查斯则认为雇主达到 7.5% ,当然包括很多小雇主。

中间的阶级变化更大。马克思在 19 世纪曾设想,随着资本主义的发展,中间阶级也就是小资产阶级愈来愈分化而缩小,社会阶级将越来越分化为工人阶级和资产阶级。在当代西方的社会变迁中,阶级结构出现了极大的复杂性。中间阶级没有如预期的那样缩小和消失,而是顽强地生存并且出现了新的生长点。中间阶级在资本主义早期主要指自耕农等。当代西方自雇佣者仍然占有相当的比例,但他们主要不是原先的农民,而是各种小型服务业者如零售业者,尤其是知识职业者如开业医生和律师。他们拥有一定的生产资料,比如办公场所和相应的设备,并具有相应的专业技能。在美国至少有 1/4 劳动力或 1/3 男性是或者曾经是自我雇佣者。随着信息社会的发展,服务业所需要的物质资本相对减少,有可能出现一个高科技自我雇佣的春天。

理解当代西方阶级结构的变迁,要特别澄清中产阶级问题。中产阶级的兴起被认为是西方社会结构变化的最主要特点。当今的一些统计资料中,尤其是在大众传媒上,都频繁地使用中产阶级的概念。中产阶级的概念在一定程度上冲击和干扰着对西方阶级结构的理解。要准确理解中产阶级,必须注意两点。其一,中产阶级实际上是阶层意义上的概念。英语中"阶级"和"阶层"是同一个词,因此中文中的中产阶级实际上是中产阶层。阶级和阶层不能混淆。其二,中产阶级中的大多数还是工人阶级。归类于中产阶级的主要依据是收入。而这个收入不等同于划分阶级的"产"。收入可能来自工薪,也可能来自资本的收益。而中产阶级中大部分人的收入是来自工资,或者主要来自工资。他们并不拥有或者依靠占有生产资料谋生。他们的"产"主要是生活资料,如住房、汽车、高档耐用消费品等,而不是生产资料。

理解当代西方社会结构的变迁,还需要注意以下两个问题。第一,全球视野问题。随着经济全球化快速和深入的发展,社会结构正在从一个国家的配置扩张到全球范围内的配置。考察西方发达国家社会结构的变化,仅仅限定于一国之内就不全面,尤其是对于工人阶级而言,全球范围内第三世界的产业工人阶级正在扩大。第二,间接阶级问题。在简化的阶级理论中,个人依据与生产资料关系判断阶级归属。但是,实际上个人阶级地位受到各种因素的影响,特别是受到与其他家庭成员的关系(父母或妻子)以及与国家的关系影响。相对于与生产资料的直接关系,这些是间接的关系。社会中一部分人完全或主要由间接关系决定阶级归属,比如儿童、家庭主妇、老人和学生等。对间接关系的考察,不可忽视。

当今正在从工业社会向信息社会转型。对信息时代社会阶层的探讨，不再是一个属于未来的预测问题，而是一个发达国家正在经历、发展中国家即将面临的现实问题。社会分层就是每个社会群体在社会中所处的位置。垂直的社会分层，就是将社会成员分成上、中、下各个层次。社会分层的标准有两个基本特点。一是历史性。各个时代都存在着社会分层，然而各自所依据的社会分层的标准并不是一成不变的。在不同的时代中，社会分层的基本依据总是有所不同。比如，奴隶社会的奴隶主和奴隶，是依照人身依附关系确定的；封建社会的地主和农民，是依照土地占有状况确定。奴隶主和奴隶、地主和农民，是一种阶级划分。但阶级划分在某种意义上也是垂直的阶层划分，因为奴隶主和地主就是上层阶级，奴隶和农民就是下层阶级。阶级划分与垂直的阶层划分在方向上是一致的。需要指出的是，英语中无论是阶级或是阶层，都使用同一个词汇"Class"。它们不仅意义是相近的，许多学者有时还将之通用。二是多元性。一般而言，社会分层不用一个因素判断，而是采用多种因素复合构成的标准。当代西方学者研究社会分层时，都考虑到许多因素，除了收入、职业、教育等常见的因素外，有的还包括出身、声望、职位等等。需要指出的是，多元性并不是说各个因素的重要性是同等的。相反，在每个具体的社会环境中，总有一些因素的影响比较关键。也就是如丹尼尔·贝尔所说，每个社会中都有各自阶层划分的"中轴"。所谓"中轴"，就是一个社会中最关键的因素。拥有和控制了这些因素，就能在社会中占据有利的上层位置，反之则在社会中处于边缘或下层的地位。

在向信息社会的转型中，传统资本在划分社会阶层中的关键作用受到挑战。一个重要的现象是，资本在支配收入方面的影响力有所减弱。美国公司中反映资本利益的利润，在所占国民生产总值份额有下降趋势。在 20 世纪 60 年代，这个比例是 11.7%，到 20 世纪 80 年代只占 5.3%①。这意味着在所有收益中,分给资本所有者的份额在减少,而分给公司管理层和其他专业人员的报酬在增加。的确,货币资本、实物资本等是公司创立的前提和基础。但在公司运行之后,公司中的管理层和专业技术人员,是公司能否盈利的关键。丹尼尔·贝尔认为,后工业社会即信息社会的中轴是知识,而不再是资本。有些学者虽然用的是其他名词,但与知识代替资本的意思是相同或相近的。美国经济学家埃冈·纽伯格、威廉·达菲提出,决策权是一个经济制度的最重要组成部分和标志。纵观历史,决策权有四个来源:传统、强制、所有权和信息。如果说工业社会的决策权取决于所有权,那么在信息时代,信息是一种特殊的生产资料,决策权则日益依靠信息。也有观点认为,20 世纪初以来的世界基本上是按金钱、权力和地位划分阶级的;而 21 世纪将开始一个以认知能力为决定性力量来划分阶级的世界②。

101

很显然,现代个人知识存量来自于教育过程中的学习积累,知识增量依赖于通过教育所培养的学习能力。由知识中轴自然而然引出教育在划分社会阶层中的关键地位。丹尼尔·贝尔很早就预言,大学教育成为阶级地位的仲裁者③。弗朗西斯·福山认为,在发达国家一个人的社会地位在很大程度上取决于他所受教育的水平。例如,今天在美国存在的阶级差别,主要是因为所获得的教育不同。社会的不平等是因所获得的教育的不平等造成的;没有受

① 周敦仁:《知识经济:经济发展的最新趋势》,《现代国际关系》(北京),1998 年第 6 期。

② Richard J. Hermsteinn Charles Murray: *The Bell Curve: Intelligence and Class Structure in American Life*, New York: Simon & Schuster Inc, 1994.

③ [美]丹尼尔·贝尔:《后工业社会的来临》,新华出版社,1997 年版,第447 页。

过教育是次等公民的永远的伴侣。

教育对社会分层的关键作用,体现在几个方面。第一,教育程度是职业差别的根源。职业历来是划分阶层的主要参数。白领职业和蓝领职业,本身就是阶层的分野。当代职业的分化,专业的职业都需要较高的教育程度以及相应的资历证书。没有受过良好教育者或没有取得相应资历者,被排斥在许多职业之外。教育对就业市场进行了分割。人们进什么学校和接受什么程度的教育,在很大程度上决定了人们未来职业的发展道路。不同教育的人们进入两种不同的劳动力市场。一个是由技术精英组成的高级劳动力市场,在新的产业结构下具有无限的稀缺性,对他们来说没有失业与就业的概念,只有拿报酬多少的区别。另一个是由非知识与技术型劳动力组成的劳动力市场,在新的产业结构和全球化趋势下,长期供大于求的状况使结构性失业或不充分就业成为一种常态。第二,教育程度是收入差距的标尺。教育程度的差别,使得各群体之间存在巨大的工资差别。这种现象出现在各个领域和各种类型的国家。20世纪80年代的美国就业者的小时工资,受过高等教育者增加13%,未受者降低8%,中等教育者降低13%,未读完中学者降低18%。人力资本理论也为这种工资的差别提供了理论依据,并认为教育的收益在20—25%之间,比一般的资本收益高得多,后者在10%左右。第三,教育对精神气质也有重大影响。信息时代社会阶层的划分重视价值观方面的因素。丹尼尔·贝尔把后工业社会人的活动称为"人与人竞争",在这种竞争中起作用的主要是非物质的精神因素。罗纳德·英格里哈特认为,工业社会的主要政治冲突是经济冲突,后工业社会经济因素影响逐渐减弱,非经济因素越来越具有重要的意义。那将是物质主义者和后物质主义者的冲突,两者反应了不同的世界观。伊诺泽姆采夫特别强调精神的因素在阶层划分中的作用。而人们的精神面貌,很大程度是由教育所塑造的。

应该指出的是,这个作为社会阶层的教育不是一般的教育,而是优质的高等教育。过去高等教育具有精英性质,接受高等教育意味着具备进入社会上层的台阶。随着高等教育群众化的趋势,当今教育的分野将主要看是否具备创新知识的能力。一些普通的高等教育者,如今的地位如同前中学毕业生一样,也只是一般工作人员。

信息社会的分层模式,有的分两层,也有的分三层。两层就是简单分为上层和下层,三层就是分为上、中、下三层。

两层是一种阶层上的两分法。对于两分的阶层,有各种各样的表述。如信息社会一方面是知识和技术的占有者和管理者阶级,另一方面是在信息经济结构中不能找到适当位置的被压制的阶级①;一边是知识劳动者(Knowledge Workers),另一边是无知识群体(Non - knowledge People);如数字鸿沟的一边是"信息有产者"(Haves),另一边是"信息无产者"(Have - nots)。还有"两张网"说,即一张是小网,那是高高在上的精英集团;另一张是大网,绝大多数人都在这张大网里。还有"中心边缘"说,即在信息社会的中心,有一个由政府智囊、投资银行家、媒体大腕、跨国公司高级管理人员等组成的精英阶层;其他人则处在社会的边缘,无法享受信息技术带来的福音。德鲁克认为发达国家通过生产力革命、管理革命而进入知识社会,那时社会的阶级划分已不再是"资本家与无产者",而是"知识工作者和服务工作者"。

三层说增加一个中间阶层。三层说的表述也有多种。如,技术统治阶级;中产阶级,即有专业技术水平的工作人员和低级经理

———————

① [俄]B. 伊诺泽姆采夫:《后工业社会与可持续发展问题研究》,中国人民大学出版社,2004年版,第76页。

组成;底层阶级,其中包括不能纳入高科技过程的劳动者,过时的职业代表,以及某些处在正在发生的改造之外的其他成员。又如,社会上层是知识精英,即信息和知识的弄潮儿;社会中层,即具有一定专业知识和技术的人、中产阶级和下层经理;社会底层,即被排斥在知识创新过程之外的人,体力劳动者或从事夕阳职业的人,他们在信息经济中没有立足之地。也如,罗伯特·赖克将社会分成三种职业:常规生产人员、直接服务人员、符号分析人员,这实际上也是对信息社会的三个阶层分类①。

两层说和三层说虽然有些差别,但有基本相通的方面。两者的上层所指基本相通。如果将三层说的中下阶层合并,也就成了两阶层说。比如信息时代的中间阶层,值得注意的是兴起的灰领工人。灰领一词最早出现在美国,当时指负责维修电器、上下水道、机械的技术工人,因为他们多穿灰色的制服工作,后来延伸至计算机支持人员、咨询工作人员、医疗设备操作员、个人护理等半专业的白领工人。这些新的灰领工人,作为信息经济催生的新阶层,具有较高的知识层次和较强的操作技能,分布于新兴行业中,有日益壮大的趋势。这些灰领以及普通的白领,如果在社会两分的阶层中,他们人数众多,都不是社会上层。况且,随着传统的社会下层的日益缩减,比如蓝领工人的减少,这些中层实际上就是社会的下层。

关于信息时代的社会上层,有不同的概括。信息时代的上层阶级,一般来说出身于富裕家庭,受过良好教育,信奉后物质主义价值观,在经济的高科技部门就职,有自己的财产或能够支配他们所必需的生产条件,往往在公司或国家机构中占据高位。他们是拥有知识和信息并且在三个主要层面使用的人:政府官僚在国家

---

① 罗伯特·赖克:《国家的作用》,上海译文出版社,1998年版,第三部分。

层面;职业科学家在部门层面;技术专家在组织层面。罗伯特·赖克将上层阶级定义为"符号分析人员"。他们从事解决、识别问题和战略经济活动。这些人包括研究科学家、投资银行家、律师、管理顾问、管理信息家、战略规划者等等。

知识精英则是上层阶级的核心。这有两点需要强调。一是"精英",不是一般的知识阶层。众所周知,在高等教育大众化和白领职业泛化的情况下,社会出现知识化的趋势。一般的知识阶层并不都是社会上层。丹尼尔·贝尔认为,未来的科学城里有三个阶级:有创造性的杰出科学家和高层专业管理人员;工程师和具有教授地位的中产阶级;以及由技术员、低级教员和教育助理人员组成的无产阶级①。属于社会上层的只是知识阶层中的那些"精英"。知识分子具有创造、传播和应用知识的功能。所谓"精英",就是指在知识上有创造力的那些人,一般的传播和应用则不属于精英之列。从教育角度,"精英"不是指一般的高等教育,而是受过更高的教育,如研究生以上教育;或是受过更专业的教育,如专业人员;或是受过特殊的教育,如标志社会地位的私立名校等。创新对信息社会是极为主要的。曼纽尔·卡斯特强调,信息时代关键是处理信息能力,即决定需要什么样的信息,如何获取这些信息,怎样综合和处理信息。这些都需要创新能力②。二是"核心"。上层阶级还有其他成员,如一些传统的社会上层。但知识精英处于突出的位置。约翰·加尔布雷斯声称,谁掌握了某一时期重要的生产要素,谁就拥有权力。当代的权力,将从资本家方面向高级经理人员和科技人员组成的技术结构阶层转移。诚然,知识精英

---

① [美]丹尼尔·贝尔:《后工业社会的来临》,新华出版社,1997年版,第236页。

② 《虚拟世界哲学家:信息时代如何改变生活》,北京青年报,2002年12月14日。

兼有传统资产阶级的特点,比如他们拥有巨大的物质财富。但是,在信息社会中,作为社会上层的核心,仅仅拥有物质财富是不够的,必须也是知识精英。现今美国的上层阶级,都致力于使自身知识化,以保持传统的地位。教育并不是成为上层阶级的充分条件,但它却日益成为一个必要条件。上层阶级的成员现在越来越需要它来确保他们在商业和其他行业中的精英地位。财富和出身已不再能自动地确保这一地位,专业和技术资格已成为一个重要因素①。财富和知识都是社会上层不可或缺的,但信息社会更强调知识的重要性。

知识精英的核心位置依赖于其突出的社会功能。这首先在社会生产力发展方面,即科学技术是第一生产力的功能。约翰·加尔布雷思早在 1967 年发表的《新工业国》中,就认为在资本主义向"新工业国"发展的过程中,科学技术的进步起到了决定性的作用。知识精英的功能不限于生产方面。在信息时代不仅力量将主要归属于智能,就连愉悦别人的能力也将主要取决于智能。专业阶层可能阻止资本主义的经济衰退和道德堕落,专业主义发展最终会有利于社会进步和公正。虽然科学不能解决所有问题,但所有问题都需要科学来解决。简单问题可以用常识或已有知识解决,复杂问题则需要新知识去解决。所以,具有知识创新能力的知识精英是社会发展的中流砥柱。

信息时代的下层阶级,就是那些默默无闻、不能表现为社会进程独立主体的大众。他们不能在生产过程中发挥独立的作用,时时处于被动和无奈的地位。下层阶级大多数出身于无产阶级或非专业技术家庭,没有受过高等教育,主要为物质动机所驱动,在大规模生产或服务领域简单部门从业,而有时是临时或经常失业。

---

① 周琪:《美国的上层阶级》,《美国研究》(北京),1996 年第 3 期。

在发达国家,随着产业结构调整而来的部分产业的转移,外来移民劳动力的竞争,临时工用工制度的推行,社会福利和保险的减少,普通劳工的劳动条件和生活条件趋于恶化,而工会力量又遭到削弱,下层阶级更处于孤立无援的境地。信息时代的下层阶级,不仅是收入减少,而且是被排斥在劳动关系之外。他们不是临时的失业,而是永久地被抛弃。杰米里·里夫金《在工作的终结》中甚至认为,信息技术和市场力量使世界人口发生两极分化,一种是符号分析人员,以四海为家的新精英分子,他们控制着技术和生产力;另一种是日益扩大的永久性被技术所取代的个人,他们在全球技术经济中很少有希望获得有意义的工作,前景越来越渺茫①。里夫金在接受美国《新闻周刊》采访时甚至预测,到 2025 年,蓝领制造业工人将只剩下 2%;而到 21 世纪中叶,蓝领工人将不复存在。

信息时代社会上层与其他阶层之间存在着矛盾。在经济方面的矛盾,主要体现为巨大的收入不平等和这种不平等的难以改变上。历史上收入的不平等总是与剥削相联系的。而伊诺泽姆采夫认为,信息社会的不平等在某些程度上超越了传统剥削的内容。首先,观念的变化使得剥削的概念不再适宜。传统的剥削与物质利益联系在一起,而现在人们日益看轻物质利益。一旦人们价值目标发生了变化,剥削制度就不再存在了。从企业家方面说,他们把自己的生意理解为一种自主的创造性活动的最重要的体现;公司的业绩对他们来说,与其说是物质财富的来源,不如说是他们的成就得到越来越广泛承认的体现②。也就是说,企业家彻底改变了自己的价值取向,从事的是创造性的活动,追求的是自我完善,

---

① [美]杰米里·里夫金:《工作的终结》,上海译文出版社,1998 年版,第 3 页。

② [俄]B.伊诺泽姆采夫:《后工业社会与可持续发展问题研究》,中国人民大学出版社,2004 年版,第 6 页。

这样的活动是不能用传统意义上的剥削来衡量。其次,信息时代的不平等具有一定的合理性。新的社会上层是先进的知识和技术的代表,他们的劳动是新时代的具有典型意义的劳动,是社会进步的保证。一切社会都在一定程度上承认基于人们在能力或条件差别上的不平等。信息时代的不平等,很大程度上就是这样的不平等,收入的不平等在于人们在创造财富中的不同贡献。这种不平等,在多数情况下似乎不那么不公平,在某些条件下甚至可以说它们是和公正原则完全一致的。这种不平等不仅是无法消除的,而且是合理和必要的。

在社会方面的矛盾,主要体现为社会开放和社会封闭之间的冲突上。所谓社会开放,指各阶层之间可以容易地流动;所谓社会封闭,指各阶层之间存在严重的壁垒。历史上各个社会的阶层之间都有一定的开放性,即使是等级制森严的封建社会,人们的阶级地位由世袭来获得,但也存在着一定的向上流动的机会,比如中国的科举考试,贫寒子弟通过科举改变自己的身份地位。资本主义开放性就更大一些,社会下层可以通过教育和发财致富等手段,改变自己的阶层身份。信息时代也具有开放性。当今许多信息产业的巨子,都不是继承财富而达到的,多数是通过运用知识、管理技能,在不长的时间内白手起家的。比尔·盖茨等就是这样的典型。

然而,信息时代社会阶层之间依然具有封闭性,有些方面甚至比以前更为严重。由于教育是划分社会阶层的关键因素,因此社会阶层的封闭性集中体现在教育的封闭性上。一个人的教育水平,受到外部条件和内在素质的制约。第一,家庭出身等外部条件,极大地影响着个人接受良好教育的机会。比如,美国虽然进入了高等教育的群众性社会,但不同家庭出身的人们接受的高等教育,在机会和条件上存在很大差别。中下家庭的子女多数接受普通公立教育,上州立和社区大学。美国现代高等教育中发展最快的就是这些大学。老牌私立名校的招生名额依然严格限制。社会上层的子女接受教育的方式则不同。罗伯特·赖克指出了作为社会上层的符号分析人员的教育模式：有些年轻人上杰出的私立学校，接着上要求最高的大学和最有声望的研究生院；大多数幼年时代在高质量的郊区公立中学读书。他们父母关心和参与对他们的教育①。鉴于教育价值的增加，新的社会上层如同昔日的企业家一样，封闭起来。第二，个人的内在素质，尤其是智商，极大影响受教育的水平。教育尤其是选拔式教育，往往通过考试而决定的，在这方面智商等个人素质是第一位的决定因素。而智商等因素往往是先天决定的。理查德·赫恩斯坦研究的结论是，一个人的智商80%是遗传的。于是，在不同智商的人群之间出现了深刻的社会分层。

信息时代的社会封闭性还难以改变。在以往的社会中，拥有土地和资本是统治阶级成员的基本条件。但土地和资本都可能被取消和剥夺，过去的革命斗争就是试图重新分配这些东西，从而改变社会成员的阶层地位。这条道路在信息时代却行不通。知识既不能剥夺，也不能重新分配。信息时代以教育为基础划分的社会分层，更难以消除。当然，通过提升下层阶级的教育可以逐渐改变这种差别。但是，知识的积累和知识的运用能力的发展，是一个长期的过程。希望通过对一些文化程度低的人员进行培训，就承担知识精英所担负的新工作，对下层人员来说，既是赶鸭子上架，也是难以达到的。旨在提高教育水平的努力，至少需要几代人才能显现出来。这种封闭性还造成社会阶层的断裂。工业社会中资产阶级和无产阶级既相互斗争，又相互依存，两者是一对矛盾的统一

① ［美］罗伯特·赖克:《国家的作用》，上海译文出版社，1998年版，第230—231页。

体。信息时代的社会情形却不同,上层阶级不仅掌握生产资料的信息,而且可以再生这种信息。如果说过去时代的上层阶级不能不依靠下层阶级,那么信息时代的这种依赖性就大大降低了。过去,下层阶级是上层阶级的"另一个自我"。而信息时代的下层阶级,就比以前更大程度上处在被隔离之中,不再是上层阶级的"另一个自我"①。正是如此,信息社会阶级划分具有前所未有的稳定性,是过去的方式所难以逾越的。

---

① [俄]B.伊诺泽姆采夫:《后工业社会与可持续发展问题研究》,中国人民大学出版社,2004 年版,第 97 页。

# 第 三 章

# 社会文化的新纷争

信息时代的来临,资本主义不仅经济、政治发生了新变化,在文化和社会上也出现了新的纷争。西方的一些知名的主流学者对此进行了深刻的分析。本章主要讨论贝尔关于资本主义结构冲突和文化矛盾的理论,福山关于资本主义社会秩序大分裂的理论,以及有关信息化中的社会分化等。

## 一、文化结构的断裂

丹尼尔·贝尔是世界著名的社会学家,主要学术著作有《美国的马克思派社会主义》(1951)、《意识形态的终结》(1960)、《极端右翼》(1974)、《今日资本主义》(1971)、《后工业化社会的来临》(1973)、《资本主义文化矛盾》(1976)以及《蜿蜒之路》(1980),一些著作有中文译本。贝尔著作中,最重要的是《后工业社会的来临》和《资本主义文化矛盾》。《后工业社会的来临》影响广泛,而《资本主义文化矛盾》确立了其"总的理论立场"①。《资本主义文化矛盾》是一部论述资本主义结构矛盾与文化纷争的专

---

① [美]丹尼尔·贝尔:《资本主义文化矛盾》,北京三联书店,1989年版,第42页。

著。换成当今中国的流行语言,也算是论述资本主义和谐问题的专著。作者以当代资本主义文化为研究对象,探究资本主义的社会文化危机及其修复的可能性。

贝尔的书名虽为《资本主义文化矛盾》,但不是狭隘的论述文化问题,而是视野恢弘地总揽资本主义的全局。他将资本主义分为经济、政治和文化三大领域。通过对工业社会和后工业社会的分析,贝尔认为资本主义历经200余年的发展和演变,已形成在经济、政治和文化三大领域之间的根本性对立冲突。

贝尔认为,当代资本主义的经济、政治和文化三个领域相互独立,分别围绕自身的轴心原则而运转。第一,经济领域。经济领域是资本主义发展过程中起着决定性推进作用的部门。经济是社会进步的基础,提供广泛选择就业和社会流动的自由,不断刺激并满足人的物质欲望。在历经科技和管理革命的改造之后,这个领域已经发育成为一个以严密的等级制和精细的分工制为特征的自律体系。其中的全部活动都严格地遵照效益原则运转,目标是最大限度地获取利润。在这个日趋非人化的体系中,人的个性变得日益单薄,人成为最大限度谋求利润的工具。第二,政治领域。在前工业化和工业化阶段,资本主义采取自由放任的经济政策,国家机器相对较为弱小。20世纪的经济危机和政治运动迫使政府集中权力,以维护社会秩序,仲裁各集团的利益纷争,干预经济生产和分配,以及处理国际问题等。政治领域因此逐渐发展成为经济体系之外的又一个庞大王国。政治的轴心原则是平等观念,早先是大而化之的人权法案、法律平等说,而今发展到内容具体的各种民众应享要求。这包括种族与性别的平等,教育、福利与机会均等等。这样社会冲突和对抗的局面虽得以控制,但由于政府无法满足众多的平等要求,就加剧了公众与官僚机构之间的矛盾。第三,文化领域。资本主义的兴起使艺术家摆脱了对贵族庇护人的依赖,得以充分发挥他们浮士德式的上天入地的想象和追求,热衷于个性解放和自我表现。在经济主宰社会生活、文化商品化趋势严重和高科技变成当代人类图腾的局面下,变革缓慢的文化阵营步步抵抗,强化了自身的特征和自治能力。与经济、政治体系中发达的组织和管理模式相对,文化领域历来标榜的是个性化、独创性以及反制度化的精神。这个领域起支配作用的是所谓"自我实现"或"自我满足"的原则。

过去经济、政治和文化三大领域是由一个共同的价值体系来联系的,但在当代这三个方面正日益趋于分裂。贝尔论述的社会三个领域相互独立,分别依照"效益"、"平等"和"自我实现"的原则运转。在主观上,这是贝尔所持的多元主义世界观的反映。贝尔在哲学上受康德二元决定论的影响,放弃了传统社会学关于社会是有机整体的观念。贝尔指出,以前几乎所有现代的社会科学家都把社会看做是依照某种单一的关键原则建成的统一系统,比如马克思的关键原则是财产关系,塔尔柯特·帕森斯是主导价值观即成就原则。这些原则通过自己在不同重要机构里的再造,渗透到全社会。他的看法颇为相悖。他认为最好把现代社会当做不协调的复合体,它由社会结构、政治与文化三个独立领域相加。社会结构的变革无法决定政治与文化的动向。"我想表明,社会不是统一的,而是分裂的。它的不同领域各有不同的模式,按照不同节奏变化,并且由不同的、甚至相反方向的轴心原则加以调节。它们之间并不相互一致,变化节奏亦不相同。它们各有自己的独特模式,并依此形成大相径庭的行为方式。正是这种领域间冲突决定了社会的各种矛盾"①。在客观上,这实质上是揭示了当代资本

① [美]丹尼尔·贝尔:《资本主义文化矛盾》,北京三联书店,1989年版,第56页。

主义社会的整体上不和谐。依照马克思的基本观点,经济基础决定上层建筑,物质基础决定意识形态。社会虽然能区分为经济、政治和文化各个部分,但它们之间是有机联系的,其中经济基础起着决定性的作用。经济、政治和文化之间应当有机统一、协调发展。这样才能维持社会的基本和谐。当代资本主义三个基本方面的分裂,并且各自甚至相互矛盾地运转着,这无疑是总体性的、也是最严重的社会不和谐。

贝尔以《资本主义文化矛盾》为题,理所当然地对文化的论述更为充分和细致。贝尔经过对资本主义的文化矛盾发展过程的分析,得出的结论是:原先赋予资本主义社会以合法性、行使对于资本主义行为的道德监护权的文化基础,已经瓦解了。"我们正处在西方社会发展史的一座分水岭,我们目击着资产阶级观念的终结——这些观念对人类行动和社会关系尤其是经济交换都有自己的看法——过去的二百年中,资产阶级曾经靠着这些观念铸成了现代社会。我们已面临现代主义创造力和思想统治的尾声"①。文化的危机使得美国资本主义已经失去了它传统的合法性。

资本主义精神在其萌生阶段就已经携有潜伏的病根。贝尔在资本主义的起源上,综合了马克斯·韦伯和维尔纳·桑巴特的观点,将他们的"禁欲苦行主义"和"贪婪攫取性"分别定义为"宗教冲动力"与"经济冲动力"。资本主义上升时期这两股力量纠缠难分,相互制约。禁欲苦行的宗教冲动力造就了资产者精打细算、兢兢业业的经营风范,贪婪攫取的经济冲动力则养成了他们开拓边疆、征服自然的冒险精神和勃勃雄心。然而,当代资本主义只保留了它永不满足地向外攫取的经济冲动力,而丧失了它原来那种勤

---

① [美]丹尼尔·贝尔:《资本主义文化矛盾》,北京三联书店,1989 年版,第53 页。

勉刻苦、节制有度和不过分追求享乐的宗教冲动力。

在贝尔看来，造成资本主义文化危机的主要因素是严肃艺术中的现代主义、大众文化中的非理性主义和市场体系的享乐主义。第一，严肃艺术中的现代主义。贝尔概括了现代主义艺术的三个特征:坚持艺术与道德的分化;推崇创新和实验，认为艺术的生命在于题材、手法、材料和观念等各个方面的创新;把自我奉为鉴定文化的准绳。贝尔甚至认为，现代主义是瓦解资产阶级世界观的专门工具。最近半个世纪以来，它正逐步取得文化领域中的霸权地位，并且现代主义作为对正统文化的攻击力量，已经大获全胜，取得了当今君临万物之上的正统地位。第二,大众文化中的非理性主义。贝尔列举了20世纪60年代达到高峰的一些现象，诸如对暴力和残忍的炫耀，沉溺于性反常，渴望大吵大闹，抹煞艺术和生活的界限，艺术的政治化和政治的艺术化等。第三,市场体系的享乐主义。当代资本主义为了经济发展而刺激消费。资本主义经济不仅提出了诸多消费的需要，而且提供了提前消费的手段。在资本主义发展早期，清教的约束和新教伦理扼制了经济冲动力的任意行事。现代资本主义创造了分期付款制度，从前人们必须靠着存钱才可购买，而今信用卡让人们能当即兑现自己的欲求。建立在电子科技发展基础上的当代大众传播，更为这一切的传播推波助澜。大众传媒一方面消除了社会的隔离状态，开阔了人们的视野，改变了人们认知世界的方式，增大了相互之间的影响和联系;另一方面不断为大众提供新的形象，颠覆老的习俗，大肆宣扬畸变和离奇行为，以促使别人群起模仿。

在贝尔看来，这些都与资产阶级曾经信奉的精打细算、严谨敬业的自我约束发生了冲突。当工作与生产组织日益官僚化，个人被贬低到角色位置时，这种敌对性冲突更加严重。工作场所的严格规范，与文化上的自我发展和自我满足原则，两者风马牛不相及,难以和平共处。美国社会出现这样一个奇特的现象,一方面商业公司希望人们努力工作,树立职业忠诚;另一方面公司的产品和广告却助长快乐、狂喜和放纵。人们白天正派规矩,晚上却放浪形骸。企业家在经济上锐意进取获得成功后,就在道德上显得十分保守,因为他们唯恐天下大乱,破坏社会的稳定进而危及他们的利益。反过来,艺术家、诗人却不断地突出人的主题,不断地对资本主义的拜金主义与各方面的制度化加以鞭挞,实际上是对资本主义的传统价值体系进行拆台。

面对资本主义的文化分裂,贝尔心目中的理想模式是把文化上的保守主义传统观、经济上的社会主义需求观、政治上的自由主义公正观这三者结合起来。这也是贝尔一生历经沧桑之后的总结:"本人在经济领域是社会主义者,在政治上是自由主义者,而在文化方面是保守主义者"①。

在经济领域,贝尔自认为是一个社会主义者。贝尔所谓的社会主义,不是中央集权或生产资料集体所有制,而是经济政策的优先权问题,即社会资源应该优先用来建立社会最低限度保障,以便使每个人都能过上自尊的生活,成为社会的完全公民。这意味着应有一套劳动者优先的雇佣制度,有对付市场危机的一定安全保险,以及足够的医疗条件和防范疾病的措施。贝尔主张群体价值高于个人价值,满足人们的"需求",而不是人们的"欲求"。所谓"需求"是所有人作为同一"物种"的成员所应有的东西。所谓"欲求"则代表着不同个人因其趣味和癖性而产生的多种喜好。社会的首要义务是满足必要的"需求",而不是放纵"欲求"。贝尔反对把财富转换成与之无关领域内的特权,比如在人人有权看病的医

---

① [美]丹尼尔·贝尔:《资本主义文化矛盾》,北京三联书店,1989年版,第21页。

疗机构里,用财产却能换来超常的特殊治疗。有关如何对待公正与效率问题上,贝尔将它分成两种类型。第一种情况,假定经济增长速度为零,问题主要发生在同一代人之间:重视效率原则往往会顾不上弱势社会成员的利益,而公正原则则要求照顾这部分人的利益。对此,贝尔主张以罗尔斯的"最低限最高标准"(maximin criterion)为两者的合理结合点①,即一种追求效率因而导致社会差别的社会安排如果是合理的,那么与其他安排相比,它必须能给社会上最无优势的成员带来最大的可期望好处。第二种情况,假定经济增长速度大于零,问题同时也发生在不同代的人们之间:当前的人们在多大程度上可以利用那些可以留给后人利用的资源。在平衡当前的人们的利益与未来的人们的利益时,贝尔既反对苏联社会的"当前这一代可以为未来而牺牲"的见解,也反对西方社会的这种为了眼前消费而不顾未来的倾向。

在政治领域,贝尔自认为是一个自由主义者。政治行动的主体是个人而不是群体,应该把公共生活与私人生活区别对待,以避免共产主义国家里将一切行动政治化的倾向,或防止传统资本主义社会中对个人行为毫无节制的弊端。公众领域依照人人平等的法则运转,而私人领域则属于人们愿干就干的自决领域,只要他们活动的"溢出效应"不直接妨害公众领域,就无须干涉。贝尔提出了自由主义的平等观。不能把自由与平等对立起来,而是通过对不同意义的平等区分,来协调自由与平等。首先要区分平等待人与使人平等。一般来说,平等待人是合理的,而使人平等则是错误的。他又区别条件的平等、手段的平等和后果的平等。一般来说,注重条件的平等和手段的平等是合理的,而注重后果的平等则是

---

① [美]丹尼尔·贝尔:《资本主义文化矛盾》,北京三联书店,1989年版,第332页。

错误的,因为这使得某些人的自由将会被限制或牺牲。为了减少后果的不平等,贝尔主张用相对差别原则来处理一些问题,比如对不同收入的人征不同的税,对不同的学校规定不同的招生要求等等。贝尔主张对作为能力和成就之报酬的财富不平等应该予以承认,但对于金钱与社会商品的交换,则要加以限制。

在文化领域,贝尔是保守主义者。贝尔崇敬传统,相信对艺术作品的好坏应作出合理鉴定,还认为有必要在判断经验、艺术和教育价值方面,坚持依赖权威的原则。文化本身是为人类生命过程提供解释系统,帮助他们对付生存困境的一种努力,所以传统在保障文化的生命力方面是不可缺少的。必须通过鉴定,方能消除对所有经验不加区分予以肯定以及对所属群体文化过分强调和肯定的偏差。贝尔反对任何形式的现代主义和后现代主义,认为这正

是资本主义文化领域产生断裂的原因。他肯定个人主义思想是人类意识发展所取得的显著成就,但批判美国十分猖獗的个人主义。作为文化保守主义者,贝尔对美国20世纪60年代的激进主义文化提出相当猛烈的批评。贝尔指责这些文化情绪不仅是反政府的,而且几乎完全是反体制的,是一场孩子们发动的十字军远征,与其说这类玩意儿是反文化,不如称做假文化。

为了解决资本主义的文化矛盾,贝尔提出了两个别具一格的主张,即所谓的新宗教和公众家庭。

一是新宗教。科技的发达拓展了人类的生存空间,扩大了人的视界和自我意识,增强了人对自然的控制和利用,然而,现代人却空前地感到自己的渺小和无助。人类生存的基本问题变得空前尖锐,人类的爱情、痛苦、死亡以及人类善恶等基本命题仍未解决。贝尔认为,物质文化可由科技去创造,而人的信仰危机必须由新宗教才能加以疗治。在贝尔看来,资本主义在前工业化阶段的主要任务是对付自然,工业化阶段便集中精力对付机器。到了后工业

社会,自然与机器都已隐入人类生存的大背景,社会主要面临的问题是人与人、人与自我的关系。这方面资本主义因欠账过多,急需补救调整。新宗教必须着眼于人际关系和人对自我的重新认识,成为维持社会统一的精神支柱。现代主义反映的归根结底是文化中的信仰问题。贝尔因此提出一个大胆而有些意外的答案,即后工业社会的文化重新向某种宗教观念回归。在人类意识的黎明时期,宗教是人解释世界的唯一手段。通过仪式,即把共同感情维系起来的途径,宗教成了达到社会团结的手段。宗教是人类意识的一个组成部分,是对生存总秩序及其模式的认知追求,是对建立仪式并使得那些概念神圣化的感情渴求,是与别人建立联系的基本需要,是当人面对痛苦和死亡的定局时必不可少的生存观念。宗教能够重建代与代之间的连续性,是保持文化连续性不可缺少的重要一环。后工业社会的新宗教回归,重聚人和世界的碎片,通过传统信仰的复兴来拯救人类。当然,贝尔并不想将现代世界变成一座大教堂,也不想将后现代人重新置入宗教的教条之中,而是设想在新宗教的价值关怀下,使后现代的人们重新获得精神活力,重新唤回健康人性。当然,贝尔也认为宗教并不能人为地复兴,宗教是不能制造的。人为制造的宗教更加糟糕。信仰具有一种有机性质,它不可能通过行政命令的手段得以产生。一旦信仰破灭,它需要很长的时间才能重新生长起来并重新发挥效用。

  在贝尔《资本主义文化矛盾》发表 30 年之后,当今仍不断听到对宗教的诉求。德国学者玛利昂·格莱芬·登霍夫认为,当人们陷入困境的时候,就又想起了宗教,并重新为它留出了一个合法的位置。只有回到原来的宗教信仰,让死了的上帝复活,才能拯救道德的危机。为纪念《新事物》通谕发表 100 周年,罗马教皇约翰·保罗二世颁发了题为《一百周年》的通谕,其中对当前世界的资本主义和市场经济发表了一系列重要看法。保罗二世认为,经济制度本身并不包含能对新的高尚的需要和妨碍人格成熟的需要做出区别的标准，为此要在教育和文化方面做出巨大努力，也要求国家机关进行必要的干预。保罗二世还指出应当注意一种极端的资本主义意识形态广泛传播的危险，这种意识形态拒绝考虑解决世界上还存在的各种形式的剥削、异化和物质与精神匮乏的问题，却盲目地把希望寄托在市场力量的自由发展上。

二是公共家庭。贝尔认为，在古典经济学认定的家庭经济和市场经济两个活动领域之外，近年来又出现了第三个更为重要的领域，这就是"公众家庭"（public household）。在社会学上，公众家庭带有家庭问题和共同生活的含义。它不仅在于利益的共享，而且必须对共同利益达成某些一致的见解。亚当·斯密将公众家庭的任务限制在三个方面：保护社会免于遭受其他社会的暴力行为和侵略；提供内部的安全保障并主持正义；建立并维持某些公共机关和公共工程。贝尔提出的公众家庭的概念，看起来近似原始部族的契约制度，又有点像柏拉图的理想国，还带有社会主义集体的味道。贝尔认为划清家庭经济、市场经济和公众家庭的界限，弄清各种经济形态的特殊原则，对于了解发达的工业化社会的主要政治和社会困境来说是至关紧要的。自20世纪30年代以来，公众家庭的任务在不断扩大。现代公众家庭的窘况是，它不仅必须满足通常意义上的公共需求，而且不可避免地要成为满足私人和群体欲求。公众家庭行将面临两个主要问题。第一个是社会问题的超负荷现象越来越严重，而政治体系在这些问题面前简直是束手无策。市场的好处在于投资人需要对决策和决策效果专门负责。公众家庭就是集中各项决策对社会进行管理，减少市场经济所带来的一些不良后果。市场经济是用来满足个人欲求的，而公众家庭是要满足共同的需求。第二个问题是，由于人们要求得到的权利日趋增加，造成了压力，国家需要愈来愈多的税款去支付服务性行业,国家支出出现不断增长的趋势,引起了更为严重的通货膨胀。公众家庭则是预算居主导地位,政府税收和支出保持平衡,作为再分配和补偿的手段。贝尔公众家庭的话语比较晦涩难懂,但其意义简约地表述,也就是适度的社会保障。

贝尔的《资本主义文化矛盾》出版已经30多年,其保守主义立场不敢苟同,对资本主义矛盾的分析以及提出的治理方案也是一家之言。即使如此,《资本主义文化矛盾》仍然具有巨大的当代价值。在中国建设和谐社会之际,贝尔的深邃分析启发良多。一是建设和谐社会要注意社会宏观方面的整体和谐,不能出现政治、经济、文化和社会等各自为政甚至互相冲突的现象,必须依照马克思主义的基本原理,实现各个组成部分的有机统一和协调发展。二是建设和谐社会要特别注意文化方面的问题,随着信息时代的来临,这个问题更加重要。文化危机是一种深刻的危机,中国对此不可掉以轻心,而要未雨绸缪。

文化问题是当代资本主义的一个复杂和关键的问题。贝尔作为西方主流学者,其基本立场当然是维护资本主义,并且试图从文化角度探讨如何修复资本主义。而一些西方左翼所持的立场与贝尔不同,他们对资本主义文化进行严厉的批判,尤其是批判了技术发展中的文化控制。早年法兰克福学派的文化批判就非常出名。法兰克福学派是20世纪最大的西方马克思主义流派。这个学派代表人物众多,著述丰富,涉猎的领域十分广泛。霍克海默、阿多尔诺、马尔库塞、弗洛姆、哈贝马斯、施密特等都是学术大家;阿多尔诺的《否定的辩证法》,弗洛姆的《健全的社会》,马尔库塞《单向度的人》,哈贝马斯的《认识与兴趣》,施密特的《马克思的自然概念》等,都是影响广泛的学术名著。1930年,霍克海默担任法兰克福社会研究所所长,开创了以社会批判理论而著称的法兰克福学派。二战之后,法兰克福学派进一步发展了自己的社会批判理论。

他们进一步强调辩证的否定性和革命性,对发达工业社会进行了全方位的批判,深刻揭示了现代人的异化和现代社会的物化结构,特别是意识形态、技术理性、大众文化等异化的力量对人的束缚和统治。法兰克福学派激进的文化批判理论在 60 年代末席卷欧洲学生和青年造反运动中获得了极高的声誉,产生了十分巨大的影响。法兰克福学派批判的锋芒尤其指向"技术理性"。当代资本主义社会中,科学技术发展取得了巨大的成就。而法兰克福学派正是要揭示科学技术理性的反人性一面。他们认为,当代社会充斥着技术理性的统治,一切人都成了技术理性的奴隶。技术理性把整个社会串联为一个绝对同一的整体,它借助于人们的需求对个人进行社会控制。现代社会就是技术控制的社会,技术的控制使原先的外部控制转向人的内在方面。结果,人的心灵的内在向度被削弱了,个人与他所处的整个社会直接地同一起来,与强加于他的生活相同一,他服从于生活的现实①。马尔库塞在《单向度的人》中认为,发达工业社会是全面意识形态化的社会,在这个社会中,生产设备和它产生的商品和服务,出卖或欺骗着整个社会体系。大众运输和传播手段,住房、食物和衣物等商品,娱乐和信息工业不可抵抗地输出,都带有规定了的态度和习惯,都带有某些思想和情感的反应,这些反应或多或少愉快地把消费者同生产者,并通过生产者同整体结合起来。这个社会已经不再大量使用政治宣传去强化虚假意识,而是通过产品把虚假意识灌输给人们,从而达到操纵他们的目的。因而,在这个社会中,只存在一种同一的虚假意识,所有人的言行和观念都从属于一个单一的向度,即从属于社会的整体。当代资本主义把文化变成了社会凝聚力的工具,或者

---

① 张康之:《"社会批判理论"的文化批判》,《教学与研究》(北京),1998 年第 10 期。

说文化变成了商品,具有了交换价值,每天都受到管理和出卖。艺术已经与当代资本主义社会一体化了,成了屈从于技术统治的一个合理性的部分,它接受了这种操纵,并甘愿为操纵者效力。

当代学界依然关注技术对文化的影响。道格拉斯·凯尔纳是美国著名西方马克思主义批判理论家、媒体理论家和左派学者,近年在学界颇具影响力,尤其是他提出的"技术资本主义"理论日益受到西方学界的普遍关注①。凯尔纳理论的独特性在于,将技术作为一个变量引入社会,综合考察其对经济、政治、文化的影响。他坚信,技术的影响力早已溢出马克思所探讨的经济领域,而逐渐渗入政治、文化领域,这就是技术政治(techno - politics)和技术文化(techno - culture)。凯尔纳在《后现代历险》一书中对技术文化现象进行了细致的考察,在他看来,技术文化现象是技术变革和资本主义重组的产物,它的产生至少要具备以下三个条件:文化不再由宗教、社会习俗、伦理原则等因素决定,而是由科学和技术决定;面对面式的、具体的家庭和邻里关系被数字化或电子化的虚拟交流方式所取代;由各种不同社会经济关系决定的技术日益成为社会变化的驱动力,一切固定的社会关系被技术所推翻。凯尔纳主要是从技术变革的角度阐释技术文化现象的,认为技术日益摆脱经济成为影响文化的主要因素。凯尔纳对技术文化作了比较详尽的分析。第一,技术日益通过机器渗入日常生活,干预并改变人们与自然、社会及其他事物之间的关系。随着消费社会的到来,人们日益沉浸在一片商品的海洋中,今天,发达国家的每一个家庭比其他任何时刻都更加依赖于技术,人们正生活在一个技术社会之中。第二,随着社会自动化趋势的不断升级,原来由人类去做的工作现

①　颜岩:《技术政治与技术文化——凯尔纳资本主义技术批判理论评析》,《哲学动态》(北京),2008 年第 8 期。

在完全由机器来执行。凯尔纳指出技术的自动化具有双面效应，当劳动自动化过程给工人带来更多休闲时间并创造更多自由时，它也使个体日益依赖于机器，从而导致异化的加剧。第三，技术文化以技术意识的领导权为特征。凯尔纳借用葛兰西领导权一词强调技术文化的意识形态功能。他指出，在技术意识的统治下，一切对智慧和知识的追求都被职业成功的强烈渴望取代了，学生们选择专业的标准主要是看它能否给自己带来经济上的收益，于是，哲学、文学等人文学科受到鄙视，商业、会计、计算机、工程学等学科成为人们追求的热门。凯尔纳主张人们当前的首要任务应该是从技术精英和技术政客手中夺回技术意识的领导权。第四，技术文化及经商业和技术中介了的虚拟社区代替了人们真实的社会生活。虚拟的网络社区，主要包括公告栏、群组讨论、社区内通讯、社区成员列表、在线聊天、找工作等。在虚拟社区中，人们可以平等地交流，打破了现实社区文化交流的一切障碍。在此基础上产生了不受时空、身份等条件限制的赛伯文化。凯尔纳在肯定赛伯文化积极意义的同时也瞥见了其负面影响，最突出的一点就是，赛伯文化可能导致人与人真实交往的消失。如果引导不当，赛伯文化将会导致人们日常生活方式的异化和新的主体认同危机。

当然，对当代文化也不全是批判和悲观的看法，一些人对信息时代的文化作出乐观的预测，并突出体现出大众化的特征。21世纪的西方社会已步入以网络化为基础的信息社会。信息社会借助于报刊、杂志、广播、电视、网络等现代传媒工具，以消费和娱乐为目标而制造出众多文化产品，使文化呈现出明显的大众化趋势。现代社会信息传播的形象化、感性化和碎片化等特征，有力地促进了文化的大众化。文化的大众化首先是数量的庞大，文化大量复制，消费对象或受众人数众多，使文化呈现出明显的大众性倾向；

其次是时间迅速,文化借助现代传播手段广泛传播,使过去的文化消费的读和想,变成了看与听,在极短的时间内甚至几乎是同时被人们所迅速认同和接受;再次是空间广阔,文化辐射范围宽广,超越政治、经济宗教、教育等因素造成的障碍,跨越年龄、性别、职业、阶层、地域等界限,文化形式为大众所喜闻乐见。当代信息传播的互动性与开放性,增加了大众获取信息的便利性和多样性,使文化呈现出明显的大众性倾向。信息社会使大众既是文化的接受者,同时也是文化的参与者和创造者。在过去所有的社会中,在社会上占统治地位的文化总是被少数人把持,是少数人的文化,是一种贵族文化,文化被认为是一种资格、地位和标志。文化的大众性使其成了一种人人参与的事业,结束了文化和政治是少数人的事业的历史,普通大众进入了能自己独立创造文化的历史阶段。信息社会使不同年龄、性别、职业、阶层的人都有权利也有可能参与到文化中来,并成为文化生活的主要的和基本的内容。

## 二、社会秩序的纷乱

进入 21 世纪,中国越来越重视社会建设。在发展上走在前列的西方发达资本主义国家,这个方面的实践开展的更早,留下的经验教训更多。无论是他山之石,还是前车之鉴,都值得注意。

众所周知,二战后的发达资本主义经历了相对稳定的长期发展。有的学者认为,当代资本主义社会,通过加强对经济的国家干预,减缓了经济运行的大起大落;建立比较完善的社会福利及保障,基本满足了民众的生活需求;关注分配的社会公平,缩小了过分悬殊的贫富差距;采用妥协退让的灵活策略,较好地缓解了劳资矛盾;扩大民众的社会参与,增强了国家统治的社会基础。这些做法,在一定程度上促进了社会和谐①。这之中比较典型的是建立了相对完善的社会福利制度。当代西方各国的社会福利制度有以下特征。第一,社会福利水平高。例如美国职工收入中,来自社会福利的比重,1959年仅占17%,1977年提高到27%,到20世纪90年代末又进一步提高到30%以上。目前,各西方主要发达国家社会福利支出已占本国政府总支出的一半以上;占本国国内生产总值的20%到30%。第二,社会福利的项目越来越多,覆盖面越来越广。战后半个多世纪以来,西方国家所实施的社会福利项目日益增多,覆盖面越来越广。目前,西欧、北欧国家社会福利涉及每一个公民的生、老、病、死、伤、残、孤、寡、失业和教育等各个方面,覆盖了公民从摇篮到坟墓的一生。基本做到了生病有医疗,失业有救济,养老有保障。美国尽管不像西欧、北欧那样重视社会公平问题,但美国的社会福利制度也很完善。第三,社会福利制度化、法制化。在当代资本主义社会中,社会福利已不再是可有可无的权宜性措施,或随时可以改变的特殊政策,它已成了一种社会制度,具有了法律的依据。自20世纪80年代以来,欧美各国出台了一系列关于社会保障的法律,将社会保障纳入了法律保证体系。目前,在当代资本主义各国,失业保障、医疗保障、养老保险、工伤保险都已立法,既有明确的法律规定,也有完善的运行机制。

　　然而,西方资本主义并非完善无瑕的和谐社会。身处西方的众多学者从各个角度揭示了西方社会存在的具体问题,一些学者还从宏观上看到了当代西方社会的风险性。德国学者乌尔里希·贝克于1992年出版了《风险社会:走向一种新的现代性》,首次提出了风险社会的概念。他在该书中指出,西方发达国家正在从工

---

① 　陈向阳:《论当代资本主义在促进社会和谐方面的有益做法》,《湖北行政学院学报》(武汉),2007年第3期。

业社会转向风险社会。风险社会是一个充满着不确定因素、个人主义日益明显、社会形态发生本质变化的社会。贝克还发表了一系列论著,进一步阐述其风险社会理论。按照他自己的解释,风险或风险社会的概念具有以下 8 个要素:风险与毁灭不一样,它们不是指已经发生的损害。但风险确实有毁灭的危险。所以,它既不是毁灭,也不是安全,而是一种"真实的虚拟";它是有威胁的未来,成为影响当前行为的一个变量;它是事实与价值在"数字化的道德"中的结合;它是一种人为的不稳定,既是控制,又是失控;它是知与不知的结合,即一方面,在经验知识的基础上对风险进行评估。另一方面,则是在风险不确定的情况下作出决策和行动;风险的全球性,使全球和本土同时重组;风险只有被社会感知时,才对现实构成真正的威胁;在风险社会中,自然和文化之间的界限开始消失①。安东尼·吉登斯特别强调全球化对于风险社会的影响。他认为,风险有外在风险和内在风险两种类型。外在风险是来自外部的,因为传统或者自然的不变性和固定性所带来的风险。内在风险是被制造出来的,指的是由我们不断发展的知识对这个世界所产生的风险,是指在我们没有多少历史经验的情况下所产生的风险。他认为,大多数的风险属于内在风险,包括环境和生态的恶化。全球化及随之而来的风险社会,带来了其他形式的风险和不确定性,使得我们所处的这个世界没有越来越受到我们的控制,而似乎是不受我们的控制,成了一个失控的世界。斯科特·拉什更认为,当代西方发达资本主义国家不仅进入了风险社会,而且开始形成一种风险文化。技术资本主义所导致的这些始料不及的风险和危险,将不再是由工业社会的物质化生产过程中所产生的风险和危险,而是从信息领域、从生物技术、从通讯和软件领域产生

---

① [德]乌尔里希·贝克:《风险社会》,译林出版社,2004 年版。

出的新的风险和危险,例如金融风险和各种危及人类生存的风险和危险等。他认为,由于科学技术的飞速发展和技术资本主义各种门类的防范和化解风险的专业系统程序的日益复杂化,各个领域都存在危及全人类生存的混乱无序的不确定性,都存在危及全人类的巨大风险。人类为了防范和化解风险而不停地忙于改进和更新各种专业系统程序,忙于解决各种问题。可是旧的问题解决了,新的问题又出现了,各种问题花样翻新,层出不穷。这就是风险文化时代,人们的主要任务就是防止和排除诸如生物技术、空间技术等飞速发展后所导致的包括生态风险、核风险在内的各种可以危及人类毁灭人类的巨大风险。

弗朗西斯·福山是日本裔美国学者,1952年出生于芝加哥,先在康奈尔大学获得古典学硕士学位,接着来到耶鲁大学学习比较文学,并曾在巴黎短暂留学,后在哈佛大学获得政治学博士学位。福山早先多次在兰德公司、美国国务院任职,后来在约翰·霍普金斯大学和乔治·梅森大学任教。福山是位多产的学者,几乎每隔3、4年就出版一部专著,1992年出版《历史的终结及最后之人》,1995年出版《信任:社会道德与繁荣的创造》,1999年出版《大分裂:人类本性和社会秩序的重建》,2002年出版《我们的后人类未来:生物技术革命的后果》,2006年出版《十字路口的美国:民主、实力和新保守主义遗产》等。福山的著作涉猎面极为广泛,其中最有影响是《历史的终结》,而《大分裂》是集中论述了信息时代资本主义存在的社会问题。

20世纪后半叶科学技术的高速发展,促进了经济和社会变革,一些学者认定美国及其他发达国家逐渐从工业社会向信息社会转变。福山认同这种美国以及其他先进国家已经进入信息社会的判断。依照技术主义的观点,信息时代是人类文明发展的新阶段,是一个更文明和更和谐的社会。托夫勒曾乐观地宣称,运用智慧再加上点运气,新文明将比以往的更为健全、明智、公正和民主①。然而,信息时代不是与生俱来的和谐社会,在其发展的初始阶段甚至伴随着更多和更强烈的变动,更容易出现不和谐现象。托夫勒也认为,我们生活在急剧转变时期,我们的家庭四分五裂,我们的经济摇摆不定,我们的政治制度陷于瘫痪,我们的价值观念正在垮掉,第三次浪潮影响所及,无一幸免。在近期的将来,会有日益增长的危机和深刻的社会动荡②。的确,率先进入信息时代的西方发达国家正经历着各种社会变革和冲击,20世纪中叶以来西方出现了犯罪升级、家庭解体、信任危机等各种社会现象。福山将这些不和谐现象称之为"大分裂"。福山对比列举了美国、英国、瑞典、日本、加拿大、奥地利、新西兰、法国、德国、荷兰、意大利、西班牙、挪威、芬兰等发达国家的资料,认为社会发生大分裂不是美国的特例,而是信息时代资本主义的普遍现象。高离婚率、高非婚生子比率、高单亲家庭的比率、高犯罪率及权威的衰落、信任的减少等等,在其他发达国家中不同程度地存在着。

　　福山在《大分裂》中借助翔实的资料,着重分析了美国社会不和谐的三个方面。一是犯罪率上升。在20世纪60年代到90年代,发达国家的社会状况严重恶化,犯罪和动乱上升。美国监狱中的人数1975年为38万,1985年增加到74万,到1995年超过160万,2002年已经超过210万。20世纪90年代期间,美国监狱人数以每年8%的速度增长。二是家庭衰落。作为维系社会亲属关系的传统核心家庭,两百多年来一直在衰落,其衰落速度在20世纪后半叶急剧加快。在生育方面,现代社会里抚育子女的直接成本和机会成本都大大增加,出生率降低,人口日渐减少。在婚姻方

① [美]阿尔温·托夫勒:《第三次浪潮》,北京三联书店,1984,第3页。
② [美]阿尔温·托夫勒:《第三次浪潮》,北京三联书店,1984,第507页。

面,结婚率降低,离婚率攀升。美国 2005 年有 1.11 亿个家庭,其中 5520 万个为已婚夫妇组成,只占总数的 49.7%。美国结婚和离婚的比率从 1950 年的 4.3∶1 下降到 1990 年的 2∶1,结婚和不结婚的百分比从 1970 年的 72% 下降到 1990 年 61%。单身家庭变多,私生子增加,美国出生的孩子中有 1/3 是私生子。家庭的解体不利于社会的稳定,社会秩序的破坏使每个人都得承受其中的痛苦。三是信任下降。大多数公民对政府信任下降。民调显示,美国政府公信力从 20 世纪 60 年代开始一直处于下降的趋势。比如,1964 年民调显示有 3/4 的美国公众信任美国联邦政府,而 1995 年同样民调显示只有 1/4 的美国公众信任美国联邦政府。美国公信力的下降具有普遍性的特点,即所有层级的政府公信力都在下降,所有的公共部门的公信力都在不同程度地下降,所有类别的公众都对政府信任下降。人民之间的信任也在下降。人们之间的联系不及以前那样持久和紧密,而且相联系的人数也比以前少了。

一些学者突出地指出了当代资本主义的道德危机。美国学者阿尔斯太尔·麦金太尔在《德性之后》一书中指出,当代资本主义社会丢掉了自亚里士多德以来的德性传统,人类的道德已处于深刻的危机中。资本主义社会之所以陷入道德危机之中,主要表现在三个方面。第一,社会生活中的道德判断的运用,是纯主观的和情感性的;第二,个人的道德立场、道德原则和道德评价的选择,是一种没有客观依据的主观选择;第三,从传统的意义上,德性已经发生了质的改变,并从以往在社会生活中所占据的中心位置退居到生活的边缘。这种道德多元化的状态表明了社会在价值取向上的不确定性和非一致性,而这恰恰构成社会发展的破坏因素或障碍。德国学者玛利昂·格莱芬·登霍夫在《资本主义文明化?》一书中指出,在工业化的社会中,获取最大限度的利益已经成为人们生活的最高目标。人们的基本价值观已经发生了变化。人们所信奉的已经不再是那些自古沿袭下来的价值观,如尽义务、负责任发扬集体精神,而是转向自私自利、自我实现的个人主义和享乐的物质主义。有的学者指出,当代资本主义经历了从经济危机到道德危机①。当代资本主义在经济危机的基础上,又凸显了新的道德危机。同经济危机一样,道德危机的产生究其根源在于资本主义商品经济的运行模式。在资本主义商品经济的发展进程中,尤其是在早期,资本家坚持利益最大化原则,往往置伦理道德于不顾不择手段地追逐利润,从而造成了伦理与经济的日渐分离。尽管当代西方社会的企业内部采取了一些人性化的措施,但就整个社会层面来说人们的道德理念已经发生了根本的改变,整个社会伦理道德也处于失范状态,从而最终导致道德危机的发生。其主要表现在:个人主义、利己主义、功利主义以及享乐主义思想的盛行,个人社会责任感和义务感的淡化,人与人之间相互关系的冷漠,理想信念的丧失,道德观念的多元化等等。

　　布热津斯基比福山更早地忧虑美国的危机。他在列举了困扰美国的 20 大难题以后,无可奈何地叹道:这些涉及价值观念和文化的问题,是不太可能得到决定性矫正的,而这些问题得不到解决,"这个社会就有解体的危险"②。的确,美国当今吸毒盛行、家庭破裂、犯罪率上升,美国有些州的在监人数甚至比在校大学生还多。激烈的生存竞争和就业竞争给广大劳动者带来巨大的精神压力,甚至使他们的精神、脑力和体力处于崩溃状态。据 1992 年美国官方公布的数字,近 50% 的在业工人为失业危险而忧心忡忡,

131

---

　　① 徐强:《从经济危机到道德危机———论资本主义发展的新困境》,《江苏社会科学》(南京),2008 年第 4 期。
　　② [美]布热津斯基:《大失控与大混乱》,中国社会科学出版社,1995 年版,第 125 页。

其中65%过度疲劳,45%经常失眠。美国成为精神病患者最多的国家,精神病床位占整个病床位的65%,仅儿童精神病患者就达1000万人。

福山列举了学者们对西方社会的大分裂现象作出的四种主要解释。第一,是由于不断增大的贫困和收入不均造成的。左派论证说,犯罪、家庭破裂和不信任等,大多是由缺乏工作、机会和教育以及经济上不平等造成的。但是,贫困和不平等与婚姻、犯罪和不信任之间联系很复杂,直接的因果关系难以确立。第二,是由较多的社会财富和较大的社会保障引起的。罗纳德·英格尔哈特力主"后物质主义价值观"。他认为,对基本经济需求的满足,促使人们在追求更高一级需求时,会产生一套不同的优先要考虑的事项。人们饱暖之后对物质之外的追求,引发了社会问题。丹尼尔·杨克洛维奇提出了三阶段的富裕效应,即第一阶段人们刚刚致富,对经济不安定记忆犹新,仍为生计担忧,无暇过多自我表现、个人发展和自我满足;第二阶段他们开始把繁荣昌盛看做理所当然的事情,便开始自我放纵,不再情愿照顾自己的孩子,家庭破裂和与偏常行为可能日益增多;最后,当人们上了年纪,他们将发现不能把富裕当做理所当然的了,需要考虑长远一些。由此看来,个人主义的不断膨胀是社会繁荣昌盛带来的结果。收入水平的提高,维系家庭和社区的联系就减弱,因为人们不依赖于他人就能过活的能力也比以前强了。第三,是由错误的政府政策造成的。加里·贝克尔等保守主义者认为,福利国家催生了家庭破裂,因为即使离婚,孩子也有国家保障,解除了后顾之忧。犯罪率升高是刑事制裁不力。第四,是文化方面的广泛变化带来的结果。这些变化包括宗教地位的下降,将个体的自我满足凌驾于社区义务之上。的确,大分裂的出现并非是上述的某一个方面的原因导致的,而是综合的和多方面的。福山并不完全认同其中的某一观点,并对一些观点提出了质疑。

福山挖掘大分裂的技术变革根源。第一,福山在社会道德方面具有历史循环倾向。社会的道德水平有时处于高峰,例如英国的维多利亚时代;有时则跌入深谷,例如欧美的20世纪60年代以来。福山甚至认为技术进步与道德进步之间存在矛盾。人类发展史上最奇怪的现象之一就是,道德水平并没有随技术进步而相应地提高。在科学技术突飞猛进的时候,人的道德水平不是进步了,而是退步了。其突出地表现在19世纪,那时是殖民主义、个人享乐主义和各种专制暴政的泛滥。第二,福山将人分裂的最根本原因归咎于技术变革,即从工业社会向信息社会的转变。大分裂产生的原因,既不是如左派所宣称的那样是由贫困和不平等造成的,也不是由右派所宣称的是较多的社会财富和较大的社会保障引起的,更不是政府的错误政策和广泛的文化变迁引起的。技术是中性的,可以行大善,亦可以行大恶,两者同样惊人、可怕。技术变革带来了如熊彼特所言的"创造性破坏"。这种"创造性破坏",不仅在技术领域,也体现在社会关系领域①。两性和家庭的问题可以利用两种因素进行解释。一是社会在工业时代经济向信息时代经济的转变过程中,劳动性质发生了广泛的变化;二是避孕技术的问世,使得人们的性行为更加随便。现代生物技术生产的最大危险在于它有可能改变人类的本性,从而把我们引入"后人类的"历史时代。

福山追寻大分裂背后的个人主义思潮。自20世纪60年代以来,西方经历了一系列解放运动。这包括性革命、妇女解放运动、女权运动,以及支持男、女同性恋者权利的运动。这些运动都试图

133

---

① [美]弗兰西斯·福山:《大分裂——人类本性与社会秩序的重建》,中国社会科学出版社,2002年版,第6页。

把个人从许多传统的社会规范和道德准则中解放出来。它们使人类享受到前所未有的自由和平等,同时也使个人主义不断滋长。左派和右派都参与了这种解放的尝试。左派担心对生活方式进行约束,不想让传统的观念过多地限制妇女、少数民族、同性恋者、无家可归者、被控犯罪者,或者其他被社会排斥的群体的任何成员的选择。右派担心对金钱进行约束,不想让社会对用财产所能做的事情横加限制,比如持有枪支等。在这种情况下,某种意义上违反规则就成了唯一保留下来的规则①。社会规范领域充斥的个人主义文化,侵蚀了形形色色的权威,削弱了维护家庭、街坊和民族的纽带。福山写道,一个社会若以扩大个人选择自由的名义持续不断地推翻社会规范和准则,将会发现其自身会变得越来越混乱、分裂和孤立,而且无力完成共同的任务,实现共同的目标。福山尤其忧虑妇女解放运动对家庭的影响。美国离婚率的上升、单亲家庭的增多、未婚生子的比率提高,这要归咎于 20 世纪 60 年代的性解放和女权运动。避孕技术的提高及妇女社会地位的变化、妇女就业率的增长及工资水平的提高使职业妇女不愿意生育或不愿意多生育,因此人口出生率呈下降趋势。妇女经济能力的增强使男人对家庭的责任降低。女权运动的结果对谁都没有好处,妇女首当其冲是受害者,孩子更是受害者。

福山还指出美国的文化多元主义对道德的影响。每个社会的运行,除了依赖于正规的法律和强有力的政治经济机制,还需要依赖于某种共同的文化价值观念。美国是一个政教分离的民主国家,先天有一种多元主义的倾向。宽容是最高的道德,也是唯一的道德,除此以外对道德并没有什么要求。美国的这种多元文化主

---

① [美]弗兰西斯·福山:《大分裂——人类本性与社会秩序的重建》,中国社会科学出版社,2002 年版,第 15 页。

义削弱了传统的道德价值。

福山论述大分裂时将社会资本致于一个中心位置。社会资本理论在 20 世纪末期日趋流行。对社会资本概念的发展具有原创性贡献的思想家主要是布迪厄、科尔曼以及帕特南等。法国的布迪厄在 20 世纪 80 年代提出了"社会资本"概念。他把社会资本看做是不同于物质资本与文化资本但又与二者相关的资本形式。法国的科尔曼将社会资本用于解释社会不平等与青少年教育成就的相关性。20 世纪 90 年代，美国政治学家帕特南把社会资本概念拓展和应用于政治领域，使这一概念成为众多学科的流行术语。福山在自己的著作和文章如《信任》和《大分裂》中，多次对社会资本进行界定。福山认为，社会资本就是一个群体的成员共同遵守的一套非正式价值观和行为规范，群体内的成员按照这一套价值观和规范彼此合作。这个价值观包括诚实、互惠、互相信任等。社会资本不仅体现在家庭这种最小、最根本的社会群体中，还体现在国家这个最大的群体中，其他群体也同样体现这种资本。在福山看来，第一，大分裂意味着社会资本的下降。福山通过研究发现，大约从 1965 年起，可作为社会资本负面衡量标准的大量指标全都在同一时间里开始迅速攀升。高犯罪率使得那些遵纪守法、服从规范的成员也变得不信任他人，不大可能在许多层面上跟他人进行合作。家庭是社会合作的最基本的单位，亲属关系是社会资本的一种源泉，家庭的衰落是社会资本下降的突出标志。不受任何限制的个人主义和自由主义，也是很大的破坏社会资本的力量。第二，医治大分裂的良方在于增加社会资本。对于社会秩序混乱，左翼希望用正式的国家统治力量以他们所赞同的形象来重塑个人，右翼则希望以宗教集团的力量达到同样的目的。福山则特别看重社会资本对社会规范与社会秩序的作用。社会资本反映了合作规范的存在和社会秩序的维持。社会失范和社会变异的原因是

135

社会资本的匮乏。福山指出,法律、契约、经济理性只能为信息社会提供稳定与繁荣的必要而非充分的基础;唯有加上互惠、道德义务、社会责任与信任,才能确保社会的繁荣稳定。在信息时代,随着经济复杂性的日益增大及技术水平的不断提高,社会资本和内在化的非正式规范变得更为重要,因为复杂的活动需要自我组织和自我管理。消除社会分裂,建立社会秩序,重建社会规范,意味着自我组织、自我控制能力的提高,以及组织内外协调、合作与信任精神的存在,都是社会资本的提升。

福山认为美国能够增加社会资本。社会资本并不是一种一旦丧失就无法复得的东西。它曾经产生于传统社会,而他现在每天又由现代资本主义社会的个人和组织在创造着。福山认为,规范源于人的本性,人是社会动物,无论是人的理性还是非理性都在引导人趋利避害,这就使得建立各种规范成为可能。人类是为竞争而合作。通过社会合作的复杂形式来创造社会资本的能力,或许是人类拥有的最大优势。人类合作行为具有基因遗传基础。互惠在那些反复交往、寿命相对较长、有认知能力的、可以根据许多信号分辩合作者的物种身上发生,人类已经产生了互惠利他的机制。就美国而言,美国人是反中央集权主义者,但是那些同样是反中央集权主义的美国人却自愿服从各种中间社会团体的权威,包括家庭、教会、本地社区、工作场所、工会和专业组织等,他们是社团主义的支持者。换言之,美国是一个具有高度自发的社群倾向的社会,普遍地存在高度的社会信任。

福山探寻了社会资本的构建方式。第一,福山重视自发组织的作用。社会秩序,无论是在社会范围内,还是在组织范围内,都将永远从等级制和自发性这两种混合源泉中产生出来。小范围要非正式规范,大范围需要正式规范。在创造各种形式的社会资本方面,国家并没有太多显而易见的手段。社会资本往往是宗教、传统、共享历史经验等其他超出政府控制范围之外的因素的副产品。复杂的生活需要自我组织和自我管理，因此，最佳的秩序就是自发产生的秩序。当然，等级制依然是组织形式不可缺少的一部分。国家也能够通过其公共政策的制定和执行来促进社会资本的形成。国家拥有教育制度，这是当代社会中社会资本的一个最重要来源。国家通过有效提供必须的公共物品特别是通过保护财产权和公共安全间接促进社会资本的创造。第二，福山看中家庭和社团的重要性。信任主要存在于家庭与社团两种组织之中，社会资本也相应地由这两种组织提供。一种是由家庭提供的社会资本，表现为注重家族内部团结协作。家庭既是社会资本的源泉，又是社会资本的传输者。另一种是团体提供的社会资本，表现为社团内部成员互助合作的团体主义。利他主义的互惠不但存在于亲属之间，许多团体也存在这种情况。

福山虽然指出了资本主义的大分裂，但福山是新保守主义者，与当政者的联系密切，既是资产阶级右翼的代言人，又是资本主义制度的辩护士。众所周知，福山以《历史的终结》著名，认为美国式的自由民主是人类历史的终点。福山的《大分裂》依然秉承这基本立场。在《大分裂》中，福山表达了对资本主义的忧虑，对美国存在的各种深层次问题进行了严肃的思考，并试图找出解决问题的途径。福山认为资本主义充满了自我更新的活力，能够创造秩序并建立新的规范，以取代它所破坏的规范，坚信美国资本主义能够从大分裂走向大重建。在学术上，福山在《大分裂》中过于夸大社会资本的作用。一些学者指出，社会资本对于现代社会的意义主要是补充性的，而不可能起主导性的作用。社会资本既不能替代市场经济，也不能替代政府的公共政策。另外，福山在重建社会秩序和社会规范方面，也过分强调了人性和宗教的作用。福山对女权运动过多的非议，也显示出其保守主义的本质。当然，福山对信息时代资本主义和谐问题的探索,具有前瞻性和一定的借鉴意义。随着科学技术的发展和经济全球化的推进,人类面临诸多的社会秩序分化和失范问题。福山《大分裂》的探索,提出了一些独特的观点,对包括中国在内的所有国家社会秩序的治理都有启发意义。

当代资本主义潜伏和正在显露着巨大的社会危机。20 世纪90 年代以来,众多的学者关注西方的社会秩序,如布热津斯基的《大失控》、塞缪尔·亨廷顿的《文明的冲突与世界秩序的重建》,小阿瑟·施莱辛格的《美国的分裂:对多元文化主义社会的反思》,约翰·斯伯林的《大分裂:乡郊美国与城市美国》等。进入 21世纪,美国出现了安龙事件及以安达信会计事务所为代表的会计业的诚信危机,法国巴黎郊区发生了几十年来规模最大的骚乱,这些都是西方社会面临危机的缩影。西班牙《起义报》刊登社评认为,法国的骚乱是对资本主义制度的反抗。文章指出,法国发生的事件并不是孤立的或偶然的事件,它是在反对欧盟宪法的公民投票以前就出现的不满情绪的产物。在城市里不断增多的反叛的根源,是新自由主义的资本主义经济制度引起的社会深刻断裂的结果,也就是人们常说的在像法国这样一个国家更多的贸易自由和市场的结果。法国这种社会断裂演变而来的形势,与世界上其他资本主义制度的国家经历的形势非常相似。在法国出现了经济停滞,高失业率主要影响到青年人和外国人。社会的不平等加剧,富人与穷人之间的距离越来越大。在法国和其他的国家所谓的社会福利的社会逐步解体,意味着出现了越来越严重的劳工不稳定,工作机会很少,工资很低,退休金减少了,劳工条件变坏了。在法国和其他欧洲国家受到冲击最大的是外国人,他们生活在市政当局本身和有关国家的移民机构建立的贫民区里。在法国,社会的、领土的和种族的分裂已经 30 年了,新自由主义经济模式产生的经济后果反映在歧视、种族主义和排外等问题上,这些现象越来越多地针对外国人①。

当然,西方社会也试图调节和克服这些危机。20 世纪 90 年代中期以来,美国保守的社会规范卷土重来,极端个人主义已经失宠。无论是在公共领域还是在私人领域,人们都在强调责任意识,父母对孩子的责任、员工对公司的责任、官员对选民的责任。在遭遇"9·11"恐怖事件后,美国社会的凝聚力有所增加,美国人对组织、政治机构、权威机构和宗教机构的信任有所回升,美国的犯罪率也有下降,家庭亲属关系或社会关系得到加强。

美国还推出所谓的信息时代的慈善主义,以引导社会风尚,弥补社会裂痕。2006 年 2 月《经济学人》杂志就发表了一篇题为"慈善资本主义的诞生"的文章,明确提出慈善资本主义是指新一代慈善家对于自己作为社会投资家的一种认同。这些慈善家把自己看成当仁不让的社会投资家,视慈善捐赠为社会投资,通过慈善投资的方式解决社会弱势群体的增权问题,从而摆脱以往的施舍性质,更能体现慈善的价值。比尔·盖茨就作出了这个方面的表率。他从微软的职位上退休之后,打算以慈善为余生的事业。盖茨曾在《时代》周刊上发表了《让资本主义制度更具创造性》一文,提出"创造性的资本主义"(Creative Capitalism)概念。在盖茨看来,资本主义自诞生以来已令无数人的生活得以改善,但其代表的只是有支付能力的人,太多穷人未能享受到文明进步的成果。以往解决这一问题主要靠政府和非盈利组织,但这一进程将耗时太久。现在公司应该在这一任务中担当重要角色。公司要利用自己掌握的技术创新等能力,扩展市场力量的范围,将以往被屏蔽于市场之外的穷人纳入资本主义的市场交易体系中,在改善穷人生活的同

139

① 西班牙《起义报》,2005 年 11 月 11 日。

时保证自己的获利。盖茨试图将企业牟利与慈善事业联系起来，也是在增加一种福山所说的社会资本。

## 三、信息化中的分化

数字鸿沟(Digital Divide)是指国家、地域、教育水平和种族不同而产生对数字化技术掌握和运用的差距。数字鸿沟的概念渊源可以追溯到 20 世纪 30 年代。当时电话在西方国家的应用不断深入，对社会经济生活的影响日趋明显。与此同时，不同地区、不同社会阶层电话普及程度的差异也在扩大。这促使欧美一些国家政府采取积极措施，推广和普及电话，试图消除"电话鸿沟"。

20 世纪 90 年代，在互联网快速发展之际，数字鸿沟于 20 世纪 90 年代末成为媒体的热门词汇，英国广播公司、美国商务部和经合组织等都曾对之加以解释。英国广播公司的在线新闻把它解释为信息富有者和信息贫困者之间的鸿沟；美国商务部的解释是一些拥有社会提供的最好的信息技术的人与出于各种原因不能拥有这些技术的人之间的差别；经合组织的解释是处于不同社会经济水平的个人、家庭、企业和地区之间在获得信息和通讯技术的机会上，以及在互联网使用上所存在的差距。尽管这些解释不尽相同，但却在技术、制度、文化和价值等多个层面揭示了数字鸿沟的内涵，即在全球数字化进程中，由于对信息的获取、网络技术应用程度的不同以及创新能力的差别产生实质性的信息落差、知识分隔和贫富分化，并随着信息化进程的深入而成为不可逾越的鸿沟。

数字鸿沟包括一国之内的数字鸿沟和各国之间的数字鸿沟。这里先谈一国之内各地区、阶层等之间的信息化差距。美国是世界上最早使用互联网的国家，也是数字鸿沟最早显露并引起国内广泛关注的国家。美国商务部在 1995 年、1998 年、1999 年的三组关于数字网络的报告中,通过引用大量的实证数据阐释了拥有网络等信息工具的人与那些未曾拥有者之间存在的鸿沟,以及不同的群体之间存在的鸿沟。根据美国商务部的《网络中的落差》报告,在数字化技术掌握和运用方面,美国的东西两岸明显强于中部、内地,白人强于其他种群,高收入群体强于低收入群体,高学历群体强于低学历群体。提姆·鲁克通过研究指出,数字化极大地提高了资本增殖的机会,加速了掌握信息专业技术与没有信息技术的劳动力之间的分层化,使美国社会产生了巨大的数字鸿沟。他举例说,妇女占美国人口的51%,但只有约20%的人从事技术性的工作。土著美国人、西班牙裔和亚裔美国人占美国劳动力总数的25%,但只有其中不到7%的人从事计算机和信息技术行业的工作。硅谷的高级职员中72%是白人,4%是亚裔美国人,黑人只有0.6%,而西班牙裔美国人则几乎近于零。在欧洲,英国也面临着与美国类似的数字鸿沟现象。汉密尔顿咨询公司的报告说,英国的信息穷人和信息富人之间的差距令人震惊。经合组织在2000年度报告中呼吁其成员国必须要认真充分考虑数字鸿沟所产生的风险。

数字鸿沟的出现和加剧,有一些特殊的原因。信息化有一些内在的规律,这些规律在一定程度上都指向或加剧社会的分化。比如信息化进程中存在着马太效应,在一定条件下,优势或者劣势一旦出现,就会不断加剧而自行强化,出现累积效果。因此,某个时期内往往会出现强者越强、弱者越弱的局面,甚至还可能发生强者通赢、胜者通吃的现象。

信息化中的分化加剧与信息化发展的初始阶段有关。就全球而言,信息化还处于初始阶段。一般而言,每个时代的成熟阶段都开始走向稳定,而在初始阶段则显示出更多和更强烈的变动,更容易出现不和谐现象。首先,技术产品具有"S"的扩散规律,这使得信息化初期马太效应尤为显著。哈佛大学社会学家皮蒂里姆·索罗金等对技术产品的扩散呈"S"型的曲线有过经典的论述。电话、收音机、电视机等普及过程中的经验数据证实这种扩散规律。"S"型发展的基本规律是,最初启动比较慢,中间加速,在达到饱和时再次放慢。发达国家的信息网络普及目前过了"S"型中间加速阶段。相对而言,不少发展中国家还处"S"型的起始阶段。所以,从技术规律上在一段时间内数字鸿沟相对扩大是难以避免的。而随着时间推移,发达国家进入饱和时期速度放慢,而发展中国家则进入加速期。这时,各国网络普及的差距就会缩小。这个规律有助于说明现阶段数字鸿沟的存在和变化趋势。其次,信息化发展的非均衡规律。非均衡发展的现象广泛存在于区域之间,以及人群与人群之间。时代转变过程中,非均衡发展是经济发展的一个规律性现象。经济发展是不平衡的,著名发展经济学家艾伯特·赫西曼在其《经济发展战略》中指出,发展是一种不平衡的连锁演变过程。导致偏离平衡的结果,恰恰是发展的理想格局。因为这种结果的每一连续发展,都是由过去的不平衡引起的,并且转而引起新的不平衡,要求进一步的发展。卡斯特也认为,当前的信息化中的资本主义生产力不均等发展,主导产业生产力突飞猛进,已经显得过时的公司则衰退,低生产力的服务业则维持原来的水平。

数字鸿沟反映在同一国家的不同地区、不同行业、不同企业以及不同社会群体之间;不仅出现在物质上有贫富差异的人群之间,也出现在知识、技能上有差异的人群之间,因此引起国际社会的极度重视。1999年7月在联合国全球网络第一次区域间协商会议上签署的《塞萨罗尼基宣言》、2000年7月日本冲绳八国集团首脑会议通过的《全球信息社会冲绳宪章》,都敏锐地观察到这一现象。缩小数字鸿沟已经成为保障信息社会健康发展的全球呼声。

由于社区是社会的基本单元，也是信息社会的终端载体，缩小数字鸿沟就成为智能化社区的重要使命。保障不同年龄以及所有经济层面的居民都能够公平享受因特网和宽带设施，运用信息技术支撑和提升传统的社区功能，以及提高弱势群体应用互联网的能力，是缩小数字鸿沟的重要举措，也是联合国倡导的社区工作重点。

西方一些左翼学者指出了数字化中的新分化。他们在论及当代资本主义社会已经信息化、网络化和数字化时，强调这些变化并没有改变资本主义的性质，反而加剧了新的贫富差距。丹·希勒指出，从长远来看，日趋严重的社会不平等现象带来的种种问题丝毫没有好转的迹象。我们很难认为社会富裕程度的差异是上个历史阶段的残留。这种差异显然是由数字资本主义本身造成的。他引用权威数据指出，今天占美国总人口1%的最富有阶层拥有全国21.4%的财富，总资产不低于60万美元的美国人增加到410万人。美国最富有的1/5和最贫困的1/5家庭之间的差距越来越大。生活在贫困之中的儿童比例从1969年的14%急剧攀升到1998年的20.5%。美国作家威廉·格雷德指出，新技术具有个人主义和反平均主义倾向。它恢复了拥有较高技能的人士的价值，即使是日常性的工作，它也要求具有更先进的技艺和灵活性。新技术所带来的新的管理方式的挑战，不是把计算机放在每个人的办公桌上，而是用计算机减少办公室的数量，所以大量人士失业不可避免。西方左翼学者注意到了新的数字鸿沟可能带来的严重后果。他们清醒地看到，造成新的数字鸿沟的根本原因，是资本主义体系中业已存在的贫富不均和机会不公。财富越多、教育程度越高、权力越大的群体，享受信息社会的好处就越多；反之，越是贫穷、越是没有权力、教育程度越低，享受信息社会的好处就越少；那些处于社会最低层的弱势群体，很可能不仅没有享受到信息社会的好处，反而增加了一种新的剥夺。贫富差距导致了数字鸿沟，反过来,数字鸿沟又进一步加剧了原来存在的贫富差距,扩大了原来的财富鸿沟。

数字鸿沟还显现在全球数字鸿沟上,即不同国家之间在信息化发展上的差距,尤其指发达国家与发展中国家的差距。就全球总体而言,北美地区和北欧地区仍然是计算机和互联网最为普及的地区,其次是亚洲的发达地区和西欧地区,而拉美、东欧以及亚洲的发展中国家仍然与发达地区存在较大的差距,非洲、南亚等则处于互联网发展的低谷之中,有人甚至用"数字深渊"形容它们的处境。

数字鸿沟的"鸿沟"(divide),原义上有"两分"的意思,但全球信息化的发展严格来说并不是分为对立的两极,而是不同国家处在水平不同的连续的台阶上。信息化的发展落差是连续性的,从最发达的斯堪的纳维亚半岛绵延到最低谷的撒哈拉以南的黑非洲。数字鸿沟涵括的内容很广。就"数字"(digital)而言,广义和狭义范围很不一样,数字化可以用电话、手机、有线电视、传真等众多的指标衡量。然而在当代最重要的和最具有指标性的还是互联网。皮帕·诺里斯按照 2000 年互联网接入普及率,将全球大体上可以分为多级台阶①。其中第一级普及率基本在 40% 以上,如北欧和北美等。中上等级普及率 10% 以上,包括欧洲的主要国家以及东亚新兴工业化国家和地区。中等普及率 10% 以下,包括欧洲的一些相对不发达国家。比较落后的普及率在 1% 左右,诸如美洲、亚洲的一些国家。而普及率在 0.5% 以下的最落后国家,主要是撒哈拉以南的黑非洲以及南亚地区等。根据因特网普及水平,还可以把世界各国做另外的分类,如领先者、积极采用者、追赶者和落伍者等。领先者是信息与通讯技术的优先受益者和主要受益

① Pippa Norris: *Digital Divide*? MA: Cambridge University, 2001, p.16.

者,例如美国;积极采用者是较早受益者和主要受益者,例如除美国之外的经互会国家;追赶者是较晚受益者,很快成为重要受益者,但仍有相当部分非受益者,例如中等收入国家;落伍者是少数受益者和大部分非受益者,例如亚洲除日本、"四小龙"之外的国家和地区;边缘化者是为非受益者,例如非洲以南的撒哈拉国家。

横向的数字鸿沟还可以转化为纵向的时代差距。有些学者建立起信息化指数模型来对信息化进行社会测度。信息化指数选取了社会信息化活动中最有代表性的活动指标,包括人均年使用函件数、人均年通话次数、每百万人每天报纸发行数、每万人书籍销售网点数、每万人电话机数、每万人计算机数、每百人中在校大学生数、第三产业人数百分比等,以比较客观地反映出一个国家社会信息化的总体水平。根据相关计算,发展中国家与发达国家在计算机人均拥有量方面相差 50 余倍,在互联网普及率方面相差 140 余倍。2000 年发展中国家的信息化指数只有 200 左右,而美国等发达国家在 20 世纪 60 年代就已超过 200。这也就是说,现在发展中国家的社会信息化程度仅仅处在发达国家上个世纪 60 年代的水平,落后 40 年。

全球数字鸿沟是信息时代全球两极分化的新体现,具有多方面的、巨大的危害。首先,数字鸿沟使国家之间的竞争力失衡。全球化时代国际之间的竞争更加直接和激烈。在信息时代一个国家的竞争力,很大程度上取决于新技术的使用,尤其是信息技术的应用。在这个时代,谁掌握了关键的信息技术,谁控制了信息产业的发展,谁就占据了 21 世纪世界经济发展的制高点。一个国家信息技术的发展水平、信息资源的获取能力,影响到国家的经济实力与国际竞争力。信息化水平是各国贫与富、弱与强、落后与先进的基本要素。由于存在着巨大的数字鸿沟,发达国家和发展中国家的竞争力严重失衡。在当今信息化时代,发达国家既是信息化规则的制定者，又是信息化进程的参与者，所以在现有的世界政治经济格局中依然占据主导地位。在目前不平等的国际政治经济秩序的格局下，发达国家可以继续凭借其强大的经济实力，利用对高科技的控制，使发展中国家很难找到实现后发追赶的技术平台。

竞争力的严重失衡将加剧全球的两极分化。两极分化一直是当今全球化发展的固有现象。这个分化既表现在经济财富的占有上，也表现在对信息的占有上。信息技术虽然在理论上也为落后国家的赶超提供了机会，在某些方面有助于解决全球的不平等，但另一方面更可能深化和催生了新的不平等。当代的经济全球化之中，科技创新具有赢家通吃的现象。一项技术发明，哪怕可能略微晚一点，就没有任何生存的价值。换言之，占领了技术的制高点，就可能获得最大的赢利。信息时代的国际竞争具有马太效应，少数领先的优胜者会获得丰厚的利润，甚至垄断市场，而失利者将处于更加不利的地位。发达国家在信息化的过程中，通过创造优势夺取全球的份额，进行大规模产业重组，来获取先行者利益。而大多数发展中国家处在信息贫穷中。比如，美国等借助信息革命，通过技术创新、产业重组和全球垄断获取先行优势，已经牢牢占据了信息革命和知识经济的至高点。广大发展中国家尚处于工业化阶段，部分国家尚处于农业经济向工业经济转型时期，由于种种原因，它们没有能力推进信息技术的广泛应用，就可能进一步被边缘化。数字鸿沟首先是南北贫富差距的直接结果，而自从数字鸿沟产生以后，它又成为拉大南北贫富的直接诱因。

两极分化的极端产生了所谓的数字霸权和数字荒漠。在数字鸿沟顶端的一边，出现了美国的数字霸权。信息时代的来临，美国获得了超强的地位。从技术角度看，目前的信息技术主要为发达国家垄断，尤其是美国占据绝对领先的地位。英特尔的芯片、微软的操作系统、思科的路由器，无论从市场份额上，还是从技术发展上,都在全球起着主导的作用。温特制的形成,意味着几家控制关键技术的公司可以形成一个实质的卡特尔,拥有技术和产品标准,可以利用垄断优势,不断推出新产品,垄断整个市场。美国由于在信息领域具有全方位的巨大优势,甚至可以对落后国家进行信息垄断、信息侵略、信息制裁和信息威慑。

在数字鸿沟的另一边,则出现了数字荒漠。信息化并不是让所有的国家都能平等地从中得到好处。发展中国家特别是最不发达国家,只占据了全球数字经济的一小块碎片。它们在新的国际分工中进一步处于不利地位,甚至陷入信息贫困的恶性循环之中。由于贫困,难以发展信息技术和产业;由于难以发展信息技术和产业,最终导致进一步贫困化。这使最不发达国家进一步远离国际社会经济生活,日益被边缘化。2002 年联合国会员大会的结论是:数字鸿沟可能加剧许多发展中国家的人民脱离社会发展进程的危险。曼纽尔·卡斯特用"第四世界"来形容那些在全球化、信息化中被遗弃的世界。需要指出的是,由于在信息化发展上的落伍,贫穷的发展中国家在国际政治上也处于被动无助的地位。由于面临被隔绝于全球信息化进程以外的威胁,发展中国家以维护国家主权为由的回旋余地将不断缩小,一些国家的主权将有可能不同程度地受到忽视和损害。

数字鸿沟还对未来产生深远影响。数字鸿沟不仅与当今世界的贫富差距直接相关,而且由于信息技术对经济、教育、文化的巨大推动作用,将进一步扩大今后几代人的贫富差别。随着信息技术渗透到社会的方方面面,人们越来越离不开互联网络。一个国家如果信息化程度太低,不仅影响到这一代,还会影响到下一代。伦敦一家研究所发表的一份报告中指出,信息贫困者是真正的弱者,是新世纪的受害者。联合国秘书长安南在 2003 年 11 月的日内瓦会议中指出,数字鸿沟加剧了已经存在的不平等,并破坏了全球信息社会的理想。

全球数字鸿沟最根本的原因是各国经济发展的不平衡。信息化水平与经济发展水平之间有一定的独立性,两者之间不能等同和替代。但是,两者之间又有内在的、密切的并且是正相关的联系。一般而言,经济发展水平是信息化的基础,信息化水平对经济发展水平存在较大的依赖。比如,互联网虽然传输的是比特,但接入互联网离不开物质条件。就国家来说,必须拥有一定带宽的骨干网等基础设施。这个基础设施的水平与国家的经济水平密切相关。就个人来说,必须有接入设备。目前主要是个人计算机,当然还要有电话线、电缆线等。另外,个人还必须支付接入的服务费用。显然,个人要拥有这些设施,需要具有一定的经济能力。国家和个人的经济实力制约着信息产品的使用能力。因此,互联网接入上的差距,实质上是经济和社会发展差距的一种新的表现形式。从国际范围看,互联网普及率领先的国家,基本上是高收入国家和地区。互联网普及率处于中等的国家,也多是中等收入国家。而那些互联网处于低谷的国家,则集中在最低收入国家。互联网的普及率与人均国民收入具有很强的相关性,有关研究表明相关系数在 0.77 左右①。有的学者通过计算,认为人均 GDP 对各类信息指标均有较大的解释力,在 55%—86% 之间②。当然,这个相关性也表明贫富差距和数字鸿沟二者是互为因果的。

全球数字鸿沟有着综合的、复杂的原因。经济发展不是唯一的原因,甚至有时还不是主要的原因。比如,中东的海湾石油输出国与新加坡都处富国之列,前者属于信息贫乏国家,后者则是信息

---

① Pippa Norris: *Digital Divide*? *MA*: Cambridge University, 2001, p.8.

② 胡鞍钢:《新的全球贫富差距与日益扩大数字鸿沟》,《中国社会科学》(北京),2002 年第 3 期。

领先国家。在经济发展水平较低的国家中,信息发展水平也有很大的参差不齐。这些说明,数字鸿沟本质上是个系统问题。除了经济发展这个基本的原因之外,教育水平、语言种类、社会资源、乃至政策法规等都是影响的因素。有关研究认为,人文基础、科教投入、人才结构、投资规模和信息资源构造了形成数字鸿沟的因果链①。使用信息技术必须具备一定的知识水平,有些国家教育水平低下,成为拉大数字鸿沟的重要原因。文化语言也是一个影响因素。例如在贝宁,超过 60% 的人口是文盲,人们缺乏基本的计算机技能。目前的网站有 80% 是以英文写成,但会说英语的人只占全球人口的 10% ,这进一步阻碍了非英语地区人士接触电脑世界。一些使用少数民族语言的情况更为窘迫。世界银行的经济学家查尔斯·肯尼曾在《外交政策》上著文指出,在尼日利亚大约有 1700 万人在使用伊博语,而在网上检索一下,总共就只有 5 处涉及该语种,所以对于目不识丁的伊博语使用者来讲,他们在互联网上只会是一无所获。数字鸿沟还涉及政策问题。国家内部制定的积极的公共政策,能促进信息化的发展。但一些国家电信市场缺乏竞争机制,导致相关设施和服务价格昂贵,间接影响因特网的使用量。更有些国家对信息化发展持怀疑态度,甚至进行不适当的政府干涉,不但不能很好地解决数字鸿沟问题,有时候还会适得其反。

全球数字鸿沟在短期内还可能加剧。在宏观上,信息技术可能在一定程度上加大富裕国家和最贫穷国家之间的经济差距。经济差距扩大当然会反馈到信息化上。在技术角度,发展中国家的信息技术和设备多是从发达国家引进。由于国际经济体系不平

---

①　杨凯源:《"数字鸿沟"的系统反思》,《系统工程理论与实践》(北京),2002 年第 2 期。

衡,发达国家利用垄断优势,使得这些高技术产品对发展中国家来说非常昂贵。包括关税在内,信息产品在发展中国家的绝对价格比发达国家还要高。从市场角度看,互联网接入的边际成本比较低,也就是说接入越多越便宜。发达国家由于有较高的互联网普及率,接入市场的规模大,具有规模效益,因而有较大的降低服务费的空间。发达国家普遍推行包月无限上网的收费制度,就是建立在既定的市场规模之上。不仅如此,发达国家甚至还有相当多的免费接入服务。一些发展中国家由于上网人数少,形不成应有的规模效益。加上设备昂贵和管理不善方面的原因,因而网络服务费居高不下。发展中国家单位时间的网络服务费,普遍比发达国家高几倍,有的甚至十几倍。比如,墨西哥的网络服务费是澳大利亚的 4 倍。这些因素综合在一起,使得富国和穷国的人们在信息化面前处于不对等的地位。一方面,穷国的人均收入只有富国的几分之一甚至几十分之一。另一方面,穷国的网络服务费又是富国的几倍甚至十几倍。这种穷人多掏钱的上网,费用与收入成反比的扭曲现象,不能不加剧全球数字鸿沟。

数字鸿沟受到广泛的关注。联合国秘书长安南曾警告说,不要把世界上的贫穷人口从信息革命中排除在外,他们需要基本电信服务如同需要工作、住房、食物、健康保证和可饮用水一样突出。在 2000 年西方八国首脑会议上通过的《关于全球信息社会的冲绳宪章》,呼吁消除国际性信息、知识差距,提出为解决发展中国家的需求而促进政策、法规和网络等环境的健全,降低费用,培养人才,鼓励参加世界性电子商务网络等。的确,从联合国到各个区域组织,从世界组织到各种非盈利组织和机构,都在不断地探索着解决问题的途径。联合国是当今世界最大的国际性组织,在处理国际事务、协调国与国之间的各种关系上发挥着越来越重要的作用,也在缩小数字鸿沟上开始行动。有关联合国机构,如联合国发展署、粮农组织、教科文组织、国际劳工组织、世界银行等，都在各自管辖的有关领域内，启动了数字鸿沟问题的研究和试验项目。联合国还成立了一个工作小组，其职能是根据联合国有关决议，在联合国系统、成员国政府部门、私营企业、融资机构、捐助方、项目参与国间建立合作伙伴关系，动员全球各界力量缩小数字鸿沟，为发展中国家创造数字机遇，并借此使信息通讯技术服务于全球的发展。国际电视联盟与联合国教科文等组织合作，召开了以消除数字鸿沟作为重要内容的世界信息社会首脑会议。第一次会议重点放在宣言和相关战略、政策探讨，第二次会议制定具体行动计划和项目，朝着缩小数字鸿沟方向作出切实的努力。

缩小数字鸿沟需要国际社会的共同努力。首先，国际社会应当伸出援助之手，帮助穷国提高信息化水平。发达国家对最不发达国家的减贫和发展信息产业应负不可推卸的责任。发达国家应增加对最不发达国家的援助，尽快达到联合国规定的发达国家每年向发展中国家提供占其国内生产总值 0.7% 的援助标准。其次，国际社会还应该改变对发展中国家的不公正政策。发达国家在经济全球化和信息化中制定的各种标准障碍，如贸易标准，技术标准，互联网标准，会计标准等，也在一定程度上阻碍了不发达国家的发展。发达国家因此要向最不发达国家开放市场和无偿提供技术援助，尤其要扩大最不发达国家在国际经济事务中的参与权和决策权，以维护其权益。这里还要特别指出知识产权问题。保护知识产权当然很重要，但不应扩大化，更要防止极端化，应该避免使知识产权保护成为发展中国家的人民获取知识和信息的障碍。在信息领域新游戏规则的制定方面，由少数几个信息大国或国家集团说了算的局面是不正常的，不符合国际关系民主化的潮流，也不符合信息技术的发展趋势。国际社会的有关规则不能用来阻碍信息化进程，而应当维护弱势国家的正当权益。此外，信息弱势国家也应联合起来,反对信息霸权,维护自身权益。

　　缩小数字鸿沟最根本的还是发展中国家自己的努力。首先和最基础的是大力发展经济。信息化水平与经济发展水平是紧密相关的。就国家而言,不能奢望落后国家跳过工业阶段,从农业阶段直接跃入信息阶段。就个人而言,只有联网的相关费用在个人的收入中低于一定的比例时,互联网的接入才能基本上摆脱经济因素的制约。经济发展水平对网络发展的制约有一个临界点,目前这个临界点在人均年收入 9000 美元左右。发展中国家互联网在未来要实现超普及,就必须努力接近和突破这个临界点。这是一个非常艰巨和长远的任务。不解决发展中国家贫困化问题,使之拥有进行电信基础设施建设和信息化教育的基本条件,消除数字鸿沟只能是现代神话。只有发展中国家经济有了较大的发展,信息化的发展乃至普及才有基本的经济前提。其次是提高教育文化水平。从某种意义上说,数字鸿沟就是知识差距、教育上的差距。一个国家和地区吸收知识的能力,以及人口受高等教育的比重,是影响信息化发展的重要因素。就互联网应用来说,教育的短缺是一些国家的主要障碍。文盲必定是站在互联网之外的。在世界范围内,绝大部分每天靠 1 美元生活的绝对贫困线以下的人是文盲。如在埃塞俄比亚,文盲就占到了总人口的98%。这样的地区属于数字鸿沟的低谷是毫不奇怪的。

　　缩小数字鸿沟需要借助科学技术的发展。造成数字鸿沟的一个因素是穷国信息化设备太贵。比如作为最基本信息工具的个人电脑价格,在美国不到普通人半个月的薪酬,而对穷国的人们来说则是昂贵的大件。比如在中国,一台电脑的价格曾经相当于平均国民的一年收入,是农民人均年收入的 3 倍。在一些最不发达国家,普通人购买电脑仍然是可望不可及的事情。要解决这个问题,提高人们的收入水平是根本的途径。与此同时,也要借助技术进步的推力。目前的个人电脑价格过高,操作也嫌复杂。如果技术能够大幅度降低电脑的价格和提高电脑的适用性,就能推动穷国的信息进程。美国卡耐基梅隆大学教授、人工智能研究的工程师莱吉·瑞蒂致力于填平数字鸿沟的技术工作。他打算推出一种售价为 250 美元的新式电脑。这比一般电脑便宜将近 3/4,面向那些人口众多和教育水平低的国家,因为这种电脑可以通过电视遥控器式的设备就可以简单地控制,并且可以当作电视机、电话和视频电话使用。对于发展中国家来说,正如各种层次的生产工具同时并举一样,信息化接入上也要充分运用各种技术层次的设备,在廉价和适用上多做文章。

缩小数字鸿沟需要切合实际的政策。首先,信息化的发展目标要切合实际。落后国家要加快信息化发展,这是毫无疑问的。问题是如何确定适当的目标。这个目标既要对信息化的发展方向和阶段有科学的预期,又要量力而行,不能急于求成。在信息化的发展初期,曾大量出现被渲染的奇闻轶事。比如,在阿根廷,互联网已经用于将农作物价格直接通告给农场主;在印度,签约注册也用上了互联网;在乌干达,互联网可以用于乡村儿童教育;在肯尼亚,人们可以在网上销售木雕艺术品和檀香等等。但是,发展中国家若以此为根据去普及互联网的使用,就不是一个明智的奋斗目标。比如美洲的哥斯达黎加,如果要确保每周有 1 小时的上网时间,平均每年每人可能需要花费 50 美元。这相当于低收入国家人均健康花销的 10 倍,也相当于这些国家的小学生人均花销的 10 倍。如此这般地推行互联网的普及使用,就显得太过奢侈。对于一些最不发达国家来说,它们目前不仅是缺乏必要的信息基础设施问题,而且更为紧迫的是需要解决基本的居住、生存和交通等问题。正在挨饿的穷人,是不可能靠数字蛋糕充饥的。其次,合理的信息化管理政策。在发展中国家,公共接入场所诸如图书馆乃至网吧等,一直是低收入网民主要的启蒙和入门场所。政府的公共政策应当积极鼓励和肯定这些设施的发展,逐步建立健全公共信息服务体系。在全球信息化的潮流之中,还有一些国家政府出于种种目的,有意限制和控制普通民众的上网,人为拉大数字鸿沟。这些也是需要克服的。

当然,消融数字鸿沟是一个长期的过程。历史上人类从农业社会向工业社会的过渡,经历了几个世纪,目前还是只有少数国家完成了这个转变,大多数国家依然处在转变之中,甚至还基本处在农业社会。如果世界要从工业社会向信息社会过渡,这个过程毫无疑问将是长期的和复杂的。

# 第 四 章

# 网络视野的全球化

当今既是一个信息化时代,又是一个全球化时代。毫无疑问,信息化与全球化具有内在的联系。本章试图从信息化角度解释全球化的技术动力,并且试图依照网络理论解读全球化的基本结构,分析各种不同实体在全球网络结构中的具体地位。

## 一、全球化的技术动力

资本主义经济的每次全球扩张,都有相应的技术基础。科学技术是近代以来世界经济发展的主要动力之一。每一次重大的科技革命,都带来相应的世界经济的大变革和大发展。在某种意义上,经济全球化的历史就是科学技术推动经济在全球范围横向扩展的历史。每次科技革命都促使生产国际化的发展,加速了生产的专业化、协作化,越来越多的商品、资本、劳动力、技术等资源进入国际交流,国与国之间的相互依赖不断加强。以蒸汽机为动力、以纺织业为中心的第一次产业革命的兴起,资本主义经济开始向全球扩张。以电力的发明和以重化工业为中心的第二次产业革命的兴起,发达资本主义在全球范围内瓜分市场。以信息技术为代表的当代科技革命,对经济影响的广度和深度都前所未有,20世纪末期的经济全球化进入了新的历史阶段。

信息技术革命与经济全球化在时间上同步。广义上的信息技术历史很长,早期有无线电和半导体,20世纪70年代开始出现个人计算机,20世纪90年代互联网出现爆炸式增长,标志信息革命进入新阶段。美国在20世纪90年代提出建设信息高速公路,并且在信息产业方面的投资首次超过对其他产业的投资。这不仅形成了一大批高新技术产业,而且也用信息化改造了传统工业。在美国带领下,其他发达国家也都加强了信息产业的发展。以信息技术为代表的新科技革命,成为推动20世纪后半期世界经济增长的强大动力。经济全球化也是冷战后加快发展的。20世纪90年代,冷战的结束和原先非市场经济国家走上市场化的道路,扫除了经济扩张的政治上和体制上的障碍。经济全球化由此加快,诸如国际贸易迅速增长,国际资本流动加速,跨国公司生产全球化,金融活动全球化等。

信息技术革命与经济全球化在发展上互动。20世纪末期以来,信息化与全球化浪潮此起彼伏。两者之间不只是时间上的巧遇,而是具有深刻的内在联系。第一,两者都受到资本内在逻辑的驱动。资本追求利润,一方面要刺激发展新技术,以提高劳动生产力,获取更多的相对剩余价值,另一方面要寻求开拓市场,寻找更廉价的原料、更廉价的劳动力、更丰厚的回报。因此,不断进行技术创新,不断推行全球扩张,都是资本主义的追求,两者是内在统一的。当代国际垄断资本不仅对新技术的研发起了重要的催生作用,而且为了抢占国际市场,还把信息技术和信息产品在世界各国推销。这些当然是为了获得自身的利益,但客观上推动了信息技术从发达国家向发展中国家扩散的态势。第二,二者互为因果,互相促进。经济全球化推动了信息化的发展,信息化的发展又加速了全球化的进程。从信息化角度,经济全球化的任何一个方面,诸如生产全球化、贸易全球化、金融全球化、管理全球化、投资全球化、消费全球化等等,都离不开信息技术的支持。卡斯特指出,只有到了20世纪末,以信息技术提供的新基础设施为根基,以及政府和国际机构所执行的解除管制与自由化政策协助下,世界经济才真正变为全球性的①。从全球化角度,全球化是信息化的催化剂。全球化把世界各国经济连为一体,国与国之间的联系更加紧密,交往更加频繁。全球化为信息化提供了广阔的市场需求,有效地刺激了信息化的发展。为了开拓新市场,在全球网络中连接各个国家有价值的市场环节,资本需要极高的移动能力,公司也需要大幅度提高通信能力。

根据国际货币基金组织的定义,全球化是指跨国商品、服务贸易、国际资本流动规模和形式的增加,以及技术的广泛迅速传播使世界各国经济的相互依赖性增强。按照这个解释,全球化是技术进步的必然结果。世界贸易组织总干事鲁杰罗也多次阐释说,除贸易外,迅速发展的技术也是全球化的推动力,阻挡全球化就等于阻止地球自转。信息技术促进经济全球化的内在机理,可以从经济层面和技术层面分析。

从经济层面,信息技术有力地提升社会生产力,促进国际分工的新发展,促使经济活动和经济信息的全球化。第一,经济信息的全球化。信息全球化是经济全球化的必要条件。没有信息全球化,就没有经济全球化。现代信息技术诸如国际互联网、光纤通讯、卫星通讯和移动通讯等,为经济信息的大容量、多媒体和动态瞬时传播提供了基础。第二,生产要素的全球化。现代经济的生产要素不再局限于一个国家,生产、流通、消费等,越来越多地在全球范围内进行配置。信息技术和交通技术的进步,更使得不同国

157

---

① [美]曼纽尔·卡斯特:《网络社会的崛起》,社会科学文献出版社,2001年版,第119页。

家和地区之间的商品、资本、劳动和技术便捷地自由流动,使得各种要素配置更为有效和快捷。第三,经济分工的全球化。新科技革命带来了生产力的飞跃,这也使得分工协作更向全球范围扩大。信息技术实现世界经济结构的新调整,形成了新的国际分工体系。信息革命首先在发达国家兴起,造成了知识与技术密集型产业迅速成为发达国家的支柱产业,劳动密集型和资本密集型产业开始向发展中国家转移。这种转移,既有一些产业的整体性转移,也有同一产业中一部分生产环节的转移,还有不同产业的相互整合等。这种国际间的产业大迁移,进一步加深了世界各国之间在经济发展上的相互依存性和融合性。正是信息技术等新技术革命,强化了全球范围内的生产、交换、分配和消费等一系列环节的国际化,推动了最新一轮的经济全球化浪潮。

在技术层面,资本主义的经济特征是不断扩张,总是尝试克服时空的障碍。而信息技术能降低成本,压缩空间,提升速度,最大限度克服传统的时空障碍。第一,降低成本。20世纪末期信息技术迅猛发展,远洋运输和航空货运技术不断进步,使国际运输与信息交流的成本大幅下降。据世界贸易组织估算,1990—1997年间,世界出口商品的运输成本仅占其价值的2%。通信成本下降得更多。纽约至伦敦3分钟的长途电话费,1930年为330美元,1996年下降到1美元,而今通过网络的费用更是微乎其微。企业的远距离控制成本,主要是信息成本。由于信息技术的应用,这种成本大幅度降低。信息技术大幅度降低了建立、拓展、区别对待和分割市场的成本,降低了公司之间开展合作的成本。这有利于公司在全球开展业务,以及各公司之间进行更多的合作。经济学的一般规律是,远距离控制成本低,企业的活动半径就大,全球化的程度就高。信息技术降低控制成本,再加上远洋运输的进步,企业的全球化就大大加快了。第二,压缩时空。现代交通使得世界地理距离大大压缩。信息技术更是压缩了传输距离,使经济活动的流动性加强,生产转移、商品和劳务贸易、资本和技术流动变得更为容易。互联网上的距离,不同于实际的地理学上的距离。只要同在一个网络之中,在获取信息方面就不存在距离。比如,印度的班加罗尔为美国外包软件的重要基地,地理上是天各一方,但在信息网络上,班加罗尔与硅谷联系紧密。的确,地理距离的重要性没有以前那样重要了。在时间方面,信息技术使得信息发布能瞬间达到全球任何地带,可以实现实时监控、实时交流,甚至也具备了作出实时反应的能力。

需要指出的是,全球化也包括科技全球化。经济全球化与科技全球化关系密切。所谓科技全球化,是指科技活动已不局限于一国之内,科技人才与资源、研究对象、研究成果、影响和作用都带上了国际性的色彩。当今许多科学技术问题是涉及多国利益的区域性或全球性的研究课题,如大气、海洋、环境与能源、航天研究与探索问题、人类基因组成问题等,这些都是各国科技工作者所共同关心的,而且其研究的范围也必然是全球性质的。许多涉及全球性和区域性的科技课题,需要积累全面的数据,并在大范围内进行研究。任何一个国家都不可能全面发展其所需要的所有技术,有些国家甚至也无力单独发展一项全面的技术。当然,也没有一个国家坚持自己单独研制所需的全部技术。全球各国之间的技术交流是必然的。

信息技术更是全球化的技术,信息产业具有内在的全球化倾向。过去的技术革命只发生在少数几个社会里,并且在相当有限的几个地理区域里扩散,相对于地球的其他地区来说,它通常是在相当孤立的空间和时间里发生。新信息技术革命则以闪电般的速度扩展到全球,通过信息技术连接了整个世界。新信息技术正以全球的工具性网络整合世界。信息技术的发展,特别是网络与通

159

讯技术的发展,改善了知识流动与沟通的渠道,拓展了研发资源范围、加快和促进知识生产、分工、合作与整合。在信息技术酝酿爆发的1980—1994年的14年间,这个领域共建立了2800多个战略性技术联盟,涉及计算机硬件和软件、通信、工业自动化、微电子学等专业。全球化已经成为大型信息企业的优先发展战略,包括发展战略的全球化,产品的全球化,服务的全球化,人才的全球化等。随着信息技术产业的逐渐细分,信息技术产业呈现全球制造的市场格局。诸如美国的芯片和操作软件,东亚的硬件和附件,印度等国的软件外包服务等。

信息技术对经济全球化的促进作用,突出体现在以下几个方面。

信息技术推动跨国公司的扩张。经济全球化的活动主体主要是跨国公司。20世纪80年代特别是90年代以后,国际分工与专业协作的网络已经形成,重要产品和公司几乎全部国际化。一般认为,跨国公司的活动是经济全球化的核心,它们占有世界贸易的大约2/3,而公司内部贸易占世界贸易的将近1/3。跨国公司在技术开发及其国际扩展中起着重要作用,它们占有世界技术贸易的大约80%,并支持着大多数私人企业的研究和开发。跨国公司凭借其雄厚的经济实力,在全球范围内进行投资、组织生产和经营销售,以追求资源的最佳配置和利润的最大化。跨国公司为了拓展市场,在全球连接各个国家有价值的市场环节,跨国公司需要大幅度提高通信能力。信息技术促使它们通过伸展全球性触角、整合市场,将比较利益极大化,从而在整体上大幅度地提高了获利能力。20世纪末期的市场解除管制与信息技术革命,为跨国公司的<br>提供了外部条件。信息技术的进步与跨国公司的扩展形<br>一方面,跨国公司的全球扩张借助于信息技术工具。根<br>贸易发展会议的统计,1998年全世界共有大型母公司

53000 家,其下属的跨国子公司达到 450000 家,换言之,平均每家跨国公司拥有 9 家外国分公司。跨国公司进行全球性的经营管理活动,运用信息技术快速便捷和全面准确地掌握分布在世界各个国家和地区分支机构的有关经营资料,科学地调配资金、技术、人才等,进行全球性的生产整合和营销整合。它们充分利用网络在整合生产体系中的特殊作用,建立起动态的、通畅的、敏感的网络体系,实现分散生产资源的整合,将星罗棋布的建立在世界各地的工厂,整合成为一个紧密的整体。跨国公司还利用网络的优越性,把过去由区域采购原材料和销售产品,转变为利用网络在全球范围内采购原材料和销售产品,实现全球的营销整合。从 20 世纪90 年代开始,全球生产演变的重要趋势是生产过程的组织转变,包括多国公司本身的变化。商品与服务的全球生产渐渐地不是由多国公司担任,而是由跨国的生产网络完成,而多国公司是其中不可或缺的要素,但若无网络的其他部分,该要素也无法运作。因此,大部分生产部门都依其实际的运作程式在全世界组织起来,形成所谓的全球网。生产过程包括不同地点的不同公司制造的各项组件,再按照特定目的和市场需要来装配,使用新的生产和商业化形式:高产量、弹性与定制的生产。例如,波音飞机的部件 450 万个,由 1600 家美国和其他国家的公司制造;福特公司的轿车,外国部件占 27% ;日本本国公司的汽车 25% 的部件在海外制造。另一方面,跨国公司的扩张刺激了信息技术的发展。跨国公司不仅是经济全球化的载体,也是信息革命的重要推动力。跨国公司在信息技术革命中扮演了推动者的重要角色。根据《财富》杂志公布的 1999 年全球企业 500 强名录,在前 200 名中直接从事电子信息产业的有 39 家企业,约占统计数的 20% 。跨国公司为了追求最大经济利益,大力进行技术研发、技术创新和投资活动,有力地推动了当代信息技术日新月异的发展,促进了信息技术在世界各国扩散。

信息化推动金融全球化。金融是经济全球化中走在前列的领域，也是最受益于信息技术的领域。随着各国金融市场的不断开放，全球各类金融市场正在向连成一片的方向发展。目前美国、欧洲与亚洲三大区域的外汇市场已连为一体，其运作方式、交易品种与手段基本保持一致。信息技术使得全球金融联为一体。通过计算机和网络技术，形成了时间上相互接续、价格上相互连动的统一国际金融大市场。20世纪80年代以来，各国都进行了金融体制改革，资本市场在全球相互依存，历史上首次出现了全球24小时不间断运行。只要投资者在计算机上敲几个键，成百上千的美元就可以瞬间从一个市场转移到另一个市场。信息技术是金融国际化的运行基础，为金融国际化提供了强有力的技术支持，使得金融市场的运作机制和运作方式发生了革命性变化。金融技术基础设施的发展，包括先进电子通信、互动信息系统，以及拥有高速运算处理复杂交易所需之模型的电脑等。先进的电脑系统容许新而强大的数学模型，能够处理复杂的金融产品，并且以高速执行交易。1971年美国纳斯达克创立时，世界上的其他交易所还都是场内交易，有着实实在在的交易大厅。纳斯达克开创性地创立了电子交易系统，向投资者提供平等、开放式的交易方式，为千百万普通投资人开启了投资机会。信息技术实现全球瞬时交易，资金流动方式日益电子化，增加了交易的有效性，减少了交易成本，提高了投资者的回报率。美国的金融交易成本，在20世纪90年代末减少了50%，因此吸引了更多个别投资人加入。

信息技术促使服务全球化。全球生产和贸易的发展，同时要求要有先进的服务业。先进的服务业成为经济全球化的重要特征。在过去几十年中，许多新兴服务行业从制造业中分离出来，形成独立的服务经营行业，其中技术、信息、知识等密集型服务行业发展最快,其他如金融、运输、管理咨询等服务行业,由于运用了先进的技术手段,也很快在全世界范围内扩大。信息技术使得这些新兴服务业转移成本降低,从而使服务业全球化变得有利可图。作为信息技术革命的结果,许多服务变得可以跨国交易或具有跨国交易的潜力,如计算机软件、设计、质量保证、书籍排版、会计工作等。

当然,经济全球化的动力不只限于技术。当代的科学技术进步无疑为全球化进程创造了必要的、甚至是至关重要的客观条件,但必须看到全球化的深刻的社会和制度因素。从根本上讲,资本主义主导下的全球化进程,根本驱动力是资本积累的内在冲动,而冷战结束为资本扩张提供了名副其实的全球空间。譬如全球经济体制的趋向一致,市场经济体制成为各国的共同选择。20 世纪 90 年代以来,传统的计划经济国家纷纷放弃计划经济,转而向市场经济过渡。随着世界贸易组织的成立,世界各国均把扩大对外开放,积极参与国际竞争,充分利用别国的资本、技术及其他资源以实现本国经济的迅速发展作为基本国策。贸易自由化和投资自由化成为时代潮流,所有这些都为国际资本的流动、国际贸易的扩大、国际生产的大规模进行提供了适宜的制度环境和政策条件,从而有力地促进了经济全球化的形成。

## 二、全球化的网络结构

经济全球化可以也应该从不同的角度认识。从网络视野观察全球化毋宁是一种较新的和深刻的方法。众多著名学者在论述全球化中,虽然没有直接指出网络化,但却包含着一些网络化的内在因素。诸如,赫尔穆特·施密特认为,在 20 世纪的发展进程中,在地球五大洲之间,在世界 200 多个国家之间的联系与接触无论在数量上还是在质量上同时经历了巨大飞跃。拉尔夫·达伦多夫认为,信息革命把人类居住的整个世界变成现实的空间。从电话经过电子计算机到国际互联网的发展道路消除了人们的空间界限,这是以前的任何技术发展所无法实现的。于尔根·哈贝马斯认为,全球化中国际贸易在地域上的扩大,相互作用的密集程度日益增多。乌尔利希·贝克认为,全球化指的是空间距离的消亡。安东尼·吉登斯对全球化的解释是超越空间距离的世界。安东尼·迈克劳认为,全球化意味着在组成世界共同体的国家与社会之间相互作用、横向联系、相互依赖关系的强化。以上诸多学者对全球化的认识中,都强调了联系的增强、距离的缩小等等,而这些正是网络组织的基本特征。

164

网络是由节点相互联结而构成的体系。对网络的解析有几个关键的因素。一是节点情况,哪些是网络的节点;二是联系情况,节点之间是否联系,联系的强弱程度如何;三是网络规则。网络是开放的系统,所有节点都能与之联结,但必须遵从网络的既定规则。这里的网络,不仅指技术意义上的网络,如互联网;也指社会意义上的网络,如经济全球化。卡斯特是著名的研究网络社会的学者,认为经济全球化是一种网络结构。"之所以称之为全球化,乃是因为生产、消费与流通等核心活动,以及它们的组成元素,包括资本、劳动、原料、管理、信息、技术、市场等,是在全球尺度组织起来的,并且若非直接运行,就是通过经济作用者之间的连接的网络来达成。至于此种经济是网络化的,则是因为在新的历史条件下,生产力的增进与竞争的持续,都是企业网络之间的互动的全球网络中进行的"①。"所谓全球化的核心包括金融、国际贸易、跨国

① [美]曼纽尔·卡斯特:《网络社会的崛起》,社会科学文献出版社,2001年版,第91页。

生产以及某种程度的科技和专业劳工。通过这些全球化、策略性的经济组成因素,经济系统可以在全球层次相互连接"①。

以网络视野解析全球化结构,需要具体分析节点、联系和规则三个方面的问题。

节点问题。组成全球网络的节点,可以分为不同的层次。这个节点可以用民族国家(或经济实体)为单位。当今全球大约有200个这样的单位。现今联合国有191个会员国。这个节点也可以用重要城市为单位。当今全球百万以上人口的大都市约有400个,其他的重要城市数以千计。这个节点还可以用巨型公司为单位。全球跨国公司约有6万多家,其中的世界500强是巨型公司的代表。毫无疑问,全球化中都包含着这些类型的节点。依照分析问题的需要,侧重于不同层次的节点。如果分析世界经济格局和南北关系的大局,很显然看重以国家为单位的节点,因为民族国家仍然是最重要的国际政治经济实体。如果分析区域经济发展,城市节点具有重要的意义。因为一些国家幅员广阔,国内经济发展很不平衡,而中心城市是一个区域经济的代表。公司是经济全球化的细胞。以巨型公司作为分析的节点,对理解经济全球化的微观活动无疑是最适当的。当然,在观察经济全球化时,国家、城市、公司都在视野之内,都是网络的节点,只是依据需要,在权重有所差别。

联结问题。节点之间只有相互联结起来,才能组成网络。首要的区别是是否联结。目前的全球化,并不是将全球所有潜在的节点都联结在一起的。全球仍然有一些潜在的节点与整个网络处于断裂状态。另一个区别是联结的程度。不同的节点联结在网络

---

① [美]曼纽尔·卡斯特:《网络社会的崛起》,社会科学文献出版社,2001年版,第120页。

之中,但联结的程度区分很大。有些节点之间联系很密切、很强劲,有些节点之间联系比较疏远、比较微弱。比如国家之间,美国与日本、英国之间的联结就是很密切,而非洲索马里与亚洲孟加拉国之间的联系则属于疏远和微弱的联系。比如城市之间,纽约、东京、伦敦虽然分布在各大洲,但人员、资本和信息交流密切。而一些发展中国家的巨型城市之间,比如排在全球城市人口前几位的墨西哥城与孟买之间,甚至还没有直达的航班。至于公司的联结状况差别更大。跨国公司内部的企业分布全球各地,但联成一体;而一般公司之间,可能只有通过很多环节的间接联系。甚至有鸡犬之声相闻,老死不相往来的情况。

规则问题。网络是一个开放的可以无限扩展的系统,但无限扩展不等于随意扩展。一个节点能否与网络联结,取决于是否遵从共同的规则。在国际互联网中,任何联网的节点都必须遵守网络地址协议和网络传输协议等。在社会网络中,联入网络也需要依照既定的共同规则。这个规则有两个方面,一是价值规则。经济全球化的网络通过一定的价值联结在一起。二是运行规则。当前经济全球化的基本运行机制是市场化。因此,在经济全球化之中,只有对网络具有价值、并且依照市场方式运作的节点,才能联结在一起。那些没有价值,或者不能以市场运作的节点,就不能与网络相联。

依照网络视野,全球化具有两个基本特征。第一,全球化具有选择性。全球经济并未涵盖地球上的所有经济过程,并未包含所有领域,在运作上也没有涵盖全部人口。全球化在国家、地区、人群之间具有选择性。这个选择的标准是依照网络的价值观。一方面,有价值的领域和人口能够连接上价值与财富获取的全球网络。另一方面,以网络里的价值为标准,没有价值或不再有价值的一切事物和人口便脱离了网络,最后被抛弃。第二,全球化具有不平衡性。构成全球化各个节点与网络联系的情况不一样,在网络中的地位不一样。全球化的价值因素分散在全球的各个地方,但并不是平均分散在全球各地,而是根据一定的当地条件作为分布的基础。这类活动的上层集中于少数几个国家的节点中心,最高层次的功能集中于某些主要都会地区。在这些地方形成了财富、信息和权力的中心,而另外的地方则处在网络的边缘地带。

网络视野中全球节点处于多种不同的状态。总体上可分为联结和断裂两种状态。在联结状态中,存在正常联结和非正常联结两种。在正常联结中,联结的程度也存在着差别。以下具体分析正常联结、非正常联结和断裂三种状态。

一是正常联结状态。正常联结状态是全球化最重要的状态。国家与国家之间、城市与城市之间、公司与公司之间,通过各种联系构成全球化的网络,支撑全球经济的正常运行。

在正常联结的网络中,由于节点在网络中所处的地位不一样,可以分为关键节点和次要节点,或者说是核心部分和边缘部分。那些与其他节点有着广泛的、直接的、密切联系的节点,属于关键节点,处于网络的中心地位。而那些与其他节点的联系比较少、比较间接、比较单薄的节点,则属于次要节点,处于网络的边缘地位。

全球网络的关键节点,分布在各个层面。

在国家层面,它们是西方发达国家,其中美国是核心。目前全球经济网络中,北美、西欧与东亚是起决定性作用的、占有最大市场份额的三大主体。北美以美国为首,西欧以德法英为中心,东亚的代表是日本。这三大主体不仅所占全球经济份额大,而且它们之间的联系十分密切。目前,全球对外直接投资的 4/5 集中在发达国家,全球贸易总额的 4/5 发生在发达国家之间,而高附加值、高科技产品以及新兴的服务贸易,几乎全在它们之间。相比而言,发展中国家与发达国家之间的联系要单薄得多,发展中国家之间的联系更为单薄。需要指出的是,由于冷战之后美国在全球政治和经济上的超强实力,实际上处于全球化网络的核心。虽然日本和西欧的飞机制造、汽车制造、航天工业和电子工业占有很大份额,但美国仍是世界最大的对外投资国、技术提供国和经济、军事实力最强的国家。在各种世界联系之中,各国与美国的联系总是处在头等或重要的位置。

在城市层面,它们是发达国家的主要大都市,其中纽约、伦敦、东京等是联结的枢纽。全球范围而言,像纽约、洛杉矶、巴黎、伦敦、法兰克福、东京、香港、新加坡等大都会作为大节点联结起来,而中小城市又和这些大都会连接起来,这样形成了全球城市网络。随着国际分工的深化,生产要素整合范围的扩展,以及大型制造业中心的崛起,中心城市变得越来越重要了。比如国际金融方面,纽约、东京和伦敦的交易所,事实上对于其他国家的交易所起着一种领导或引导的作用。鉴于地球正演变为一个以巨型都会为节点的庞大网络,卡斯特强调这些大都会区域在全球经济和权力中的重要性。他将金融、保险、地产、顾问、法律服务、广告、设计、行销、信息搜集等列为先进服务业。这些行业集中于巨型都会的节点。几乎所有的经济成长、创新能力、文化发展、媒体传播与政治权力都集中于都市地区,特别是在最大的都会地区。比如国际生产方面,虽然越来越多的巨型企业的业务活动分散到许多生产基地上,但对它们的监督控制和协调工作则更多地集中到少数几个国家的大城市中。全球化的这种网络结构,并不是泾渭分明的"中心"和"外围"。阿里夫·德里克认为全球资本主义的呈现"无中心化"特征。换言之,指出哪个国家或地区是全球资本主义的中心已变得日益困难。没有固定中心的都市网络之间的相互联系,比它们与国内边远地区的联系还要密切。

在企业层面,它们是巨型跨国公司。经济全球化中企业之间的来往,密度最大、起核心作用的是跨国公司。在全球化进程中,哪里的市场条件适合,哪里的成本低廉、潜力巨大,跨国公司就往哪里推进。全球 6 万多家跨国公司以资金、技术、品牌和销售网络的优势驰骋世界市场。跨国公司在一定程度上主导了国际生产体系,加速了生产与资本的国际化。当然,跨国公司的活动以及它们的子公司、分公司的地理分布相对集中在发达地区。这些地区为跨国公司的投资和经营活动提供了更好的环境。这也促使发达国家与地区之间如日、美、欧之间的经济联系更加紧密。

在全球网络中,还有众多的节点属于其中的边缘部分。就国家而言,就是广大的发展中国家。众多的发展中国家虽然加入到全球经济体系之中,但它们所占的分量轻,在全球联系中处于被支配的地位。发展中国家虽然拥有丰富的自然资源、廉价的劳动力、廉价的土地以及尚待开放的广阔市场,这些对全球经济网络具有极大的吸引力。但是,多数发展中国家生产力水平不高、劳动力素质偏低、经济不发达、基础设施不完善,其中有些国家政局不稳、社会动荡。它们在国际经济活动中所占的份额只有 20% 左右。从国际分工来讲,广大发展中国家仍是农矿原料和初级产品的主要产地。就城市而言,中心城市还是发达国家的大都会。发展中国家的一些大都会人口虽多,但在全球城市体系中还是处于次要的位置。发展中国家的大都会,如墨西哥的墨西哥城、印度的孟买、巴西的圣保罗、尼日利亚的拉各斯、中国的上海、北京等,人口排名进入了世界都市的前 10 位,但都不是全球经济网络最核心的大都市。就公司而言,跨国公司虽然是国际性的,但跨国公司都有深厚的国家背景。迄今为止,大约 85% 的跨国公司都以宗主国为基地,平均 2/3 的产品及劳动力留在自己的国家。绝大多数跨国公司的总部处于发达国家大都会城市。它们的生产基地可能遍布世界,但利润中心却在少数几个地方。

二是非正常联结状态。经济全球化的发展,生产要素、人才、资本在世界范围内的自由流动和优化配置,这也使各种违法犯罪行径隐藏在正常的国际交往与社会流动之中成为可能。这些违法犯罪活动的全球联结,是一种非正常的联结,也有的称为异常联结或病态联结。在冷战结束之后,这种非正常联结扩展很快,危害增大,愈来愈引起国际社会的广泛关注。这种状态在后文中做展开的论述。

三是断裂状态。一个地方只有成为全球网络的节点,才在全球化之中;如果不与全球网络相联系,就与全球化脱钩。当今世界上有许多地区和相当部分的人群,与全球网络处于断裂状态。这也将在后文中做具体讨论。

网络视野的全球化结构是均衡的。这与比较出名的"中心外围"理论相似。国际上一些左翼所提出的"中心"与"外围"理论,就是揭示当代世界经济体系中并没有形成以西方为样板一元化的统一模式,相反却出现了分化。当然,网络结构理论也不等同于"中心外围"理论。"中心外围"明显地形成了二元对立结构,即以西方发达资本主义国家为"中心",以欠发达的第三世界国家为"外围",中心结构支配外围结构。而网络结构理论更为复杂,中心与外围并不是板块式的分布,而是相互犬牙交错,散落在全球网络之中。中心和外围主要不是取决于地理位置,而是依赖于在全球网络结构中的状态。

以下就不同国家或实体在全球化网络的状态做以下具体的分析,这包括那些借助全球网络实现发展跳跃的国家,如韩国;也包括那些在全球网络中边缘化乃至断裂的国家或地区;还有那些在全球结构中的另类情况,诸如犯罪全球化等。

## 三、信息化中的发展跳跃

　　近年来韩国在经济和社会发展领域的成绩令人瞩目。韩国中央银行公布的数据宣称,2005 年韩国国民人均收入为 1.63 万美元,2006 年约为 1.83 万美元,2007 年达到 2 万美元。而据预测到 2015 年韩国的位置更为靠前。英国谢菲尔德大学社会研究所和美国密歇根大学研究组,参考了世界银行和美国中央情报局、联合国贸易与发展会议等 9 个机构的资料,制作出了《世界经济力地图》显示,在以购买力平价(PPP)为准的人均 GDP 方面,韩国人均将升至 38249 美元,排世界第 6 位,甚至超过了美国的第 7 位(38063 美元)和日本的第 9 位(35694 美元)[①]。在信息化水平方面,国际电信联盟的四个部门依照七个项目指标进行测算每个国家和地区的信息化水平。2005 年世界前 5 位排名是瑞典、美国、韩国、瑞士和香港,韩国连续两年在这个排名中位居世界第三位。其中,韩国的数字机会指数排名第一。数字机会指数是根据一个国家的网络普及、机会提供、利用率 3 种要素来测定国家信息通信的发展程度。

　　以上这一组数据说明几个问题。在静态上,韩国在经济和信息化方面都进入世界发达国家之列。国际最新统计中将韩国增列为世界发达国家。在动态上,韩国 1970 年是一个典型的落后国家,人均国民收入仅为 254 美元,在世界上列第 126 位。韩国最近几十年经历了发展上的跨越。从这组数据还可以看出,韩国在世界信息化上的排名远远高于其经济上的排名。这意味着韩国以信

---

　　① 美英研究组:《2015 年韩国 GDP 居世界第六超越美日》,《朝鲜日报》(韩),2006 年 8 月 25 日。

息化为先导,尝试进行新的发展上的跳跃。

列宁曾提出著名的帝国主义经济政治发展不平衡规律,即帝国主义经济政治发展不平衡的加剧,使后起的资本主义国家能够跳跃式发展超过原来先进的资本主义国家,从而使各资本主义国家的实力发生根本性的变化。一些学者进一步认为,整个资本主义历史阶段都存在这个不平衡规律,帝国主义阶段是如此,早期自由资本主义阶段也是如此。例如意大利等地中海地区最早发生资本主义萌芽,但后来被葡萄牙、西班牙超过,17 世纪荷兰又超过葡萄牙、西班牙,18 世纪中期英国后来居上成为最发达和强大的资本主义国家。到帝国主义时代,资本主义不平衡发展得更为显著。从 19 世纪 70 年代开始,随着第二次工业革命的开展,后起的资本主义国家如美国和德国,率先采用最先进的技术,而后来居上超过了老牌的资本主义国家如英国和法国。二战之后日本持续 20 年的高速发展,超过众多西方老牌国家而成为经济上的第二号强国。

一个国家在跳跃式发展期间,工业化迅速推进、经济持续高涨、产业结构不断优化、对外贸易急剧扩展,从而激发了整个国民经济以超乎寻常的速度增长,在较短的时间内走完在正常情况下需要几倍甚至更长时间才能走完的路程。历史上一些国家在一段时期出现过这种高速增长,例如英国在 1850—1870 年间,法国在 1885—1913 年间,美国在 1870—1913 年间,德国在 1880—1913 年间,日本在 1956—1973 年间。发展跳跃可以分为两个方面[1],一是以相当短的时间完成由较低的生产力形态向较高的生产力形态的转变,获得在先进生产力水平上的增长。如日本的工业革命比英国晚一个世纪,但其工业革命的时间大大缩短,并很快后来居

---

① 毛健:《经济增长中的跳跃发展规律》,《中国社会科学院研究生院学报》(北京),2004 年第 4 期。

上。二是打破经济发展的常规顺序,以独特的结构变化直达较高的技术层次,进而带动经济增长。如当代的新加坡、韩国等,并没有完全重复英美等国工业化的道路,而是较快地步入高新技术产业领域,加速了工业化进程。

历史上的发展跳跃都与科技革命密切相关。一般认为,第一次科技革命发生于 18 世纪下半叶,以蒸汽机的发明和广泛应用为主要标志,促使了机器大工业的兴起,引起了社会生产力的飞跃发展。第二次科技革命发生在 19 世纪下半叶,以电力的广泛应用为主要标志,使生产社会化程度大大提高,国际经济联系迅速扩大。二战之后的第三次科技革命,以信息技术为代表成为推动当代世界经济增长的主要因素。这些科技革命中孕育着一些发展的跳跃。英国借助第一次科技革命确立世界霸主地位。16—17 世纪的英国还是一个封建农业国。18 世纪后期英国开始了生机勃勃的工业革命,从毛纺织业开始推进至丝纺织业、棉纺织业,然后迅速推进到交通、采矿、冶金、建筑、制造等各个工业部门。英国成为世界上第一个工业化的国家,1860 年英国人口占世界人口的 2%,但钢铁产量占全球产量的 53%,煤产量占全球产量的 50%,拥有全球 1/3 的船舶,是名副其实的世界工厂。德国、美国借助 19 世纪末叶的科技革命,实现了工业的迅速崛起并超过了英国。二战后日本在新的科技革命的潮流中,快速发展成为世界经济强国。不同时代、不同国家实现的跨越式发展,都带有那个时代科技革命的特点。美国、德国的赶超靠的是电力、钢铁、重化工业,日本的赶超靠的是汽车、家用电器、制造业和电子产品。的确,科技革命是各国跨越式发展的助推器。

信息时代孕育着跳跃发展的新机遇。对于目前世界上掀起的科技革命浪潮,提法众说纷纭,诸如后工业社会、第三次浪潮、知识经济时代等,这里约定成俗称为信息技术革命。这次科技革命中出现了新的科学技术群及其相关产业群,诸如信息技术、航天技术、能源技术、生物技术、材料技术、环境技术、海洋技术等等。这些新科学技术正在各国不同程度地得到应用,并开始渗透到社会生产和生活的各个领域,对经济增长和社会变革将产生广泛而深远的影响。美国由于抢占信息技术的制高点,强化了在当今世界的领先地位。20 世纪 90 年代美国克林顿政府制定和实施建设"信息高速公路"计划,为美国经济找到新的增长点。美国对信息产业的投资超过了对其他产业的投资,信息产业对经济增长的贡献率接近 1/3,超过了以往三大支柱产业即钢铁、汽车和建筑业的贡献率。

信息时代是科技大发展的时代,也为后发国家的跳跃发展提供一次难得的机遇。发展经济学家卡洛塔·佩雷兹指出,每一次经济类型转换都给发展中国家提供一个机会窗口,因为这些国家没有"前工业结构惯性",从而可以实施科技的跨跃式发展。瑞典经济学家克拉斯·布伦德纽斯对科技革命推动经济类型转换的决定性要素进行了研究。他认为在这些科技革命中,第一次的关键要素是机器的运用和纺织工业的兴起,第二次是廉价的煤和蒸汽机车,第三次是廉价的钢和电能,第四次是丰富而廉价的能源如石油,而最新这次的关键生产要素是微电子技术,基本原料是硅。与以前的石油来比较,硅不仅更廉价,而且是取之不尽、用之不竭。这对那些缺乏必要资源的国家来说,无疑是一次不可多得的诱人机会。这种依托于高技术的跳跃发展,消除了过去高速增长中会出现的人力、自然资源供给的制约,为世界上那些自然条件有限的国家和地区经济的高增长提供了可能性。

几乎每个国家都怀有快速发展以强国富民的梦想,然而,跳跃式发展很难得。即使在科技大变革时期,大多数国家也不能实现跳跃。能够实现发展跳跃的,只是很少数或个别国家。跳跃式发展需要一系列前提条件。

跳跃的国家需要具备后发优势。谁能跳跃式追赶？从理论上，那些本来就排在世界发展最前列的国家不需要，而那些排在世界发展最后列的落后国家不可能。因此，跳跃式发展最大可能出现在那些相对落后的国家。这些国家要具有后发优势。亚历山大·格申克龙提出的后发优势，指的是落后国家本身所具备的潜在的发展优势，在借助先进国家的成熟技术与经验条件下加速发展的可能性。在发达国家为追逐利润而进行的资本、技术和产业的从中心到外围的转移和扩散中，相对落后的国家可利用已有的技术和经验，而无须从头做起，从而实现跳跃性发展。跳跃式发展正是相对落后国家将潜在的后发优势转化为经济增长的实践。

后发优势不是所有落后国家都具有，只有那些少数具备了一定的条件，即工业经济的一定发展、基础设施的完善、科研力量的增强、人力资源的开发和经济体制的改革等，才可能具有。这之中最重要的是经济和科技条件。在经济方面，发展的跳跃也是来自生产力发展的积累。只有生产力发展到一定水平，内部诸要素积累到一定程度，才为酝酿跳跃提供了基础。在科技方面，跳跃式发展是分享先进国家的科技成果。科技和教育达到一定的水平，才能具有借鉴、分享和创新现代科技的基础。在较好的科技基础上，相对落后的国家一方面可以利用现有技术，较快地使传统产业部门达到相当规模，增强经济实力；另一方面可以直接利用世界最新的科技成果，通过革新生产方式和工艺流程，扩展新兴产业部门，跃上生产力发展的新层次。联合国一份出版物给出信息时代发展跳跃的基本条件是：公司和国民广泛使用通信网络；具备训练有素的劳动力和消费者；建立推动知识创新和传播的机构。没有良好的经济和科技基础，跳跃发展谈何容易。

以上条件基本都是常识性的，这里还要特别强调外在联结的

175

条件。在经济全球化时代的跳跃,这个外部条件也至关重要。经济全球化中,最重要的区别在于是否联结于网络之中。那些被排斥在全球化网络之外或者极端边缘化的国家,就没有什么发展机会,当然更谈不上得到跳跃式发展。只有那些处于网络紧密联结的接近中心地带的位置,才有可能最大限度从全球联结中受益,并因此最有可能产生跳跃式发展。历史也证明这种联结的重要性。那些曾经跳跃式发展的国家,都是地理上接近最发达国家,或是与最发达国家保持着密切的联系。诸如,以前欧洲大陆你追我赶式的跳跃发展国家,都是地理上临近的国家。后来美国和日本的发展,是资本主义全球扩张之后,其中美国与英国的特殊联系,日本与美国的特殊联系,这些都是必须考虑的、不可或缺的重要因素。

当然,除了这些客观条件,还需要主观努力。如果一个国家没有奋发向上的追求,那么即使是各种条件最为齐备,也不可能实现发展上的跳跃。这一点不必多言。

由以上条件可以看出,大多数国家并不具备这些前提。比如后发优势,有些后发国家不仅没有后发优势,甚至是相反的后发劣势,因为落后而陷入更加落后的境地。这种情况并不鲜见。在当今由发达国家主导的全球化进程中,发展中国家主动或被动地纳入世界产业结构分工之中,并且日益变得对发达国家具有依附性,落入发达国家所设置的发展路径陷阱之中。又如在技术方面,科学技术总与经济发展水平成正比。目前发达国家掌握了世界研发的80%以上,其开支占GDP的比重达3%,而发展中国家这一指标不到1%。就人均研发开支而言,日本约700美元,美国600美元,而拉美国家不到10美元,非洲大国尼日利亚还不到22美分。因此,有些经济学家认为,除了极少数国家如亚洲的中国、印度和拉美的巴西、智利外,对于绝大多数发展中国家来说,跳跃式发展机会和前景都非常黯淡。

韩国是二战之后落后国家中为数不多的幸运者，最近几十年持续高速发展，初步实现了发展的跳跃。这与韩国的客观条件和主观努力密切相关。

韩国与美国的密切联系是关键的外部条件。韩国是美国的政治上和军事上的同盟，在经济上也紧紧依存美国。这种关系使韩国在过去的发展中受益匪浅。在资本主义主导的当今世界经济体系下，很多发展中国家因为政治体制和外交倾向等原因，受到西方的非难、排斥甚至打击，被边缘化和另类化，被迫付出高昂的发展成本。韩国不仅顺利进入了西方体系，而且在冷战中作为抵御共产主义的东方堡垒，受到美国等的特别优惠。2005年韩美两国之间的双边贸易额为720亿美元。韩国是美国的第七大出口市场，美国销往韩国的产品主要包括农产品、飞机、机械和化学制品。美国排在中国、日本之后，是韩国的第三大出口市场，韩国主要向美国出口汽车、电子产品和电机等。韩美正在商签自由贸易协定。虽然韩国内部有不少不同意见，尤其是农产品方面，但韩国主流舆论认为，这将有助于提升韩国经济和社会发展水平，再次实现经济腾飞。韩国政府试图扩大韩国工业产品进入美国市场，同时引进美国先进的经营方式，提高韩国在金融服务等领域的竞争力。日本是世界第二大经济强国。韩国不仅与日本在地理上临近，而且对日本在经济和技术上进行不同程度的模仿。两国之间的贸易额度很大。美国是西方发达国家的核心，是世界最大的对外投资国和技术提供国。韩国与世界经济最强的美国和日本的密切联系，是跳跃式发展的不可或缺的外在条件。

韩国在朴正熙掌权的1962—1980年间，人均国民收入从87美元增加到1510美元，被称为经济上的"汉江奇迹"。20世纪90年代中期，韩国遭遇了亚洲金融风暴，以美元计的国民生产总值下降30%—40%。韩国总结金融风暴的经验教训，努力改变产业结构,发展不受矿产、土地等因素制约的产业。当时正是美国信息产业的飞速发展时期,韩国也选择信息产业作为21世纪跳跃式发展的突破口。

韩国将发展信息技术放到战略的地位。韩国政府认为,在21世纪信息技术将是一个先导产业,是经济发展的强大动力。韩国在工业化时代曾落后于发达国家,但在新的信息时代,必须抓住机遇大力发展信息技术产业。1996年韩国制定了"促进信息化基本计划",决定在2010年前分3个阶段推进这一计划,同时提出了每个阶段的具体目标。1997年韩国制定了"科学技术革新五年"计划,提出2005年科技竞争力达到世界第12位,2015年达到世界第10位,2025年达到世界第7位,成为亚太地区的科学研究中心,并在部分科技领域位居世界主导地位。韩国非常重视信息化教育。金大中总统就提出,不让一个国民在信息时代掉队,要进行全民信息化教育,对所有公职人员、学生、农民、家庭妇女、残疾人、老人,甚至犯人都要普及计算机应用、电子商务。韩国还向国民发出"每人一台电脑,每人一个电脑主页,每人一项发明"的号召。韩国重视信息化相关教育,建立了从中学、大学到科研机构等多层次的信息技术教育体制。另外,韩国还初步建立了适应信息化各个方面的法律体系,并从各方面对信息化给予政策支持。

韩国试图以信息产业的跳跃带动社会发展的新跳跃。在信息产业方面,韩国成长了一批具有国际竞争力的大企业。其中,三星电子、LG电子等是具有世界级实力的跨国公司,它们的一些产品成为世界知名品牌,在全球电子市场上占有重要地位。例如,三星电子的CDMA手机、动态随机存储器、液晶显示器居全球第一,手机总产量居全球第三;LG电子的液晶显示器、手机、等离子显示器等也都具备了居全球前五名的实力。此外,韩国在文字处理软件、企业资源管理软件、电子资料交换软件、教育软件、医院管理软件、应用集成软件等方面,都排在亚洲前列。特别是韩国在网络游戏软件方面发展迅猛,影响力遍及全球,销售额几乎占全球网络游戏市场的一半。在企业信息化方面,韩国制订了信息化战略计划以实现传统制造业、服务业的信息化,1999年开始在电子、汽车、国防采购、建筑4个行业进行试验示范,2000年扩大到钢铁、造船、重工业、铁路车辆等行业。韩国还实施中小企业信息化计划,通过信息网把大公司和中小公司联结起来,以降低购买和储存成本、提高生产率和竞争力。在地区信息化方面,韩国将全国划分为五大行政管理活动区,在区内推进信息网络、信息教育、远程服务等信息化基础建设。韩国同时还在6大城市建立信息、知识和技术共享设施支援室,在15个地区建立地区软件支援中心。在社会信息化方面,韩国在政府上网、电子商务、远程教育、远程医疗等方面都取得了长足的发展。韩国还计划耗资250亿美元兴建新松岛,利用高科技信息技术,让电脑把家庭私人生活与街头公共生活连接到一起,打造世界上规模最大的"随意数字城市",以引导未来数字生活新潮流。

韩国依靠信息产业,不仅走出了金融风暴的阴影,而且初步显示了新的发展奇迹。韩国电子信息产品产值从1990年的127亿美元,上升到2004年的2128亿美元,年平均增长率达到22%。金融风暴之后的2001年,韩国信息产业的出口额为384亿美元,占出口总额的25%,创造了106亿美元的贸易盈余,如果没有信息技术产业的出口,韩国贸易必然要出现逆差。当今韩国出口排在前列的五大商品是:半导体、汽车、手机、船舶和石油产品。半导体、手机是信息时代的代表性商品,汽车、船舶、石油产品是大工业时代的代表性商品。这些都是韩国最近几十年跳跃发展中的产物,既反映工业化后期的成果,又反映信息化先期的成果。

## 四、从第三世界到第四世界

在全球网络结构中，能够上升到中心的国家和地区，只能是少数幸运者。大多数国家和地区则面临着边缘化甚至遗弃的困境。由于殖民主义的历史经历和受二战后资本主义全球扩张的影响，这些国家独立后大都面临着共同的发展任务，具有很多相似的基本特征。它们在结构上从属于资本主义世界体系，依附于核心国家。需要指出的是，世界体系之内的不同国家是不平等的，国际体系的准则不是民主和平等的产物，而是根据强国的意愿和能力，首先把限制强加于弱国。核心国家又通过世贸组织、世界银行和国际货币基金组织等国际经济组织，以及跨国公司的全球性投资和销售，进一步强化了这种结构。当然，发展中国家的这种依附地位也不是一成不变的，而是有的上升，有的下降。二战后东亚国家和地区的崛起就是对传统中心外围结构的一种突破。不过总体来看，多数后发资本主义国家，仍然处于外围、半外围的地位，非洲甚至有被边缘化的危险。

对于众所周知的第三世界，在这里不多费笔墨。以下着重讨论所谓的全球化网络中的第四世界问题。"第四世界"（The Fourth World）近年来在不同的意义上使用，归纳起来主要有以下几类。第一，人类学意义上指原住民。目前全球的原住民主要是北极的爱斯基摩人，北美洲的印地安人，中美洲的玛雅人，南美洲的印加人，澳大利亚的土人和新西兰的毛利人等。英文中对原住民有很多不同的称谓，如土著人（indigenous people）、原始居民（aboriginals）、本土人（natives）、第一人（first persons）等，也称第四世界（the fourth world）。1974年加拿大土著人运动领袖提出第四世界概念，意在表示土著人处于三个世界划分之外的境遇。1984

年观点激进的地理学刊《Antipode》发行了"第四世界"专号,将世界范围的"土著民族"称为"第四世界"。第四世界是仍然保持着狩猎收集型生活方式的民族,大都生活在世界的边缘,游离在现代文明之外,构成了一个非主流的群体。第二,哲学意义上的虚拟世界。第四世界(也称世界4),作为信息社会、虚拟现实和网络世界的复合体,指的是继波普尔所谓的"三个世界",即物质世界、主观世界和客观知识世界之后,20世纪人类利用先进的科技手段、信息资源、想象力和创造性将前人的数字世界、理念世界或绝对精神世界搬上现实舞台,演绎或制造出的一个新世界。它是人类将光、电、色、能、数与信息集于一体,构成的一个充满活力的开放系统。这个世界的空间形式是赛伯空间,时间形式是赛伯时间①。第三,此外还有一些比喻性的应用。比如在环境意义上,有人将地球环境状况分为五个世界,从高到低依次排列。其中,地球环境状况的第四世界描述为:人满为患,杀鸡取卵。又如在国际政治意义上,有的学者将第一世界国家、第二世界国家、第三世界国家指传统的三个世界,第四世界则指跨国公司和非政府组织。还有文学上的使用,娱乐游戏中的使用等等。

这里讨论的第四世界是从社会发展水平上使用的,是广为流行的第三世界概念的延伸。当今世界的分化,一些学者认为过去的第一、第二及第三世界的分类方法不足以完全包容,因此第四世界的词语随之而起。不过其定义还未统一,不同的人有不同的解释。传统的第三世界地区经济和社会发展开始出现明显差异,随着很多地区的经济发展尤其是东亚的进步,一些经济学家开始提出了第四世界这个概念,以描述那些在经济规模上更加弱小的群体,因为它们从经济和政治上处于世界更加边缘化的地位。卡斯

---

① 张之沧:《第四世界》,上海交通大学学报(社科版),2002年第2期。

特依照全球化和信息化的新形势,以过去的第三世界为参照比较系统地提出了第四世界理论。在信息时代,一个不以地理区隔为界线的第四世界正在全球各角落快速成型之中,这个世界便是由受到信息时代资本主义压迫、摒弃、排斥在外的信息贫穷阶级所组成的。过去人们把地球划分为三个世界,即欧美日本为第一世界,苏联与东欧集团为第二世界,发展中国家为第三世界。今天这样的分类法可能有所改变,眼前出现了第四世界却是毫无疑问的。卡斯特所指的第四世界主要是指在全球资本主义价值体系中价值极小的国家或地区,包括非洲大陆、一些拉丁美洲国家和太平洋小国,以及发达国家的都市被遗弃的贫民区。

第四世界具有两个突出特征。一是更加贫穷。第三世界是一个不发达的概念,第四世界当然比第三世界更为不发达,也就是极端贫穷的地区。这个贫穷不仅仅是第三世界的饥荒、疾病等显眼的问题,而且是一些另类的贫穷问题,例如在非洲、亚洲等地,因为各种天灾人祸而沦为难民或国内流浪者的人数以百万计,他们终日流离失所、一无所有和到处觅食。二是和世界脱钩。第四世界更为关键的不是贫穷本身,而是这些状况被世界所忽视和遗忘。不仅穷国的一些地区为传播媒介甚至自己的政府所遗忘。即使在发达的西方社会里,当很多人追捧高科技发展时,也有些人没读过书、买不起一台电脑或从未浏览过互联网。他们变得自卑和失去信心,成为社会上的边缘人,也是第四世界里的人群。如果说第三世界是全球化之中的落后地区,那么第四世界就是与全球化脱钩的地方。如果说第三世界或许还有望实现现代化的追赶,那么第四世界则前景黯淡。

非全球化是第四世界的主要成因。非全球化是指与全球化的断裂与脱钩。非全球化不同于反全球化。反全球化与全球化依然是在一个体系之内的矛盾和冲突,而非全球化则游离于全球化体系之外。网络视野中的全球结构,只有对网络具有价值、并且依照市场方式运作的节点,才能联结在一起。那些没有价值,或者不能以市场运作的节点,就不能与网络相联。所谓的第四世界,就是这些脱离了网络和被抛弃的地区。

第四世界在经济上是全球资本逐利的内在逻辑的结果。如果说早期西方列强为扩大其势力范围和赢得本国资本主义发展的空间,主动地把各个国家纳入全球化的进程中去的话,那么在当今少数经济最发达的资本主义国家则是根据其资源、市场、资本输出所能带来的利润和经济结构调整的需要,有选择地与发展中国家建立经济联系。在全球化时代,资本流动的空间前所未有地扩大,它基本上可以在全球范围内畅通无阻地流向它愿意流去的任何地方。然而,资本的本质是追逐利润,资本流动的规律是:哪里利润高就流向哪里,哪里有利润就流向哪里。换言之,资本总是流到能够赚钱、或赚钱比较多的地方。因此,全球化并不是全球均衡的发展。世界上许多条件欠佳的国家和地区,被视为是利润的不毛之地,资本从不问津,可能被逐渐边缘化,即出现非全球化现象。作为被资本遗弃的非全球化国家和地区,作为全球化的死角,就出现了第四世界。

第四世界在政治上为西方尤其是美国的排斥政策所加剧。全球化促使国家之间、地区之间的经济相互依存度不断加大,但各国之间的相互依存是不对称的。在全球化中起主导地位的是西方发达国家,尤其是美国。西方国家利用其在科技、贸易、金融、投资等方面的优势,在全球化发展进程中占据主导地位并成了最大的受益者。一些发展中国家由于经济实力、产业结构、组织体制以及在国际机构中的作用等方面均处于劣势,难以平等地享受全球化的好处,往往成为全球化负面效应的受害者。尤其严重的是,美国推行强权主义政策有意使一些国家边缘化。比如，美国推行打击"邪恶轴心"、干预"失控国家"、整治"问题国家"、瞄准"核攻击对象国"、防范"大规模杀伤性武器扩散国"、演变"社会主义国家"等政策。在这种强权的逻辑之下，很多发展中国家都可能被贴上某种标签而被打入另册。

当然，一些发展中国家的错误政策也是内因。全球化对发展中国家也有机遇，但当地政府能否把握这种机遇极为关键。问题是，一些国家政府没有很好地加以把握。一些发展中国家政府，在经济和社会层面甚至扮演着破坏性的角色。比如非洲，在20世纪50、60年代独立后，总体上选择了计划经济或政府干预的市场经济模式。由于非洲国家缺乏现代化管理人才和法制措施，管理中漏洞很多，官僚主义、贪污腐败等丑陋现象也开始滋生和蔓延。有的国家不顾国力，基建规模过多，背上沉重的包袱。许多企业管理混乱，效率极低。又如，如果要在秘鲁开一个私人裁缝店，需要用将近一年的时间办手续，所需的法律费用将是这个裁缝店每月最低收入的31倍。如果要在埃及得到盖一所房子的合法许可，需要与政府打上5年的交道，包括在31个政府部门办理77项行政手续。一些当地政治社会精英从事大规模非法买卖，包括与全球各种事业伙伴进行全球犯罪经济的冒险事业。这些国家的官员和政治精英，把国家的资产和外国的捐款私有化，将之存放于瑞士银行，结果是内战不断、经济破产、成千上万人流离失所。

与全球化脱钩的后果甚至比剥削更为严重。世界体系理论、依附理论等在讨论全球化时，认为发达国家与发展中国家同处一个世界系统之中。这个世界体系分为中心外围结构，构成一个剥削链接。落后国家在这个系统中，处于被剥削的位置。激进的依附理论者认为，落后国家要想得到发展，就必须摆脱依附，也就是切断与中心地区的关系。而网络视野的全球化观点与此不同。卡斯特认为,在网络全球化之下,如果不能与全球化联系,就没有任何发展的机会。脱钩比剥削更为可怕。第四世界由于过于边缘化,甚至连剥削都不值得。第四世界与全球体系的逻辑毫无关系,这比被剥削更糟,因为剥削至少是一种社会关系,是一种相互依赖的需要。或者说,你需要我,所以你才剥削我。这与说"我不需要你"截然不同①。

第四世界在全球呈"豹斑"式分布,而那些大面积的断裂地区主要分布在一些落后的发展中国家。

撒哈拉以南的非洲国家是这种断裂和脱钩的典型地区。非洲是一个自然环境恶劣的多灾多难的大陆。沙漠、半沙漠占去了非洲大地的1/3,非洲一半以上的地区终年炎热。沙漠正午气温可高达摄氏50多度,植物贫乏、人烟稀少。生活在这样的酷热地带,人们为了最起码的生存都要付出沉重的代价。20世纪末期信息化、全球化资本主义的兴起,正巧与非洲经济的衰退、国家的分裂、社会的崩溃同时发生②。从全球发展角度,非洲聚集着全世界48个最不发达国家中的33个,其中全球最贫穷的10个国家都在非洲。从自身增长角度,非洲在20世纪60年代有过经济短暂兴旺,但70年代以后经济增长速度大为放慢,有的甚至出现负增长,大多数非洲人比他们在半个世纪之前的建立独立国家时更穷。非洲的社会景况也极其糟糕。非洲45%的居民生活在贫困线以下,撒哈拉以南非洲52%的居民每天生活费不足1美元。非洲广大民众的文化素质很低,成年人中的文盲占60%。此外,非洲还有

---

① 《虚拟世界哲学家:信息时代如何改变生活》,《北京青年报》,2002年3月11日。

② [美]曼纽尔·卡斯特:《千年终结》,社会科学文献出版社,2003,第92页。

2300 万艾滋病患者和病毒携带者濒临死亡,2 亿人口长期营养不良。撒哈拉以南的黑非洲已陷入第四世界,那里除了饥荒、战乱的消息外,几乎没有什么能引起外界的兴趣。

黑非洲在全球化中越来越边缘化。判断一个国家或地区是否被边缘化,目前使用的标准是它在全球经济中所占的数额大小。在过去的 20 多年中,当全球化在世界大部分成为趋势之时,非洲的贸易、投资、生产及消费,却出现了倒退的现象。20 世纪 90 年代,非洲各国人均国内生产总值是以负数增长的,结果是非洲在全球贸易额中的比重进一步下降。撒哈拉以南45 个国家共 5 亿人口,出口贸易量只有 500 万人的香港的一半。1950 年,非洲的出口占全球的 3% ,1990 年只有 1.1% 。1980 年全球有 3.1% 出口到非洲,1995 年只有 1.5% 。20 世纪 80 年代非洲接受了大量国际贷款,但非洲并没有因此实现工业化,反而使非洲外债高筑、经济每况愈下。1994 年外债就占国民生产总值的 78.7% ,实际上已经无法偿还。这种状况使投资非洲需要冒极大的风险,甚至是最大胆的投资家都举足不前。撒哈拉南部的非洲穷国们在上世纪最后十年中,除去流入这个地区的资金,他们反而要净付出 120 亿美元给发达国家。什么都没有了,发生饥荒就等发达国家救济,还有求发达国家免债务。非洲不断边缘化,贸易在减少,资本在撤离,正成为经济全球化中的荒漠地区。

黑非洲还被隔离在信息化之外。信息技术革命是当今世界发展的新一轮动力。发达国家以及一些发展中国家在这个新技术革命中激发了新的活力,享受着信息时代的新果实。而许多非洲国家从一开始就被排斥在信息技术革命之外。非洲整个大陆的电话拥有量还不及东京或纽约地区。非洲的电脑拥有数量极低,大量的穷困人口根本不了解其为何物。非洲现今使用的为数不多的电脑,有一半是他人捐助的过时设备,因此非洲被认为是快速科技更新所制造的大量过时设备的垃圾场。政府部门电脑多数是摆摆样式,处理例行公事,很少用来协助决策。许多非洲国家互联网基本是空白,离开了首都就无法上网。非洲不仅缺乏电脑设备,而且缺乏使用电脑所需的最低基础设施,乃至稳定的电力供应。在世界经济发展的低谷地区之上,非洲大陆又是全球数字鸿沟的低谷地区。卡斯特用"信息黑洞"比喻非洲。在这个信息时代加速发展之际,一些非洲地区却处在信息光芒中的死角。

第四世界集中于非洲,但不限于非洲,而是遍布发展中国家的各个角落。20 世纪末期全球化的加速发展之中,许多第二世界国家处境不妙。据世界银行对第三世界国家统计,80 年代 98 个国家中有 10 个平均 GDP 出现了负增长,占总数的 10.2%;90 年代形势更加严峻,102 个中有 35 个在 1990 至 1994 年间平均 GDP 出现了负增长,占总数的 34.3%。联合国发展组织以每天消费 1 美元作为极度贫穷的基准。20 世纪 90 年代中期全球有 13 亿人处在悲惨的境地之中,除了 2.15 亿在撒哈拉以南非洲国家,还有 5.5 亿在南亚,1.5 亿在拉美。在亚洲,孟加拉和尼泊尔都是最不发达国家。老挝、尼泊尔、不丹、孟加拉、缅甸、柬埔寨等国也被认为是亚洲信息化中的第四世界,这些国家的信息市场不值一提,几乎所有知名国际信息企业对它们都没有投入,或者说根本没有开发计划。即使是昔日比较风光的拉美,现在也处境不妙。拉丁美洲最近 20 年被认为是"失去的十年","又一个十年"。墨西哥 9300 万人的半数持续过着低于贫穷线的生活。最糟的情形发生在贫困的原住民部落,萨帕提斯塔是墨西哥 31 省中最贫穷的原住民地区,那里营养不良的人民达到 85%,也正是那里掀起了少数民族武装斗争。詹姆斯·彼得拉斯指出,阿根廷从 1992 年到 1997 年执行了美国等自由主义经济专家开出的所谓正宗药方,最终从世界银行等盛赞的第三世界样板国家变成"贱民国家"、"麻风国家"，阿根廷正在沿着下坡路走向第四世界①。

即使是西方发达国家也有第四世界的"豹斑"。卡斯特严酷地指出，我们生活在第一世界，而对门的邻居可能就身陷第四世界。在信息化资本主义中，被视为无价值且无政治利益的地区，财富和信息的流通跳过这些地区而绕行，而不论这些地区是发达国家还是发展中国家，所不同的只是发达国家人数比例较小而已。如果说在某些最边缘化国家他们是多数，在某些中等发达国家是少数，那么在一些最发达国家也有一定量的存在。在南非，居民中一些白人的文化与生活水平几乎是属于第一世界，相当一部分城市黑人属于现代工业化中的第三世界，而农村非洲人与非洲第四世界的同类人没有太多的不同。二战后法国是个工业发达的国家，然而在繁华的巴黎近郊就有赤贫存在。也就在这里，约瑟·赫忍斯基神父创立了"第四世界运动"。在美国加州的帕罗尔多，那里是斯坦福大学的所在地，是作为全球信息化标志的硅谷的核心地区。那里聚集着一批相当富有的生活在全球网络社会中的知识精英，但仅隔一条高速公路的东帕罗尔多是南美人聚居的拉丁区，生活处境完全不同，高失业率、高犯罪率、经济贫困，这个地区就完全处在全球网络之外。在西方发达国家，美国内城少数民族贫民区、西班牙充满大量年轻失业者的异类生活区、像货物一般被堆放在法国郊区的北非人、日本的寄场地区等等，都是第四世界的表现形式②。在当今全球化和信息化的资本主义中福利国家政策瓦解、社会排斥增强之时，第四世界的数量有扩大的趋势。

发达国家内第四世界的形成与全球化的大势和社会排斥造成

---

① 《西方眼中的样板变成第三世界的灾难》，西班牙《起义报》，2002年5月15日。

② ［美］曼纽尔·卡斯特：《千年终结》，社会科学文献出版社，2003，第189页。

的社会断裂相关。在经济全球化中,发达国家出现了产业转移和福利缩减的趋势。资本为了获得更高的利润,将产业转移到劳动力相对成本更低的地方。这使得一些发达国家的地区传统产业出现凋零,失业率提高。而在新自由主义影响之下,各国都在缩减福利开支,使得社会中弱势群体处境更为艰难。除此之外,一些国家社会政策中或明或暗地包含着社会排斥,即社会中某些人被全部或部分地隔离在各种社会、经济、政治和文化系统之外。比如,西方社会中某些人被剥夺成为劳工的权力,某些阶层被永久排除在正规就业市场之外。社会排斥切断一些人与社会的有价值的联结,造成了社会断裂现象,形成了与主流社会脱钩的第四世界。

巴黎 2005 年出现骚乱的郊区,就是非洲移民聚居地。那里居住的多是 20 世纪 60 年代后进入法国的非洲劳工。他们许多人后来取得了法国籍,住进政府修建的廉租房,并在那里生儿育女。但他们经济地位低下,子女受教育程度较低,在就业市场上处于劣势,失业率达到 25%。这些社区内成长的年轻人相对封闭,存在不同程度的融入社会困难。这些社区年久失修、人口密集、犯罪高发,一直是令人生畏的敏感社区。在遇到风吹草动之时,容易产生社会骚乱。法国的巴黎骚乱事件,就出现了第四世界的影了。长期以来他们一直提出要求解决他们有稳定的工作、像样的住房、改善教育等问题,使他们能有平等的机会和更好一些的生活条件。但是法国城市和地区当局对这些要求熟视无睹。西方媒体对巴黎骚乱的报道,只是突出青年们在反叛中普遍发生的暴力事件,他们不接受对他们的工作、教育、外国人的融入等问题的解决办法等。一些报纸用新的城市恐怖主义的形式、群众的恐怖主义等说法来报道这些暴力事件,将这种愤怒和抗议活动妖魔化。在电视节目中渲染他们与警察的对立,把它说成是他们对制度和社会不公正不满表现出来的唯一的方式。

发达国家的第四世界多数分布在大都市地区。西方的大都会,一方面是全球化网络的重要节点,与全球其他节点相互联结。另一方面,大都会内部却出现断裂。最典型的是美国的内城区域。城市内少数民族聚居的贫民区是一种社会排斥系统。黑人贫民区、拉美贫民区等,浓缩了美国在信息时代最为严重的社会不平等、歧视、人间惨剧和社会危机①。在这些地方居住的人,大都因经济转型处于长期失业的状态,出现大量的单亲家庭及高犯罪率。他们缺乏技能无法找到工作,还遭受疾病袭扰,容易染上吸毒酗酒恶习。其中黑人的境况最为严重。二战期间美国的农业机械化,大批黑人入城。他们聚居在市区中间地带,那是中产阶级郊区化后所空置出来的地方。美国战后的新建都市在郊区,政府住宅政策也倾向于郊区,加速中上阶层逃弃内城的过程,包括一些黑人精英也搬出内城。城市新增加的制造业和服务业都在郊区,与内城人们不相干。内城低技术职业的萎缩,黑人工作更加困难。黑人家庭最易破碎,美国单亲儿童中57%是黑人,而黑人人口只占15%,31%的黑人小孩从未有过婚姻家庭。黑人的成年男性被排斥在福利国家政策之外,他们很容易陷入各种形式的流行于社区的非正式的犯罪经济之中。卡斯特无奈地写道,美国内城的贫民区,特别是黑人贫民区,可以说已经成为人间地狱了②。

## 五、另类全球化

另类全球化之所以称之全球化,也是一种全球联结。诸如,犯

---

① [美]曼纽尔·卡斯特:《千年终结》,社会科学文献出版社,2003,第156页。

② [美]曼纽尔·卡斯特:《千年终结》,社会科学文献出版社,2003,第165页。

罪全球化、黑社会全球化、走私全球化、毒品全球化等等。另类全球化的另类,一是价值另类。经济全球化是依照市场规则谋取经济利益。这些另类全球化也是通过市场谋取利益,但是这些市场和利益往往是现行的各国和国际的法律或道义所不容的,是一种不合法的利益或追求。比如毒品,有巨大的需求市场,但是没有国家公开合法地承认这种需求,并在法律上保护这种市场。现今的黑手党看起来像一个合法的企业,他们雇佣律师、计算机和经济界的专家打理事务。但他们进行的却是非法的交易,从毒品交易到金融诈骗,从移植心脏到核原料走私,各种非法交易无所不做。二是运行另类。经济全球化都是公开的甚至大张旗鼓的运作,另类全球化则是秘密的、隐蔽的联结。一些犯罪集团犹如跨国公司,从组织策划、人员分配,到工具制造和具体实施,都表现出严密的组织性、纪律性及国际性分工趋势。全球犯罪集团在组织机制上主要采取网络化的形式,不仅同一犯罪集团试图组织跨国活动网络,而且各色各样的犯罪集团也进行横向合作。例如,意大利黑手党、俄国的帮派、哥伦比亚的贩毒集团和其他国家的黑社会有逐渐组成跨国籍、跨种族联盟的趋势。虽然它们是全球行动,但它们的商品或者信息流转往往是秘密的和非法的,或者夹杂在合法的商品信息流之中,如金枪鱼船可被用来运毒品而逃过检查,或者干脆采用非法的途径,如一些拉美贩毒集团拥有自己的运输工具和准军事武装。

经济全球化为另类全球化提供了有利的土壤。全球犯罪组织深深根植于民族国家的、区域的与种族的组织团体,其中多数拥有他们悠久的历史、特殊的文化渊源和荣誉规范。这些组织历来都有跨境活动。早在20世纪30年代,美国的意大利黑手党成员就到日本神户和中国上海从事毒品交易。然而,过去20年中跨国运作的犯罪组织越来越多,利用的是经济全球化和最新通信和交通技术等有利条件。全球化中各国为了促进贸易增长和经济发展，都不同程度减少了国际监管、贸易壁垒与投资障碍。这些措施有力地推动了经济全球化，但也对犯罪活动的扩张提供了有利条件。客观上，全球人员、资金、物资流动的增加，为犯罪组织在人、财、物方面的流动提供了绝好的掩护。比如，船运货物集装箱被检查的比例非常低，这为毒品、武器、假冒品的流动提供了便利。犯罪团伙利用监管的大幅减少，利用边境控制的松懈，利用更自由的往来，扩大其跨境活动，向世界其他区域渗透。主观上，跨国犯罪集团为占领市场、保持活动和不被发现而变得全球化。跨国公司在世界各地建立分公司是为了利用劳工及原材料市场的好处。犯罪组织的非法生意也是如此。犯罪组织利用全球化降低了运作风险和增加利润。犯罪组织一方面把管理和生产部门的基地设在风险较低的地区。在法制不彰、执法不力的国家建立活动基地，他们可以利用这些国家法律体系的漏洞，并对当地政权具有相对的控制力，即使出事也无法引渡他们。另一方面，他们以富裕的和需求旺盛的市场为目标，追求更高的价格和利润。

通讯和交通技术的进步为另类全球化提供了有力的工具。信息技术的发展加速了经济全球化的进程。虽然全球化并不全是科技所致，但是若没有电脑、微处理器和通讯卫星，全球化就不可能实现。信息技术和国际航空也方便了国际犯罪活动。新的通信技术特别是移动电话和电脑网络，使犯罪组织可以通过远程方式控制各种非法运输及交易。哥伦比亚的毒品走私犯运用加密的电子通讯手段来策划和完成交易。"9·11"事件的恐怖分子就是利用公共电脑发送信息和购买机票。犯罪组织还利用尖端通讯技术和先进的交通设备与侦破机关相对抗。信息技术对洗钱犯罪更是推波助澜。洗钱的关键的是金融市场的全球化，以及轻易于数秒之间完成程序的电子转帐能力。交易的多变和快速，使得资金的来源极难被侦察到。随着金融全球化的推进,金融业务电子化、信息化的实现,为巨额资金在世界范围内迅速流动创造了更优越的条件。洗钱犯罪分子可以利用电子网络划拨巨额非法资金,即使是在一国境内也可以实现犯罪收益在国际间的清洗。比之传统货币,电子货币对洗钱犯罪更有诱惑。传统货币面值有限,携带大量传统货币通过海关出境非常困难,货币的运送、证实和计算都需要花费时间,远距离传送难以保证安全。电子货币甚至只需要一张卡,便于远距离快速转移,可以与世界上任何地方的人进行即时交易,并且有很强的匿名性。电子加密技术增强了电子货币的隐秘性。利用电子货币、网上银行、网上赌博、网上证券、网上保险等,成为洗钱的新渠道。

另类全球化主要指全球犯罪,卡斯特在《千年终结》中这样描述了全球化犯罪的发展趋势:在全球资本主义的边缘,全球犯罪的新集体已经出现。他们利用苏联崩溃之后世界的失序状态,操纵被正式经济排除了的人口和地域,并使用全球网络为工具,其犯罪活动扩及全球,彼此相连,并构建出一个正在浮现的全球犯罪经济,渗透金融市场、贸易、企业与所有社会的政治系统。

国际犯罪所涉及的领域众多,包括偷运违法物品,像药物、武器、核物质、非法移民、妇女和小孩、身体器官,提供非法服务,像协议杀人、勒索、敲诈和绑架。最近几十年,各种形式的全球犯罪都有所增加,其中最显见的是毒品、偷渡和洗钱。第一,毒品。毒品交易利用全球化牟取了巨大的利润。全球化物品和人员的更为自由地流通,滋长了毒品的蔓延。尤其是20世纪末期一些国家的战乱和混乱,一些国家政府的软弱和被操纵,国际上形成了几个毒品生产和加工中心,毒品输送的路线更多更复杂,毒品消费市场更为旺盛。许多国家毒品犯罪滋长蔓延,贩毒犯罪集团化、职业化趋势日益明显,形成了"产、供、销一条龙"的复杂全球体系。第二,偷渡。非法运输商品出入国界是走私,非法运输人员出入国界则是偷渡。全球化中依然有大量的走私。这种走私主要不是逃避关税,而是运输违禁物品。这种物品不仅是珍贵稀有动植物,也包括武器。而最新的是将组织人员偷渡作为牟利的新领域。经济全球化吸引着劳动力的全球流动,不同发展时期的不同类型国家对劳动力需求的差异,各国对非法移民者的政策的差异,战争所引发的动荡问题,各种因素都刺激着偷渡的扩张。幕征全球的国际人口偷渡网络随之而起,从事大规模的非法移民业务。根据国际移民组织估计,目前全世界每年约有 1.5 亿移民,其中就有超过 3000 万属于非法移民。这之中有相当比例是偷渡出境,尤其是从落后国家流向发达国家。第三,洗钱。洗钱通俗地说就是将黑钱变白。黑钱包括贩毒、走私、贩卖军火、诈骗、盗窃、抢劫、贪污、偷税漏税等犯罪所产生的收入。这些犯罪活动所获得的黑钱,通过银行金融机构等操作转移,使人无法看出其非法来源,从而可以堂而皇之地公开使用。当今国际有组织犯罪日益猖獗,产生了巨额的非法收益。他们为了逃避司法机关的制裁,采取各种方法对犯罪收益进行清洗,使其合法化。金融全球化和电子交易为洗钱提供了新途径。比如黑手党,以往的黑钱多是投资到房地产和商品中,而今相当部分通过金融网络实现转移。他们将非法所得的现金存入银行,然后通过一系列复杂而繁琐的交易,如银行转账、现金与证券的交易、跨国资金的转移等,从而掩盖金钱的真实来源,在其合法化后再实现资金的回流。

需要指出的是,现今国际犯罪组织如同市场中的跨国公司一样,什么领域赚钱就从事什么活动。一些组织并不固定扼守一种犯罪活动。比如,由于毒品市场的竞争越来越激烈,国际执法力度不断加强,竞争的加剧和风险的加大,使得毒品走私的相对利润下降,一些犯罪集团进而转向其他形式的犯罪活动。偷渡就是一个发展很快的新领域,利润丰厚的程度已可与走私毒品相提并论,甚至更高。以前从事其他国际犯罪的一些组织,也加入到偷渡非法移民的活动之中。总之,犯罪组织的活动地点无所不在,业务范围无所不包,哪里有高额的非法利润,哪里就有犯罪组织的身影。其他的诸如濒临灭绝物种的非法贸易,危险废弃物的非法交易,盗窃艺术品及古董的交易等等,都有明显上升的趋势。

由于犯罪组织的性质和隐蔽性,犯罪交易的数额究竟多大,并没有确信的统计。联合国毒品与犯罪监督小组拉美地区负责人曾在一次研讨会上说,世界各国每年的犯罪交易金额相当于全球国民生产总值的5%左右。除了贪污和贿赂每年10000亿美元,全球毒品走私额在3000亿至4000亿美元之间,非法武器贸易额与之旗鼓相当,走私、盗窃、贩卖人口等其他犯罪形式瓜分了剩余的有组织犯罪交易金额。联合国2002年公布的一组统计数据表明,全世界每年约有1万亿至3万亿美元的不明资金,通过洗钱方式获得合法身份。这股资金相当于全球国民生产总值的2%—5%。据亚太组织一位研究洗黑钱问题的资深官员说,每年至少有2000亿美元黑钱通过亚太地区的银行系统转移。有经济学家估计,在欧元区大约有5000亿欧元黑钱充斥市场,其产值相当于区域内国民生产总值的16%。这相当于西班牙一年的国民生产总值。

国际犯罪组织呈现网络结构。20世纪全球犯罪的成功与扩张的关键在于其组织的弹性与变通,网络化联结是他们的操作方式。第一,组织内部的网络化。犯罪分子不再像传统的西西里黑手党和日本黑道那样是等级森严的组织。传统的国际犯罪组织利用新的通讯技术和国际条件,建立了全球网络。犯罪组织发展国际网络,将其活动、计划、后勤分散到世界各大洲。第二,组织之间的网络化。当今犯罪集团还相互合作,实现网状结合,犹如网络式企业组织。卡斯特指出,意大利的黑手党、哥伦比亚的贩毒集团、俄罗斯的黑帮、日本的黑道、华人的三合会,无数的区域的犯罪团体,已经借助全球化和各种网络凑聚在一起。多元文化之间的合作,成为国际犯罪的最新趋势。英语是全球犯罪集团成员联结起来最新的世界语言。犯罪组织之间可以直接合作,也可能通过各自的协助关系联系。全球已经产生了一个相当规模的为各种各样跨境犯罪提供服务的产业,其中包括提供假文件、洗钱,甚至还有高级专业人员为犯罪分子与恐怖分子提供法律、金融以及会计服务。例如,在洛杉矶市,那个为"9·11"劫机者提供签证文件的语言学校,同时也为一个大型人口走私集团的妓女提供了签证文件。反过来,这个走私集团从事的身份盗窃活动,可以为恐怖活动提供便利。第三,组织之外的复杂联络。犯罪组织的活动并不总是躲在地下经济中,而是也与合法的经济体系交织在一起。位于华盛顿市的里格斯银行,其顾客曾包括美国历任总统以及诸多国际社会的外交官,但它也受到为非洲独裁者洗钱和协助恐怖分子转移资金的指控。更为严重的是,许多国际犯罪还与腐败密切关联。腐败不但需要洗钱,有时还保护洗钱。西方国家政治选举的高昂竞选费用中,有一部分来自非法洗钱所得。而在毒品泛滥的一些国家,腐败正向警察、海关、军队、司法、政界和政治部门蔓延。

全球化中的国际犯罪治理难度很大。第一,技术上的问题。全球犯罪的组织程度日渐严密、犯罪手段日益狡猾、犯罪能力不断提高。网络化是一种富有弹性和复杂的组织,生存能力、自组织能力和抗打击能力都很强。政府组织上的僵硬性,法律上的规范性,都难以对付网络化的犯罪组织。国际犯罪组织还利用尖端通讯技术和先进的交通设备,增强了隐藏能力和对抗能力。比如,犯罪分子利用网上赌场进行洗钱活动。由于网上赌博的记录是以软件形式保存在赌博网络中的,或根本不存在任何记录,而这些赌博网站分散在世界各地,这样就使得跟踪有嫌疑的交易和收集有关证据

变得更加错综复杂。第二,体制上的问题。经济全球化的体制上
漏洞很多。比如洗钱问题,全球一体化金融市场,给监管带来极大
难度。产生许多无序的金融活动和金融资源的过度开发,形成许
多监控的盲点和误区,给国际犯罪诸多可乘之机。洗钱分子经常
利用各国法律规定的不一致,以及某些国家反洗钱法律制度的不
健全,进行跨境洗钱活动。比如,离岸金融中心维尔京群岛,允许
外国企业在本地设立离岸公司,并提供极为优惠的政策,没有外汇
管制,保密程度高,资金转移不受任何限制,所以也成为国际洗钱
活动最猖獗的地方。与维尔京齐名的还有百慕大、开曼群岛以及
南太平洋岛国萨摩亚以及中美洲的伯利兹等。还有瑞士银行业长
期奉行的银行保密制度,也为犯罪分子的洗钱活动提供了合法
外衣。

犯罪的全球化困扰着当今社会。要有效解决这些问题,需要
各国自身的努力,也需要国际社会进一步加强合作。一是国际组
织和公约。迄今已有147个国家签署《联合国打击跨国有组织犯
罪公约》。该公约确立了通过促进国际合作,更加有效地预防和
打击跨国有组织犯罪的宗旨,为各国开展打击跨国有组织犯罪的
合作提供了法律基础。根据联合国大会的决议,联合国犯罪预防
和罪犯待遇大会将每五年举行一次,从而为交换政策、推进对犯罪
的打击提供一个论坛。联合国还成立了地区间犯罪和司法研究机
构,研究的目标在于犯罪预防、如何对待罪犯,并通过研究和情报
的分享,致力于犯罪预防和控制方面政策的改进。二是各国之间
的合作。国际合作规模大,组织成本高,不容易达成协议。各国之
间可以根据双边或多边的需要,灵活进行有效合作。比如,欧盟各
国在控制跨国犯罪的过程中初步形成了独具特色的法律机制,将
国际刑事司法协助的传统模式、控制模式与通过控制洗钱来控制
犯罪的现代模式有机结合起来,构建国家之间的双边协定,通过双

边合作行动控制跨国犯罪。

　　治理国际犯罪还需要关注社会发展,必须改善和逐步根除全球犯罪赖以产生的社会、政治与经济环境。尤其是解决全球经济发展不平衡等问题。一些国际犯罪活动带有贫富差距的背景。贫穷国家的非法活动主要是为了满足富有国家的需要。对于发展中国家的许多人来说,就业机会与谋生手段极其重要。例如阿富汗和拉丁美洲的一些农民,甚至还不得不依赖种植毒品养家糊口。一些穷国的人们偷渡到发达国家,也是企图改善生存环境。如果国家之间的贫富悬殊依旧,就很难根绝有人为钱铤而走险。

# 第 五 章

# 霸权与恐怖的两极

冷战结束后国际格局发生了很大的变化。最突出的就是苏联瓦解之后,美国霸权一枝独秀。至于各种国际政治力量的具体变迁,有关专业书刊载有大量的论述,本章不做详细的探讨。这里只集中于既相关又相对的两个问题,一是信息时代美国兴起的软霸权,另一是信息时代的网络恐怖主义。

## 一、美国的软霸权

哈佛大学肯尼迪学院前院长小约瑟夫·奈是软力量理论的倡导人,写过多篇有影响的关于软力量的文章,中国东方出版社还出版了他的中文版著作《软力量》。奈认为力量(Power)包括硬力量(Hard Power)和软力量(Soft Power),前者主要指军事力量、经济力量等,后者主要指制度、文化的吸引力和影响力等。依照这个逻辑延展,建立于力量基础之上的霸权,也可以分为硬霸权和软霸权。如果说硬霸权主要指依靠军事和经济的霸权,那么软霸权则是依赖制度、文化的霸权。的确,当今以美国为代表的西方霸权,除了实施军事打击和经济制裁之外,也广泛地并且越来越多地运用各种形式的软霸权。

软霸权是来自于软力量的霸权,主要包括制度、文化和科技等几个方面。所谓制度霸权,指的是以西方发达国家尤其是美国的制度,作为评判其他国家制度对错和优劣的标准,对不同于西方的其他制度,轻则指手画脚,重则制裁遏止,甚至欲除之而后快。所谓文化霸权,也称文化帝国主义,指的是来自发达国家的文化以价值观和时尚商品等方式流向发展中国家,发展中国家的民族文化在不同程度上受到西方文化的侵害和支配。所谓科技霸权,指的是美国等发达国家,利用科技发展优势,垄断产业核心技术,遏止技术扩散,获取超额利润,从而巩固这些国家和他们的跨国公司在世界经济中的主导地位。科技本来也可以包括在硬力量的范畴之内,但其中的一些因素具有软力量的特性,因此在本文中从广义的软力量上将之涵盖进来。软霸权包括以上这些主要方面,当然也还有其他形形色色的形式,而且其形式也会不断翻新。软霸权的这几个方面相互紧密联系。比如,自由民主和市场经济,既是一种制度,也是西方的主流意识形态,并融化到所有文化产品之中。科技知识在某种意义上属于文化的范畴,而运用最新科技进行文化渗透屡见不鲜。西方的软霸权实质上是以西方社会的一切为标准,评判国际其他社会的一切。它们都是依照西方的利益进行取舍,从而总体上维护西方的特殊利益。

西方的这些软霸权与硬霸权相互配合,构成复杂的霸权体系。软霸权和硬霸权两者相互关联、协调和互补。应该指出,软霸权是建立在硬霸权的基础之上。国际社会的理想是,所有国家不分大小贫富平等相处。但现实世界却还盛行着实力主义,强权政治屡见不鲜。谁的腰杆硬、拳头大,谁的声音就大,说话就算数。美国霸权主义具有两手,一手是硬霸权,另一手是软霸权。根据不同的形势,交替和配合使用两种手段,软硬兼施,胡萝卜加大棒,以达到最佳的效果。在冷战结束之后的国际格局中,美国给人突出的印象是挥舞大棒,飞机、航母、导弹是咄咄逼人的硬霸权。但不可忽视的是,软霸权也是美国霸权主义的重要表现形式,并且地位呈现上升趋势。

历史上的霸权都包含软霸权的一面,但当代霸权的构成中软霸权的权重明显上升。冷战结束后,军事、经济等依然是霸权力量的基础和核心,但是软力量的地位在上升。美国未来学家托夫勒曾指出,权力是由暴力、财富和知识组成的。前两者是过去时代的权力基础,而现在知识则是一种爆炸性的新力量。1996 年约瑟夫·奈等在美国《外交》上发表了《美国的信息优势》一文,认为在信息时代,知识就是权力,这一点比过去任何时候都更加明显。曾担任美国总统国家安全事务助理的布热津斯基在《大棋局》一书中甚至认为,美国争夺欧亚大陆的结果最终将由非军事手段决定,政治上的生命力、意识形态上的灵活性、经济上的活力和文化上的吸引力,变成了决定性因素。这些著名学者、未来学家、政治家的判断,虽然都是一面之词,也受到相当的争议,不能当做金科玉律,但其中的前瞻性还是具有启发性和需要加以重视的。

冷战结束后的美国霸权总体上是软硬兼施。基本特征是能用软力量就尽量使用软力量;即使在一些明目张胆地使用硬力量的过程中,也试图借用或披上软力量的外衣。比如入侵某一个国家、干涉某一国内政,总是借助国际或地区组织,打着民主、人权的堂皇旗号。冷战结束后美国加紧监督执行或组建、参与国际机制,如核不扩散条约、全面禁止核试验条约、导弹技术控制协议、知识产权协定、西方七国首脑会议、北美自由贸易区、亚太经济合作组织、世界贸易组织等等,并在其中获得了某种主导权。美国利用这些组织,对全球进行常规的软控制。对作为最重要的全球性组织的联合国,由于美国已无法完全操纵,于是它采用两手策略。一方面,在就某一问题,大国间可以达成一致时就利用联合国,如在第一次攻打伊拉克,以及攻打阿富汗,都是通过联合国安理会投票而

201

获得授权的,以某种"合法"的方式入侵。另一方面,当美国与其他大国在一些重大的问题上无法达成一致时,就试图绕开联合国。如美国对科索沃的空袭,考虑到在联合国安理会可能遇到的障碍,就以北约的名义进行。而第二次攻打伊拉克,由于反对声音很高,美国就干脆绕开联合国,拉拢一些盟国悍然出兵。

软霸权的地位提升和凸显,与冷战的结束和信息时代的来临密切相关。在冷战中,军事霸权处于突出的地位。军事竞赛成为美苏之间对峙的主要领域。其他各种霸权多是处在这种霸权的阴影之中,或为这种霸权服务。冷战结束后经济全球化进程的加快,世界各国之间的联系更加密切,也更为复杂。这种形势不利于使用赤裸裸的硬力量,却为使用隐蔽的软力量提供了更多的机会。比如经济全球化中各国之间你中有我,如果为了某些利益的冲突,就明火执仗地使用硬力量,往往造成国家之间的剧烈反应,也会一定程度伤害到自己。对于实力接近的国家或者具有战略性武器的国家之间,军事之类的硬力量使用更是需要慎之又慎,三思而行。

21世纪来临之际,信息技术正在改变我们的世界。某种程度上,信息已经成了比黄金、货币或土地更灵活的无形权力基础,决定着世界发展的方向。信息时代的来临为软霸权的使用提供了有利的条件。第一,信息时代的来临促使科技霸权兴起。经济全球化使得国家之间的竞争更加直接和激烈。这个竞争是全方位的,最根本的是综合国力的竞争。综合国力的关键是经济发展,而在科学技术是第一生产力的时代,毫无疑问落脚点又在科技上。谁在科技创新方面占据优势,谁就能够在发展上掌握主动,就能在国际竞争中处于有利的地位。美国具有科技霸权的资本。当今美国除了超强的军事实力和经济实力之外,还在许多战略性、关键性的高技术领域,如空间技术、生物技术、信息技术、军事技术等方面,都居于领先地位。在最关键的信息和通信技术领域,美国至少领先欧洲5年,领先日本10年。这种情况使得信息技术成为软霸权的重要工具。第二,信息时代的制度和文化霸权更有国际渗透力。软力量自身有很强的扩张力,而信息革命更使软力量能够容易地跨越地域疆界的限制,给其他国家的生活方式和行为准则带来难以估量的影响。信息技术既是文化生产的重要工具,也是文化传播的重要工具。信息技术开辟了文化传播和文化交流的新时代,但也为文化霸权主义打开了方便之门。美国等西方强大的跨国媒体,控制着全球信息传播体系,用以制造和流通新闻和娱乐产品,鼓吹西方的制度、组织机构和主流价值观,并使其合法化。西方凭借信息传媒网络建立新的话语霸权,使带有西方色彩、有利于西方的信息在世界范围内肆意传播。

托夫勒在《权力的转移》中说,未来的世界政治的魔力将控制在拥有信息强权的人手里,他们会使用手中掌握的网络控制权、信息发布权,利用英语这种强大的文化语言优势,达到暴力和金钱无法征服的目的。在国际上,话语权与支配全球化的经济权、政治权、教育权、文化控制权等是密不可分的。当今世界的现实情况是,综合实力强大的国家掌握着更多的话语权。美国是唯一的超级强国,因具有相当强大的软硬实力,在许多方面已经占据了话语霸权的地位。就语言而论,英语在世界语言中占主导地位。现在英语成为国际政治、科学、计算机、航空、旅游、国际贸易、大众音乐等方面的公共语言。美国新闻操控了和影响着世界舆论。美国有线电视新闻中心(CNN)成为独家全球性的新闻电视节目;当今世界四大通讯社——美联社、合众国际社、路透社和法新社中,美国独占前二家;《纽约时报》、《时代周刊》、《新闻周刊》等报刊成为国际性报刊;美国之音的广播在世界绝大部分地区可以收听到。

美国运用这种话语霸权传播和渗透着它们的价值观。比如它们把共产党叫做"专制主义"、"暴力"、"希特勒",把资本主义叫做"民主"、"自由世界",把西方特别是美国当局叫做"国际社会",把西方特别是美国几家大媒体叫做"国际舆论",把侵略别国叫做"解放"、"拯救"、"维和"、"人道主义干预",把经济渗透和控制叫做"援助",把阻碍人民掌握和利用科技叫做"维护知识产权",把他们在全球攫取利润导致的收入分配两极分化叫做"效率优先",把只许压迫、不许反抗叫做"稳定",把不平等贸易叫做"自由贸易",把取消别国主权、剥夺人民权利和起码的生活保障叫做"改革"和"转轨",把强加新殖民主义甚至干脆就是旧殖民主义枷锁叫做"接轨"或"融入"国际家庭等。它们的这些铺天盖地的话语,在全球形成了很大的影响,误导和干扰了人们正确地评判世界。

爱德华·萨义德在《文化帝国主义》中揭露了美国文化霸权的行径。当今美国控制世界有两个突出特点。一方面,把自己的所作作为解释为对"全球的责任"。美国是当然的世界领袖,各种言行都是基于世界利益考虑,都是合法的。美国千方百计树立自己的正面形象,诸如民主自由、正直善良、社会进步,被吹捧为美国的标识。另一方面,就是将对手污名化。萨义德指出,美国进行针对阿拉伯和伊斯兰的文化战争,将它们刻画成恐怖主义,把整个阿拉伯世界描绘为巨大的贫民窟,把阿拉伯人描绘成萨达姆式样的变种。这种抬高自己、贬低别人的策略影响了世界。美国之所以能达到这样的效果,在于其掌握了世界最重要的传媒和话语权,尤其是当代的以信息技术支撑的新媒体。

软霸权突出表现在制度霸权、文化霸权和科技霸权上。在制度霸权方面,冷战结束后美国的胜利和苏联的解体,使得美国的民主法治、个人自由、市场经济等成为当今世界各国纷纷效仿的对象。美国昔日的对手苏联和东欧国家都选择了美国式的制度。亚洲重要国家日本、韩国直接效仿美国的制度。美洲除古巴外的绝大多数国家都仿效美国。即使在非洲撒哈拉以南的 48 个国家中，有 40 多个进行了多党制选举。如果说美元已经是准世界货币，那么美国式民主似乎是世界政治上的美元，似乎到处通用。正是在这种背景之下，美国右翼学者弗朗西斯·福山抛出了轰动一时的《历史的终结》。福山回眸 20 世纪的政治社会变迁，断定在苏联剧变和冷战结束之后，历史终结于以美国为代表的西方自由民主和市场经济制度。这实际上是美国制度霸权的最简要表述。

在政治方面，他们在全球推行西式民主。在美国各届总统的就职演说、国情咨文和国家安全战略报告等正式的文件中，自由、民主、人权都是使用频率最高的词汇。二战以后，为了维护新的国际秩序，美国利用自己的优势对原来的一些发达国家进行了按照自己意愿的民主改造。德国和日本在美国的强制改造下，接受了与美国大致相同的价值观和政治体制，其余的国家也相应完成改制。冷战结束后，美国更是把推广西方民主作为对外政策的关键选项之一。美国从克林顿到小布什的几届政府，都竭尽全力输出美国的民主。他们以西方模式做标准，凡是不相符合的国家，就扣上集权、专制的帽子，列入世界的另类，试图进行打击、孤立、制裁、渗透等等。2006 年年末，美国普林斯顿大学主持的国家安全项目，集合美国民主和共和两党以及政商、学界 400 多人，经过两年半研究完成了《铸造法治之下的自由安全：21 世纪美国国家安全战略》的报告①。报告提出要发展所谓的全球性"民主国家协约"，即把世界上采纳自由民主政治制度的国家集合一起，加强它们之间的安全合作。美国应促使世界各国政府达到 PAR 标准的

---

　① *Final Report of the Princeton Project on National Security* . Forging A World Of Liberty Under Law: U. S. National Security In The 21st Century. http://www.wws. princeton. edu/ppns/report/FinalReport. pdf

建议。PAR 是英文 Popular（有民意基础）、Accountable（对公民负责）和 Rights－Regarding（尊重人权）的英文缩写。看到这个报告的"协约"二字，不禁使人浮想联翩。这个报告具有浓重的民主霸权气氛。

在这种民主霸权高压之下，亚非拉许多国家都卷入了西方式的多党民主潮流。美国还在对外的军事行动中披上民主、人权的外衣，凡是它们要攻打的对象，都被按上"专制"、"独裁"的帽子。它们轰炸南斯拉夫的科索沃，是因为那里"专制"、"不讲人权"；它们攻打伊拉克，是要推翻萨达姆"独裁统治"。美国入侵并控制伊拉克，当然是为了那里的战略石油资源。除此之外，美国也是试图在中东阿拉伯和伊斯兰世界树立所谓的"民主样板"，进而改变这个地区的政治地图。

早在冷战结束之后不久，萨缪尔·亨廷顿就提出了著名的"文明的冲突"理论，认为世界的冲突主要在几个主要文明之间，即西方的基督教文明、东方儒教文明和中东的伊斯兰文明之间。冷战后的国际政治斗争乃至国际恐怖主义，在一定程度上反应了这种现象。美国要霸权世界，中东国家是一大障碍。对于这个障碍，美国除了诉诸武力的硬力量，也企图用西式民主对这些国家进行彻底改造。也就是说，对中东阿拉伯国家，美国既要攻城，还要攻心。

联合国阿拉伯国家管理计划的地区协调人阿德拉提夫说，没有任何一个阿拉伯国家拥有民主政府。民主还没有来到这个地区，因为事实上在阿拉伯联盟的 22 个成员国里，找不出任何一个成员国是民主国家。美国占领伊拉克后进行选举，布什政府就曾表示，一旦新的自由选举确立伊拉克领导层，就会对其他阿拉伯国家政府形成很大的压力，促使它们民主化。纽约时报著名的专栏作家托马斯·弗里德曼，也就是《世界是平的》一书作者，他说一个民主的伊拉克将成为阿拉伯世界里的独特国家,可以作为中东地区其他阿拉伯国家的榜样。阿拉伯世界急需一个活生生的榜样,能够为这个地区逐渐民主化和现代化产生压力。美国在伊拉克的"民主"举措,有着很深的政治战略企图。

在经济方面,他们在全球推行新自由主义。克里斯托弗·芬利森、托马斯·李森等人联合撰写的文章《看不见的手:新古典经济学与社会秩序》,考察了新自由主义经济学的基本观点和兴起过程,认为其已经成为一种权力技术,广泛地渗透到各门学科,取得了一种意识形态霸权地位,从而在构建全球化时代的社会组织和政治组织中发挥了巨大作用①。美国倡导新自由主义的根本原因是它在资本、技术、市场、军事等所有方面都拥有压倒性优势,基于市场准则的自由体制有利于其资本向全球扩张,牟取巨额利润。经济全球化的重要国际组织,如世界贸易组织、国际货币基金组织、世界银行都以西方为背景,不同程度将新自由主义原则制度化。

在美国和国际组织的强势压迫和引诱之下,不少国家尤其是拉美国家实行了新自由主义的经济政策,金融转向自由化,社会福利开支削减,关键企业私营化等。1990 年由美国国际经济研究所出面,在华盛顿召开了一个讨论 80 年代中后期以来拉美经济调整和改革的研讨会。在拉美国家已经采用和将要采用的十个政策工具方面,与会者在一定程度上达成了共识。由于国际机构的总部和美国财政部都在华盛顿,加之会议在华盛顿召开,所以这一共识被称做"华盛顿共识"。其主要内容包括严格财政纪律、谨慎的公共开支、税收改革、开放进口和投资、金融市场化、国营部门私有化

① [美]克里斯托弗·芬利森:《新自由主义经济学的意识形态霸权》,《国外理论动态》(北京),2006 年第 10 期。

207

等等。这个共识由前世界银行经济学家约翰·威廉姆森提出,总结了以华盛顿为组织总部的国际货币基金组织、世界银行等国际金融机构向许多发展中国家及经济转轨国家硬性推出的一套经济改革政策。这些政策和建议得到美国财政部和华尔街的大力支持。"华盛顿共识"在世界各地尤其是拉美曾经盛行并付诸实践。

美国曾精心构建了经济软霸权的重要组织,建立以美元为中心的世界货币体系,即布雷顿森林体系。并促成世界银行和国际货币基金组织的成立,从而控制了国际金融。美国倡议建立关税与贸易总协定(现改为世界贸易组织),进而控制国际贸易。世界银行和国际货币基金组织总部都设在美国首都华盛顿。美国和西欧有心照不宣的约定,即世界银行行长由美国人出任,国际货币基金组织总裁由西欧人出任。现任世界银行行长是美国人罗伯特·佐利克,他是原美国国务院常务副国务卿。现任国际货币基金组织总裁是多米尼克·斯特劳斯,他是法国前财政部长。美国通过三大支柱,即世界银行、国际货币基金组织和世界贸易组织,构建起世界经济软霸权。游戏规则由其定,高层领导由其派,并且还是这些组织的地主和东家,美国对它们的控制力可想而知。很显然,美国既是实力最强者,又是规则制订者,在看似公平的经济全球化的竞赛中,肯定是最大的得利者和赢家;而那些实力弱、又无话语权者,在这种放任的自由主义竞争中的地位是不言自明的。冷战结束后的诸多经济灾难,降落到从拉美到东南亚以及黑非洲的众多的半边缘或边缘化国家,从新自由主义的逻辑来看是毫不奇怪的。

美元作为国际货币就为美国带来主要收益。诸如铸币税。在国际金融文献中,铸币税是指一国因其货币为他国所持有而得到的净收益。其他国家的政府和居民持有美元,需要付出真实的商品和服务,或是对资本的所有权。但美国并不需要为外国人持有的美元支付利息,因此外国人持有的美元数量乘以利率就是美国从中获得的铸币税收入。美国经济学家估计,美国每年借助美元霸权向全世界征收的铸币税达到120亿美元。除此之外,其他国家的中央银行和投资者也持有大量美国国债。美国可以为其国债支付较低的利率,这种利差也可以算做是铸币税的一部分。利用美元霸权,美国可以支付巨大的经常项目赤字,而其他国家却被迫为挥霍无度的美国居民付账。又如,美国可以通过过度发行美元向全世界征收通货膨胀税。由于美国政府可以不断印刷美元到世界各地采购,势必造成美元的贬值。但是美元贬值并不会对美元的霸权地位带来大大的冲击,因为美元垄断地位的形成是作为交易媒介,而不是价值储藏。这带来了一种奇特的现象:美国通过美元的贬值,既可以减少其债务,又可以促进其出口。

美国制度霸权最大的对象是社会主义国家,他们认为只有社会主义才是西方制度现实的、有力的挑战者。在冷战时期,美苏争霸的背后有两种制度和意识形态之争。全面战胜社会主义,是美国霸权无论是硬霸权还是软霸权的首要的任务。美国前总统尼克松著书《1999:不战而胜》,前国家安全事务助理布热津斯基著书《大失败》,说的都是一个意思,就是战胜社会主义。福山的"历史终结论",只是这些"资本主义永恒、社会主义失败"的陈词滥调的新版本。依照"历史终结论",社会主义失去了存在的合法性,无非是奉劝现实的社会主义国家赶快改旗易帜。与右翼学者"苦口婆心"相对应,美国当政者则"软硬兼施",利用苏东剧变后两种制度力量对比的失衡,对社会主义国家施加巨大的压力。

对于中国这样的巨型而且实力正在增长的国家,它们对全面地诉诸硬霸权有所顾忌,但它们决不放弃硬手段,充分运用软手段。曾经有一段时期,他们曾炸我使馆、查我轮船、撞我飞机,近乎赤裸裸地实施硬霸权;对中国进行制裁、禁运,灌输西式的民主、人权;进行各种形式的设限、刁难,制造"中国威胁论"、"中国崩溃论"等等。

对于那些遭遇困境、力量弱小的社会主义国家,美国何尝不是欲除之而后快。美国加紧封锁古巴、孤立朝鲜,把它们打入另册。美国不仅自己动手,还拉拢或鼓动盟国乃至国际组织参与其行动。

文化霸权是指国与国、民族与民族之间的文化价值观的强加行为。文化霸权既表现在大众文化层面,也表现在精英文化层面。

在大众文化层面,以美国为代表的西方文化产品充斥着世界市场。美国的电视节目和电影大约占世界市场的3/4,美国的通俗音乐居于同样的统治地位。美国的时尚、饮食习惯甚至穿着,也越来越在全世界被模仿。许多第三世界国家的电视节目有60%—80%的栏目内容来自美国。而在美国自己的电视中,外国节目占有率只有1.2%。现今美国最大的出口产品不是农业和工业产品,而是电影、电视节目、电脑软件和书籍等。在这些看似娱乐的影视产品中,大都蕴藏着美国式的文化意识,包括个人英雄主义、享乐主义、宗教信仰等等。文化产品成为美国大规模输出意识形态、生活方式、价值观念和思维方式的工具。

在精英文化层面,除了常见的意识形态、民主和经济观念霸权之外,还要特别指出社会科学霸权。德国学者里查德·明赫在分析了美国社会学理论对欧洲社会学的影响后认为,美国社会学自二战后至今一直主导着世界社会学的走向,并对它的发展有着决定性的影响。美国社会学理论学派林立,虽然各自都有其不同的理论源头,但它们有一个共同的信念,即认为社会是由自由、独立的个人,通过竞争、交换、协商、合作的活动而构成的这种理念。当今发展中国家的学术界,存在着一种非常普遍的现象,即学者们自觉或不自觉地把西方的一些概念或理论框架套用于当地社会的分析。他们的研究成果,都必须经过西方知识框架的过滤,依照西方的既有概念或理论对这些研究进行裁剪。

美国有强大的文化、教育优势。媒体和科技力量把美国的文化传播到整个世界。在美国,400 强产业中有 72 家是文化产业,视听产品已成为仅次于航空航天的主要换汇产品。国际联合影业公司是世界上数一数二的电影发行公司,是派拉蒙和环球两大电影公司的全球独家代理。该公司自 1995 年进入中国市场以来,曾代理 24 部西方大片打入中国,8 年中在华票房总收入高达 9000 万美元。反之,我国产影片通过该公司在西方发行的票房却几乎为零。当今世界,伊朗的青少年听美国流行音乐,印尼的青少年喝可口可乐,埃及的孩子们学习英语,印度的青年在看好莱坞电影,各国的球迷看美国的职业篮球赛,甚至拘押在关塔那摩的战俘也热衷于阅读《哈里·波特》系列小说。教育在塑造当代的价值上具有特殊重要的意义。每年有 50 万世界各地的优秀学生到美国留学。哈佛、耶鲁、普林斯顿、斯坦福、哥伦比亚等是世界一流大学的代表,是当今世界求知者心中的教育"麦加"。韩国学生白天参加反美游行,晚上则挑灯准备托福考试。获得博士学位的外国留学生中,许多人最终成为美国公民。这些人很多是所在国的精华,如印度的很多来自最优秀的印度技术学院,韩国的来自国内最好的汉城大学。

　　法国学者阿尔贝尔认为,美国的文化优势为美国提供了可以同 19 世纪英国的矿产资源相媲美的优势。对于世界上几十亿人来说,进入现代化就等于接受美国的生活方式和思想方式。美国的文化霸权包括语言、大学和媒体三大因素。英语几乎成了通行的世界语。美国的高等学府吸引了来自全球的优秀分子,许多国家的精英人物都是由美国的大学培养出来的。美国的新闻媒体代表了最出名的传输工具,美国的电视和电影业直截了当地把它们的产业和模式强加给全世界①。

---

　　①　陈学明:《驶向冰山的泰坦尼克号——西方左翼思想家眼中的当代资本主义》,人民出版社,2008 年版,第 271 页。

以往一种文化渗入另一种文化需要用几年甚至几十年的时间,而今天,在经济和信息全球化的时代里,现代传播技术的发展大大加速了思想、文化传播的速度和进程。掌握了先进科学技术的发达国家,因为拥有发达的经济和强大的综合国力,特别是拥有先进的因特网、卫星电视等传播技术和手段,正在竭力拓展世界思想文化市场,控制思想文化资源,把建立文化霸权作为谋求世界霸权的全球战略的重要组成部分。

冷战结束之后美国的科技霸权盛气凌人。以互联网为代表的信息技术使世界经济活动的空间距离迅速消失,充分的经济信息是市场活动取得显著成效的关键因素之一。美国清醒地认识到这一点,利用其强大的科技力量,率先推行"信息高速公路计划",制订"数字地球"发展战略,并且优先发展信息产业,注重产品的研制与开发,高踞于世界产业结构和国际分工的顶端。

美国经常将所掌握的高科技作为筹码,利用高科技禁运以挤压与威胁别国,迫使其在外交上作出让步,或者以技术转让为手段,达到拉拢和在政治上控制别国的目的。冷战时期,美国就和西方盟国一起组织"巴黎统筹委员会"(简称巴统),对当时的苏联东欧集团进行敏感技术和物资的贸易禁运。冷战结束后,西方的科技霸权越来越多采取技术限制、技术壁垒,限制在国家之间转移技术,以保护自身的技术优势。

冷战结束至今,美国视中国为战略对手,不允许向中国输出高科技产品。近年来,美国提出在具有战略意义的关键领域保持领先中国30年的目标。为此,美通过各种手段限制中国取得先进技术,这些技术不仅包括军用装备,也涵盖生物制药、卫星通讯、电脑晶片等民用领域。当今科技霸权还以极端地使用知识产权面目出现,这可能表现为:没有竞争者时凭借知识产权谋取暴利,针对不同客户实行价格歧视;出现或可能出现竞争者时低价倾销或者以其他种种手段扼杀竞争者;知识产权拥有者之间通过协议横向限制竞争谋求垄断化;纵向限制竞争,即限定批发商、零售商有关知识产权产品的销售价格、销售地域或销售数量等;在转让知识产权时违背受让方的意愿搭售商品或者附加其他不合理的条件等。保护知识产权有一定的合理性,但如果运用知识产权对发展中国家进行遏制,就是背离了人类共同发展和繁荣的正道。

美国不顾国际社会的非议,坚持互联网的控制权。1998 年,美国商务部设立了 ICANN(即互联网名称与数字地址分配机构)来具体负责互联网顶级域名的运营。这个组织在互联网技术标准和服务管理中扮演核心角色,它的职能是制订相关政策、管理 IP 地址和域名系统。这家机构下设的由各国政府组成的顾问委员会的成员来自多个国家,但却没什么发言权。美国不仅拥有网络域名的专控权和否决权,还拥有国际互联网高速公路的主干线,任何国家和地区的支干线间的通信都要经过美国的主线。2005 年 170 多个国家都要求美国放弃对 ICANN 的独家监管,当时的联合国秘书长安南也向美国施压。面对紧张局面,美国国会以 423 票对 0 票通过了一项决议案,要求政府明确表明美国控制互联网的权利是神圣不可侵犯的。联合国组织召开的 2007 年互联网管理论坛在巴西里约热内卢闭幕。各国对美国控制互联网表达不满。东道主巴西代表坚持认为,互联网是国际的,它不应当被一个国家权力所控制或服从于少数几个国家。互联网应该成为大家共同的资源。俄罗斯代表也呼吁联合国成立一个工作组,研究如何将互联网管理权移交给国际社会。同时,印度和欧盟等国家和组织也表达了反对由一国垄断之意。而美国高科技公司组成的联盟则认为现状无需改变。

软霸权具有几个相互关联的特点,主要就是柔性、隐性和貌似合法性。

一是柔性。软力量形式上看起来是"软"的,靠的是吸引力和影响力。西方的文化和意识形态的输出,不一定都采用强制或者蛮力,更多的时候靠的是炮弹裹着糖衣。比如西方大众文化的影响,是附着在诸多文化产品之中。发展中国家接受这些文化产品,还要通过国际市场和贸易以高昂的价格购买。进口好莱坞电影,购买迪斯尼动画,进行 NBA 直播,都是要花大价钱的。这似乎是一种自愿的,或是周瑜打黄盖式的交易。这也是软霸权比较厉害的地方。

二是隐蔽性。硬力量霸权往往显而易见,对于美国的航母、飞机、导弹,人们自然地加以警觉。但软力量霸权则难以识别。在时间上,软霸权不追求一时的效果,而是长时间地慢慢渗透。硬力量的攻城,意在速战速决,软力量的攻心,需要长期不懈。在方式上,软霸权不是突然的外在地改变对方,而是潜移默化地施加深入的影响,硬力量在外面强迫对方改变,软力量往往引诱对方内在地改变。在途径上,软霸权不是使用某几种简单的途径,而是似乎看不见、摸不着,但又无处不在。20 世纪 80 年代末至 90 年代初前苏联和东欧的演变,西方发达国家就认为,是思想文化渗透的成功。他们把这种做法称之为"静悄悄的文化输出",是对社会主义国家的"软化战争"。西方是通过科技手段、网络技术、大众媒介、话语霸权等潜移默化形式推行文化霸权的。信息时代的资本主义意识形态的灌输不是赤裸裸的,而是在人类文明的相互融合与渗透中,通过科技手段、话语体系把他们的文化产品巧妙包装以推行他们的文化与生活方式,达到文化霸权的目的。

三是貌似合法性。软霸权看起来都似乎合理合法。从合理角度,抽象的民主、自由、人权,都是人类的美好追求,包括社会主义者也为之而奋斗。从合法角度,人权问题甚至还有国际公约保护。新自由主义重要推广机构,如国际货币基金组织、世界银行,都是多数国家所承认的重要的国际机构。西方的文化输出，也是依照贸易规则公平买卖的。科技霸权以知识产权的面目出现，显得更为合法。国际上通过谈判缔结了《与贸易有关的知识产权协议》。但是，这些合理合法如果从本质上看，又是似是而非的。实际上，西方控制和主导着这些国际机构、国际条约，本身隐含着西方的软霸权。但这些反过来以合法的形式掩盖了它们的霸权行径。比如，国际知识产权组织在推动知识产权制度完善方面的作用是不容轻忽的，但其被发达国家操纵的状况也非常严重。在竞赛中，游戏参与者是很难坑过规则制订者的。

作为一种霸权，软霸权也是谋取特殊的利益。这种利益既有战略层面的，也有经济层面的。在战略层面，美国企图让世界各国都模仿美国的政治制度，接受美国的价值观念。如果世界都美国化了，都追随或模仿美国，通过不战而屈人之兵，美国成为当然的世界霸主，那当然是美国所梦寐以求的。在经济层面，软霸权也是一种"软剥削"，以谋取超额的经济利润。发展中国家接受美国推销的新自由主义政策，实行金融自由和贸易自由，当然有利于强势的美国进行经济扩张和财富掠夺。美国的文化输出已经是最为赢利的行业。知识产权协议中主要体现的是发达国家的意愿，强化知识产权保护的主要受益者也是发达国家。在国际知识产权协议实施的那一年，美国的知识产权对外贸易额达601亿美元，超过了农业、汽车制造业和飞机制造业。美国通过强化技术垄断，以保护相应的垄断利润。比如在艾滋病治疗方面，美国公司生产的抗艾药品年使用剂量的价格在1万多美元，而在印度生产的类似药品只售300美元。但美国政府全力支持其国内制药公司对发展中国家提起诉讼，以保护其药物不被仿制，并获得高价出售药物的权利。

中国深受软霸权的危害。在政治方面，中国是社会主义国家，

215

一直被西方右翼势力视为另类。在苏东剧变之后,中国是现今西方遏止与和平演变的主要对象。他们无视中国所取得的巨大进步,非议中国的基本政治制度,对中国的内政说三道四,总是借抽象的民主、人权之类对中国施加压力。他们还利用中国的社会制度大做文章,以疏远和离间中国与周边国家以及其他国家之间的关系。尽管中国不断完善市场经济体制,一些国家仍然拒不承认中国的市场经济地位,试图利用各种规则对中国的出口设置门槛和壁垒,进而阻滞中国的顺利发展。

在文化上,中国在对外开放进程中出现了较大的文化逆差。在图书出版方面,过去 10 年中国图书进出口版权贸易大约是 10∶1。中国对美、英、德、法、加、日等西方发达国家的平均逆差为 73∶1。2005 年,中国从美国引进图书版权 3932 种,输出只有 16 种。中国对美国的逆差是 246∶1。中国在 2000 年到 2004 年间进口影片及影视作品 4332 部,出口却屈指可数。这些年来,从圣诞节到情人节,从《哈里波特》到《金刚》,已经对中国的时尚和娱乐界形成了巨大的影响。

在科技方面,西方运用科技垄断限制中国发展,谋取巨额利益。2001 年中国 DVD 全年总销售量达到 2598 万台,出口总量达到了 1050 万台。国际一些专利组织要求中国企业每台缴纳 15—20 美元的专利费,最终使得生产企业的利润空间变得很小,甚至无利可图。中国相关的生产和出口开始萎缩。2006 年年末,一些西方国家又在鼓动对中国制造的电视机征收专利费用,企图达到同 DVD 一样的效果。

警惕和反对任何形式的霸权是中国的基本立场。硬霸权要反对,软霸权也要反对。反对霸权需要力量,既需要硬力量,也需要软力量。中国坚持发展是硬道理,发展是执政兴国的第一要务,一心一意谋发展,以经济发展为中心,全面提高中国的综合国力。这些都是提升中国的硬力量，也是中国反对一切霸权的基石。离开了硬力量的发展，就不能改善国内的人民生活，也不能改变国际上的国家地位。当今世界最根本的还是通过实力说话。中国改革开放30年的快速增长，国家实力的不断翻番，才令世界刮目相看，也使得各种霸权主义在中国兴起的力量面前有所顾忌，有所收敛。

中国反对软霸权还要特别注重进行针对性建设，即发展中国的软力量。

一是加强制度建设。制度建设是软力量建设的重中之重。中国制度建设的目标就是建设富有特色和具有吸引力的制度。要用富有生机活力的中国特色民主制度和经济制度，回应西方的自由民主和新自由主义的挑战。中国政府近年来陆续发表了《中国的民主政治建设》白皮书、《中国的政党制度》白皮书，从正面阐述中国的基本立场。比如，《中国的民主政治建设》白皮书全面阐述了中国民主政治建设的产生、发展、内容、原则以及取得的巨大成就，指出中国的民主是中国共产党领导的民主，是以人民民主专政作为可靠保障的民主，并且指出中国共产党的领导和执政是保证政权稳定的需要。《中国的政党制度》白皮书指出，中国实行的政党制度是中国共产党领导的多党合作和政治协商制度，它既不同于西方国家的两党或多党竞争制，也有别于有的国家实行的一党制。这一制度在中国长期的革命、建设、改革实践中形成和发展起来，是适合中国国情的一项基本政治制度，是具有中国特色的社会主义政党制度，是中国社会主义民主政治的重要组成部分。中国多党合作制度在中国的政治和社会生活中显示出独特的政治优势和强大的生命力，发挥了不可替代的重大作用。

党的十七大认为人民当家作主是社会主义民主政治的本质和核心。为了发展社会主义民主政治，党的十七大报告提出，要健全民主制度，丰富民主形式，拓宽民主渠道，依法实行民主选举、民主决策、民主管理、民主监督,保障人民的知情权、参与权、表达权、监督权。这些有关民主的前所未有的表述,既是完善中国民主制度,也是回应国际的挑战。近年来国际上兴起的"中国模式"、"北京共识"的热潮,从某个方面也初步显示了中国制度软力量。美国高盛公司高级顾问乔舒亚·库珀·雷默在2004年发表的《北京共识》的论文中认为,中国的模式是一种适合中国国情和社会需要、寻求公正与高质增长的发展途径。

二是加强文化建设。当今时代,文化越来越成为民族凝聚力和创造力的重要源泉、越来越成为综合国力竞争的重要因素。党的十七大提出,要坚持社会主义先进文化前进方向,兴起社会主义文化建设新高潮,激发全民族文化创造活力,提高国家文化软实力。十七大作出了建设社会主义核心价值体系,增强社会主义意识形态的吸引力和凝聚力;建设和谐文化,培育文明风尚;弘扬中华文化,建设中华民族共有精神家园;推进文化创新,增强文化发展活力等重要部署。其中一些举措尤其具有针对性,比如,繁荣发展哲学社会科学,推进学科体系、学术观点、科研方法创新,鼓励哲学社会科学界为党和人民事业发挥思想库作用,推动中国哲学社会科学优秀成果和优秀人才走向世界。又如,全面认识祖国传统文化,取其精华,去其糟粕,使之与当代社会相适应、与现代文明相协调,保持民族性,体现时代性。加强对外文化交流,吸收各国优秀文明成果,增强中华文化国际影响力。这些对提高文化软力量有特殊的意义。

北京2008年奥运会,初步展示了中国的软力量。软实力代表了一个国家在外交、文化、道德标准、哲学思想等方面的综合影响力。北京奥运会提供了一个向世界全面展现中国,树立中国国家形象、民族形象的绝好机会,要紧紧抓住这个机会,让中国进一步走向世界,让世界进一步了解中国。奥运会期间,全球将有超过2

万名注册持证的记者参加奥运会,同时还有更多不注册的记者参与和报道奥运会。这些记者将深入到社会的各个角落去挖掘新闻。要加强精神文明建设,采取多种措施提高社会的整体素质,让每一个人都意识到自己就是奥运宣传员、中国的形象大使,激发百姓的社会责任感和荣誉感,把最好的中国展现在世界的大舞台上。

中国还积极实行文化走出去战略。2004 年 11 月,全球第一所海外孔子学院在韩国首都首尔挂牌。截至 2007 年 7 月底,已经启动建设了 170 余所孔子学院(包括孔子课堂、语言中心),分布在 50 多个国家和地区。170 余所孔子学院遍布五大洲,其中,亚洲 52 所,非洲 11 所,欧洲 55 所,美洲 45 所,大洋洲 4 所。此外,世界各地还有 205 个机构提出了举办孔子学院的申请。各地孔子学院充分利用自身优势,开展丰富多彩的教学和文化活动,逐步形成了各具特色的办学模式,成为各国学习汉语言文化、了解当代中国的重要场所。举办孔子学院是中国拓展软力量的组成部分。根据中国国家汉办的定义,孔子学院是中外合作建立的非营利性教育机构,其宗旨和使命是增进世界人民对中国语言和文化的了解,发展中国与外国的友好关系,促进世界多元文化发展,为构建和谐世界贡献力量。孔子学院开展汉语教学和中外教育、文化、经济等方面的交流与合作。所提供的服务包括:面向社会各界人士开展汉语教学;培训汉语教师,提供汉语教学资源;开展汉语考试和汉语教师资格认证业务;提供中国教育、文化、经济及社会等信息咨询;开展当代中国研究等。

## 二、网络恐怖主义

如果说中国等大国有可能从正面应对信息时代的软霸权,那么世界上还有一些政治势力却无法与强大的美国进行对抗。在美国霸权的高压之下,恐怖主义是一种另类的反抗。在信息时代,这种恐怖主义也融入了更多的网络化因素。

在20世纪90年代中期互联网刚刚爆发之时,美国麻省理工学院媒体实验室主任尼古拉·尼葛洛庞帝出版了影响广泛的《数字化生存》,预言社会生活的方方面面都将转移到互联网上。10多年过去了,在诸多的数字化迈进之中,令人意外的是恐怖组织走在了前列。尤其是"9·11"事件之后,国际反恐的新形势压缩了恐怖组织的传统生存空间,它们急剧地扩大了在虚拟的互联网上的阵地。作为当今恐怖主义代表的基地组织,正在向网络虚拟空间中转移。其他的诸如奉行民族分裂主义的恐怖组织、新法西斯主义的恐怖组织、国际贩毒集团的恐怖组织、邪教性质的恐怖组织等,都在不同程度上加快了网络化生存的步伐。互联网等正成为恐怖组织对内组织联络和对外宣传攻击的有效工具。

在对内方面,互联网发挥联络、策划、训练和招募等多方面的作用。

第一,联络。恐怖组织的全球化、分散化以及国际反恐斗争的高压态势,要求恐怖组织构建广泛、迅速并且秘密、安全的内部联络。互联网等信息技术正是这种联络的有效率且隐秘的工具。在"9·11"事件之后,基地组织成员已把互联网当做他们的一个主要联络渠道。本·拉登通过信息技术手段诸如网络、电传、卫星电话等,同分布在世界各地的素未谋面的追随者进行联系。借助互联网,恐怖组织使用密码、代号语言互通情报。在一家涉嫌恐怖的网站上,美国安全官员曾发现其中的一些文字和图片都含有特殊意义,人物的每一个姿势、表情乃至眼神都有特指。安全人员虽然知道这些文字图片有问题,但就是摸不清它们到底要传达什么信息。"9·11"事件策划者之一哈利德·谢赫·穆罕默德曾使用所谓"电子死亡"的技巧,防止自己的电子邮件地址被美国及其盟友截取。比如,他一般开设一个免费公共信箱,写一封信存入草稿箱,再到一个相对安全的聊天室把邮箱的账户和密码告诉对方。收到账户和密码的人进入邮箱草稿文件夹内阅读信件。由于没有发生邮件传送行为,遭截获的风险也就大大降低。

第二,策划。恐怖组织的每项恐怖行动,都要事先周密安排,多则提前数年,少则也要提前几个月。对于分散在世界各地又不便于碰头的各个恐怖分子来说,互联网等信息手段是他们策划和协调行动的有效工具。互联网在"9·11"事件的谋划中扮演重要角色。美国的调查者事后发现了几百封与恐怖分子相关的用英语、阿拉伯语和乌尔都语写的电子信件。这些信件有的是从美国国内发出的,有的是从其他国家发出的。这些信中有很多含有"9·11"袭击的操作细节。

第三,训练。恐怖组织成员需要特殊的技能训练。在国际加强反恐的形势之下,昔日的一些恐怖训练营大多人去楼空,而网络虚拟的培训课堂却日益兴盛。基地组织当年在阿富汗训练营内发生的一切,如今都可以搬到网络上完成。恐怖分子借助网络相互传授经验、交流心得。对于新加入的恐怖分子而言,互联网已经成为他们首选的课堂。基地组织及其分支机构在网络上建立了一个巨大的图书馆,存储了大量训练材料。一些恐怖专家会在网络聊天室、实时信息传递平台上回答问题。一个名叫"利剑"的恐怖网站,提供如何在私下和公开场合绑架人质的详细方法。该网站还提供有关爆炸物的全部信息,包括了普通爆炸物、毒气弹、沙林毒气、汽车炸弹以及各种爆炸物的杀伤力和使用方法等。网站还向全球的恐怖分子介绍袭击目标国的相关情况。例如,哪些目标值得袭击,哪些目标易于袭击,何时袭击易于得手等。曾制造西班牙马德里火车站爆炸案的恐怖分子就是从互联网上学到相关知识的,埃及的"胜利组织"从互联网获悉了制造炸药和毒气的方法。

第四,招募。互联网还能用于招募人员、筹集资金。现在全球有数以千计的宣扬恐怖主义的网站。一些人尤其是青年通过网络受到影响而走上恐怖袭击的道路。基地组织通过家庭、亲友及熟悉人士的途径招募新成员,而在互联网上发表激烈言论的穆斯林青年成为基地组织招募的重点目标。新加坡内安局对几名涉及参与恐怖主义活动的新加坡人展开调查后,发现他们是通过互联网接触极端主义思想,并因此被洗脑而成了恐怖主义的拥护者。恐怖主义已经可以通过各种非法方式获得资助,而网络犯罪正日益成为恐怖主义获得资助的方法之一。中东恐怖分子已利用高科技信息技术,在国际金融市场上筹集恐怖活动资金。2002 年造成202 人丧生的印度尼西亚巴厘岛爆炸事件的幕后主谋沙姆特拉,曾多次试图通过互联网诈骗的方法资助巴厘岛爆炸案,并号召追随者应充分利用互联网来筹集恐怖活动所需要的经费。

在对外方面,互联网是恐怖组织宣传和攻击的利器。

第一,宣传组织宗旨。恐怖组织通常将他们的意识形态加以堂皇富丽的包装,或冠以豪华的名称来粉饰,试图影响更多的民众。在互联网出现之前,恐怖组织是无法通过传统渠道,诸如报纸、广播、电视等做广告宣传。互联网则提供了更多的宣传可能。恐怖组织也重视互联网的宣传力量。有关专家估计,1997 年与恐怖主义相关的网站只有 12 个,而 2004 已经发展到了 4500 个。现在几乎所有的恐怖组织都有相关的网站,有的甚至同时经营许多网站。本·拉登利用互联网成为精神领袖,年轻激进分子从互联网上下载和传播本·拉登的言论,使得其在全世界范围内的影响力变得越来越大。德国新纳粹分子以"阿道夫·希特勒"、"希特勒万岁"命名网站,他们所宣传的内容对一些历史知之甚少的年轻人具有很强的欺骗性。

第二,制造恐怖心理。恐怖组织运用网络制造政治阴谋、发动心理战。一些恐怖组织将发动袭击的过程录制下来，通过互联网等媒体在全球范围内进行传播，使血腥暴力、恐怖景象广泛流传，从而对更多人的身心造成巨大冲击。一些恐怖分子进行绑架和杀害人质，并通过各种网站发布他们的宣言和通牒。一些极右组织在网站上张贴告示，公开欲除掉对手的姓名、地址和照片等个人资料，并向那些能成功实施谋杀的人提供金钱奖励。一些恐怖组织还通过互联网发出攻击的恫吓，干扰社会生活的正常秩序。

第三，实施网络攻击。恐怖组织以互联网为工具，袭击所针对的目标。在互联网上，从一个节点可以瞬间访问任何其他节点。通过网络攻击可以干扰和破坏通信系统。其他一切与互联网相关的设施系统，例如环境控制系统、金融交易和档案储存系统、医疗和教育网络、运输系统、公共事业监督控制系统以及政府计算机系统等，都可能成为网络攻击的对象。2005年1月，美国网站"反恐联盟"遭到匿名黑客的攻击，在不到一个小时的时间里，网站所有关于反恐的内容和新闻被删除一空，整个网站陷于瘫痪之中。一个激进的伊斯兰教组织还威胁将对证券交易网络进行恐怖攻击。

第四，摄取信息资源。互联网为实施恐怖攻击提供信息便利。1994年日本的奥姆真理教组织派一支突击小组，侵入三菱重工集团的主控计算机，窃取了大量秘密数据，目的是破坏日本高技术信息产业的基础。"9·11"事件的劫机者在发动袭击两周前，曾通过网络为劫机者预定了至少9张机票，并通过网络查询航空公司有关携带诸如杀虫剂等物品的规定。恐怖组织还有效地利用互联网的信息资源，观察反恐形势、反恐策略和行动计划，以增强自身的防范能力。这使得反恐人员对恐怖分子发动突然袭击的可能性受到了限制。

恐怖组织的两个基本任务，一是保存自己，二是打击对手。信息时代的恐怖组织为实现这个任务所采取的两项基本策略是"无领袖抵抗"和"不对称攻击"。在某种程度上,前者是为了保存自己,后者是为了打击对手。

无领袖抵抗是当代兴起的一种新型组织形式。这个概念是美国情报官员尤留思·阿莫斯在20世纪60年代提出来的。路易·毕姆在20世纪80年代初的论文中对这个概念加以更新和推广。无领袖组织顾名思义,就是组织中没有明确的领导者。当然,有些这类组织具有象征性的标志,有的还有一个名义上的领袖,组织成员敬奉这些标志和名义领袖。无领袖组织是一种非金字塔形式的组织,几乎算得上是一种"非组织的组织"。在这种组织中,所有成员和分支组织都可以单独实施行动,不用向中央或者哪个首领报告情况。

无领袖抵抗具有独特的优势,比传统抵抗组织更安全、更灵活、生存能力更强。毕姆指出,传统等级式的金字塔型组织对于从事反政府斗争的参与者们是十分危险的,因为它的指挥链很容易暴露。如果一个组织既没有可以被摧毁的中央机构,也没有个体之间的明确连接,成员之间不进行或最低限度进行联络,那么它就不容易发现,也不容易整体性摧毁。分散化的组织,即使首脑人物被敲掉,也没有"擒贼先擒王,射人先射马"的效果。无领袖组织在界线上具有模糊性,有助于它们在社会上的隐蔽。无领袖抵抗还大体上不会受到内奸和反叛者的影响。与此同时,无领袖组织在进攻上也有特点。其特征不像猴群,有点类似马蜂。猴群中的猴王一旦毙命,群猴便一哄而散。而马蜂式攻击的特点是大家互不隶属,自觉自愿、争先恐后进攻同一个目标。从某种意义上,有组织力量是可怕的,但无组织力量有时更可怕。

无领袖抵抗已经被广泛地运用于各种运动之中,尤其是各类反抗团体,诸如反全球化、环保主义等。20世纪80年代,激进的"地球第一"环保运动就采用了无领袖抵抗的模型。恐怖主义组

224

织积极采用无领袖的组织模式。世界上极右种族组织的"白人民族主义者"、"亚利安白种人抵抗"、"三 K 党"等就采用和倡导这种战略。英国新纳粹组织"白狼"实行无领袖抵抗策略,化整为零,灵活多变。传统的恐怖主义在组织结构方面一般具有若干分支,这些分支机构间各有分工、互不联络,但都与组织领导层保持直接联系。在实施恐怖袭击时,需要多个分支机构的相互配合,有的负责侦察,有的负责后勤,有的负责搜集情报等。当今许多恐怖组织大都采用了非中心的、少等级、灵活和松散的网络结构。基地组织的核心层并不直接指挥、策划所有的恐怖行动,也不直接指挥下属所有的恐怖分子,更多的是起着一种协调、资助的作用。研究新纳粹势力的专家托马斯·格鲁姆克表示:新纳粹势力现在所采取的组织策略,是他们并不会像一些黑帮一样制定一个严格的等级制度,也不会选出一位带头大哥。与此相反,他们所采取的是相对松散的组织策略,也就是说他们并不推举一位明确的领导人,他们在实施行动时也采取像基地组织那样的化整为零的策略,以小组为单位采取行动。松散的网络结构有利于恐怖组织根据环境的变化和需要,迅速从一个地区转向另一个地区重新部署活动,大大增强了人员的流动性和成员远距离行动的机动性。

225

信息网络的发展有利于无领袖抵抗的发挥。互联网在性质上就具备非中心的特点,这与无领袖的要求不谋而合。美国著名网络先驱凯文·凯利说,原子代表了干净的简单特制,网络则引导了复杂性的散乱力量。网络是不经引导而学习的组织。事实上,网络是能够称得上具有结构的组织里最不具结构性的组织。各种各样的成分,也只有在网络里才能维持一致性。网络中的组成元素相对于网络而言,既是自主的又是依赖性的,也可能是其他网络的一部分。恐怖组织适应网络化的要求,从过去的等级制结构逐渐向信息时代的网络结构转变。恐怖组织没有一个公认的领袖,没有一个固定的办公地点,所有成员全部分散居住,他们可能互相之间并不认识,一切或主要活动通过互联网等信息工具组织。集中化的组织是像蜘蛛,可能被毁坏。分散化的组织像海星,不会被杀害,而且能够自增长。卡斯特就看到,信息技术为恐怖组织所使用,扩大并增强了他们的战斗力。网络使得美国民兵运动比历史上其他仇恨团体扩展得更为快速的主要理由之一。民兵缺乏组织化的中心正好为网络技术所弥补。借助计算机网络,任何民兵都能成为全球网络的一分子,相互分享思想、潜能和组织化策略①。

恐怖组织选择不对称攻击是双方力量对比所决定的。恐怖主义本身毋宁说就是在力量对比的剧烈倾斜中产生的。历史上,绝对强势的一方同绝对弱势一方一旦构成不可调和的冲突,弱势一方使用常规游戏规则不但不可能取得胜利,反而会轻易地毁灭。因此,弱势一方容易选择不按常规游戏规则出牌的恐怖主义。不对称攻击能一定程度上弥补弱势一方的力量劣势。

不对称攻击就是利用较小的力量给对手造成巨大的打击。恐怖组织如果具备一定的财力、物力,从某种程度上掌握着科学技术,就可以借助不对称攻击挑战强大的国家。在军事上,美国拥有世界上最强大的军事机器,这在与它国的全面战争中具有压倒性优势。但这种军事机器对付分散的恐怖分子,就好比大象踩蚂蚁,难见成效。而恐怖组织可以选择对方薄弱的地方和环节,不择手段地进行突袭。在经济上,双方的代价极其不对称。恐怖组织的对点攻击,也许只需要一个铜板;而美国全面有效防御,可能要付出一根金条。一次恐怖行动,甚至是一次恐怖威胁,都会给美国造成巨大的经济损失,或增加巨大的防范成本。在范围上,恐怖组织

---

① [美]曼纽尔·卡斯特:《认同的力量》,社会科学文献出版社,2003年版,第98页。

攻击一点,对方防范则防不胜防。比如,一家恐怖网站曾发布消息要攻击以华盛顿为中心的美国东北部地区,美国则困惑在如此巨大的范围内,到底应该重点保护哪座城市?应该保护哪些目标?在明暗上,恐怖主义分子藏于暗处和地下,时刻处于流动和伪装之中。而美国作为一个信息时代的开放社会,大量的目标不能不在明处。在目的上,恐怖分子不管有多少次失败,但只要有一次成功,就是获得了巨大的胜利。而一个国家可以赢得某个具体的反恐胜利,但若想完全地、永久地保护数量巨大的目标免遭恐怖进攻则是非常困难的。

互联网是恐怖组织不对称攻击的利器。托马斯·弗里德曼在《世界是平的》中写道,平坦的世界已经成为基地组织和其他类似组织的好帮手,使他们能够以小博大,使他们能够以较小的行动产生巨大的影响①。一方面,互联网使得被攻击的对手变得脆弱。随着信息化的发展,从金融、交通、通讯、电力、能源等国家重要基础设施,到卫星、飞机、航母等关键军用设施,以及与民众生活密切相关的教育、商业、文化、卫生等公共设施,都越来越依赖互联网。由于互联网的全球性、开放性、共享性和快捷性等固有特征,使得网络内在地具有脆弱性。尽管网络安全技术也在不断发展,但网络攻击技术的发展也非常快。网络安全总是相对的,漏洞总是存在的。这使得网络的防御更加困难,网络攻击的后果更为严重。另一方面,互联网为恐怖攻击带来了便利。随着网上攻击技术的不断更新,网上攻击在距离、速度上已突破传统的限制,并拥有多维、多点、多次实施隐蔽打击的能力。美国的一次名为"数字珍珠港"的演习发现,尽管恐怖黑客不能够单枪匹马地摧毁美国的国

227

---

① [美]托马斯·弗里德曼:《世界是平的》,湖南科学技术出版社,2006年版,394页。

家数据基础设施,但仍可对美国国家系统的局部造成严重损害。恐怖组织试图对美国中央情报局等安全机构的网站进行袭击,从中获取美国的反恐怖作战计划等核心机密。恐怖组织利用网络实施远程攻击,还可以减少传统上实施恐怖袭击的死亡恐惧。

恐怖组织不断尝试使用信息化工具。美国 1993 年世界贸易中心爆炸案的幕后策划者拉姆奇·尤素福,是一个惯于在网上发送加密消息的计算机专家。本·拉登是最早使用商业卫星电话的人之一,1996 年就有记者看到拉登和儿子们在玩电脑游戏。"9·11"事件发生之后的 2001 年 11 月,有记者看到在阿富汗大山之中,基地组织成员都是人手一支冲锋枪和一台笔记本电脑。恐怖组织还借助和吸纳外部的信息化力量。他们雇佣电脑黑客乃至一些在全球化中流落的科学家为自己工作。他们利用市场上的现成技术,购买用于攻击的电脑、通信等器材。他们甚至还可以利用网络下载和打印敏感的卫星照片,随身携带以为攻击所用。

对待恐怖主义的网络化生存,存在两种认识上的偏差。一是对网络恐怖主义认识不足。毕竟到目前为止,还没有发生严重的导致大量伤亡和损失的网络恐怖事件。这使得人们没有切身体验,而出现相对麻痹意识。二是对网络恐怖主义夸大其辞,不断渲染"数字珍珠港"、"网络 9·11"等,如临大敌、草木皆兵。

首先,必须对网络恐怖主义做恰如其分地估计。就力量方面,政府的力量总是远远大于恐怖组织的力量。政府掌握着国家资源,并且站在道义的一边,无论从任何角度,都对恐怖组织具有绝对的优势。就破坏而言,恐怖组织的破坏还是有限的。美国加图研究所研究恐怖主义的专家约翰·米勒的结论是"在合理情况下,恐怖主义一般不会造成很大伤害"以及"恐怖主义的代价常常是仓促、考虑欠周和过度紧张行为的结果"。美国有关人士表示,网络恐怖袭击可能给美国带来一些不便,但关键军事通讯系统是安全牢固的。网络攻击不能真正起到打垮美国的作用。网络使得恐怖组织具有更强的存活能力,是恐怖组织的一种新的生存形式。但恐怖组织不能依靠网络改变自己的命运。

其次,要理性对待网络恐怖主义。麻木不仁当然不对,过度反应也无必要。米勒认为:一个英国人或美国人被恐怖主义者杀死的几率非常小,而发生这种情况的风险比我们可以容忍的合理风险,诸如在路上被人打死,还要小得多。理性对待需要考虑成本和收益。过度的反恐社会成本很高,甚至冲击民主体制和严重限制公民自由,则可能得不偿失。

应对网络恐怖主义要进行系统性考虑。一要减少系统性依赖。从理论上来说,现实世界对信息网络的依赖性越大,信息网络本身越脆弱,网络恐怖主义可能达成的破坏性就越大。因此,在建构网络时,适度降低这种依赖性,或在关键的时候能够切断这种依赖,就能有效地在遇到重大变故时维护社会的稳定。二是强化网络安全。对事关国计民生的信息通讯、电力与交通等网络系统,以及目前运行最繁忙、联网最广泛并且最脆弱的全球金融证券交易网络系统等,要特别强化安全措施。日本有意将过于集中在东京的互联网枢纽分散到全国其他地方,建立网络系统的备用中心。当然,没有一种单一的技术、组织和防卫形式可以解决恐怖主义威胁的问题。需要建立由不同的防卫层构成的综合性的防范体系。

应对网络恐怖主义还要发展针对性的技术打击。美国在"9·11"事件后,迅速采取行动成立"国土安全办公室",将打击网络恐怖作为其主要职责之一;着手建立一个政府网络,使它与现行互联网分离,以保障政府通讯信息网络的安全性,以及保护美国信息基础设施,避免事件的发生;在美联邦调查局内新设反网络犯罪局,专司打击网络犯罪之责;指令美军加强网络战准备,防范网络恐怖袭击以及打击网络恐怖活动和支持网络恐怖的国家;推出

"国家信息空间安全战略",以加强美国信息安全防护。巴基斯坦开展网上反恐,一是对国内的网络传播进行规范,禁止任何人利用互联网宣扬、传播恐怖主义,删除一些宣传和支持恐怖主义的内容,堵住网上恐怖主义的来源;二是对网上宣扬恐怖主义的信息进行追踪,力求从虚拟世界入手,抓到隐藏在现实社会里的恐怖分子。目前有关国家正在加紧研发的信息安全技术包括,电脑袭击的快速识别技术,对攻击源进行定位和锁定技术,以及在遭受袭击时,能够迅速采取相关措施的系统安全技术等。

# 第 六 章

# 历史命运的评析

　　信息时代的资本主义出现了很多新趋势。如何认识资本主义在这个阶段性质，如何看待目前源自西方的全球金融危机，以及如何看待更为长远两种制度之间的竞争，是本书最后一章所讨论的重点问题。

*231*

## 一、历史的新阶段

　　资本主义自产生以来不断发展演变。关于资本主义的发展阶段划分及其演变时域，学术界从不同的角度分析，形成了多种意见。一是直接依据生产力发展状况，分为手工和工场手工业（16世纪初到18世纪末）、机器和大工业（18世纪末到20世纪50年代）、后工业（20世纪60年代起）三个阶段；或蒸汽时代（18世纪70年代到19世纪70年代）、电气时代（19世纪70年代末到20世纪40年代）、电子时代（20世纪40年代末到70年代）、信息时代（20世纪70年代起）等。二是依据经济上的竞争和垄断关系，分为自由竞争资本主义（1640—1871）、私人垄断资本主义（1872—1945）、国家垄断资本主义（1946—1974）、国际垄断资本主义（1975—）等。三是依据资本主义经济发展的历史顺序或成熟程度，分封建生产方式瓦解和资本主义产生时期（从16世纪到18世纪下半叶),经过产业革命确立的特殊资本主义生产方式时期(从18世纪下半叶到19世纪下半叶)和没落期(从19世纪末20世纪初到现在);或早期、中期和晚期;或原始阶段、古典阶段和现代阶段;或者萌芽阶段、成长阶段、发展阶段和没落阶段;初级阶段、中级阶段和高级阶段等。四是依据资本所有制形态变化状况、资本社会化程度,以19世纪末为界,分为私人资本主义和社会资本主义;五是依据经济调节方式,以20世纪30年代为界,划分为市场调节主导阶段和国家调控和市场调节相结合阶段。六是从多角度综合划分。如:自由竞争的资本主义、"古典的"帝国主义和晚期资本主义;原始阶段、古典阶段和垄断阶段;竞争资本主义、垄断资本主义和社会资本主义等①。

当代资本主义出现了新变化和进入了新的历史阶段,这是多数学者的基本共识。国际学术界早在半个世纪以前就对"资本主义改变了吗?"展开过激烈的讨论。国内学术界最近20多年来有关资本主义新阶段的论述比比皆是。然而,当代资本主义究竟处于什么样的阶段却是众说纷纭。如果罗列各种有关资本主义阶段的说法,不下几十余种。而对这些说法从分析视野上进行归纳,主要是以下几类。

一些左翼对当代资本主义的分析,基本秉承列宁《帝国主义论》的逻辑,主要是将其中的有关结论向前外推。列宁对帝国主义的几个基本判断是:垄断性、金融性、全球性,如今相对应的就是垄断资本主义说、金融资本主义说、全球资本主义说。

垄断资本主义说。这分为两种,一种是国家垄断资本主义,另一种是国际垄断资本主义。国家垄断资本主义认为,当代资本主

① 成保良:《资本主义发展阶段划分依据的理论述评》,《教学与研究》(北京),2003年第10期。

义的最重大变化在于一般垄断转变为国家垄断。早期垄断资本主义是私人垄断资本主义,二战后才发展到国家垄断资本主义。国际垄断资本主义认为,自20世纪70年代以来,随着新科技革命的兴起和国际经济的一体化,资本加速向国际化发展,到90年代则呈现明显的全球化倾向,国家垄断与私人垄断结合在一起向全球拓展,当代资本主义进入国际垄断资本主义阶段。全球性的跨国大公司是国际垄断资本的组织形式。这两种垄断说,都是列宁垄断说的前推,国际垄断资本主义说似乎更前进了一步。

金融资本主义说。金融垄断资本主义认为,继国家垄断资本主义之后,资本主义进入了一个新的历史阶段,即金融垄断资本主义阶段①。让·克洛特·德罗奈认为,20世纪80年代以来,资本主义经济最深刻的变化发生在金融领域。金融资本的发展,直接金融取代了中介金融成为资本价值的最主要形式。金融资本在时间和空间上,对资本使用价值的生产实现了全面的、不间断的、有效的控制,从而实现了资本的增殖,即资本利润的最大化。从这个意义上说,金融垄断资本是资本对人类社会生产的最高统治,它把生产的社会化又向前推进了一步。与之相关的还有赌场资本主义说。英国学者苏珊·斯特兰奇用之形容当代资本主义具有高度的投机性和风险性②。当代资本主义社会恰如一个巨大的赌场,比以往任何时候都具有更大的投机性。这种投机性集中体现在当代资本主义的金融体系中。这　金融体系有极其复杂的结构,其成分除了传统资本主义所固有的银行、证券交易所、信托公司、期货公司和保险公司等外,还包括各种各样的新式基金会和投资公司,

①　李其庆:《西方左翼学者对当代资本主义的研究——第三届巴黎国际马克思大会述要》,《国外理论动态》(北京),2002年第1期。

②　[英]苏珊·斯特兰奇:《赌场资本主义》,社会科学文献出版社,2000年版。

特别是金融机构的数量增加、交易规模和交易活动的范围比以前更大,交易成本成倍增多,交易的手段更先进,其赌场的性质也更加明显。

全球资本主义说。列宁曾描述了资本主义的全球扩张。全球资本主义认为,当代资本主义是全球化时代的资本主义。资本主义的生产方式已经在全球范围获得了最大限度的扩展,自由市场经济已经超越西方的界限而成为世界性的普遍制度。一个全球性的资本主义金融市场、生产市场、产品市场和劳动力市场已经形成,资本主义的生产、交换和流通的全球网络已经产生。冷战的结束使资本真正突破了地理及国界的限制。

新帝国主义说。如果说前几类都截取列宁"帝国主义论"的一个侧面外推的话,那么新帝国主义则是整体上的外推。罗伯特·比尔出版了《新帝国主义》。新帝国主义论认为,资本主义具有极度的对外扩张性,当代资本主义已经进入新帝国主义时代。罗纳德·奇尔科特说,发达资本主义国家在经济全球化的过程中,不断使落后的发展中国家处于从属于自己的地位。他的结论是,全球化成为帝国主义的同义词。西方发达国家操纵着经济全球化的进程,控制着重要的国际组织,力图建立并维持不公正的国际政治经济秩序,推行新干预主义,藉此剥夺广大的发展中国家。经济全球化进程并没有缩小穷国和富国的差距,反而增大了国际范围内的两极分化。除了继续保持军事侵略的手段外,西方列强对外扩张的主要手段已经从军事转向经济和文化的侵略和渗透。

也还有一些学者从其他角度观察当代资本主义。这包括晚期资本主义、新资本主义和社会资本主义等。

晚期资本主义认为,当代资本主义生产关系出现了几种新的质的变化。主要表现为:剩余价值生产形式的改变,早期榨取剩余价值的方式被逐步淘汰,技术的、间接的方式成为主流。政治统治方式在转变,官僚化的过程正深入国家和社会文化的一切领域。在这些领域里,传统的控制手段正在被逐步取消或淘汰,权力的行使越来越倾向于依靠各种管理方法、专业化和科学技术。

新资本主义认为,现代资本主义的最重大变化在于企业正在迅速发展,将改变整个经济制度,并最终改变西方资本主义社会本身,从而形成以民主与自由企业制度相结合的新资本主义。

社会资本主义认为,当代资本主义从生产力到生产关系,从经济基础到上层建筑,从社会结构到社会生活,从内部关系到国际关系,社会化的程度都越来越高,范围都越来越广,层次都越来越多,社会主义的因素在逐步增长,所以称之为社会资本主义①。

除此之外,还有从技术角度观察资本主义的历史进程。观察社会发展阶段,不仅要反映经济和政治社会形态,而且有必要反映技术社会形态。人类社会是多面复合构成的有机体,如果不从多个视角看问题,就不能全面地准确地把握社会。在技术的社会影响越来越大的时代,从技术角度认识资本主义很有必要,有助于开阔视野。资本主义的发展进程与技术进步相伴而行。现代资本主义的种种变化,都与当代新科技革命有内在的和密切的关系。最根本的原因是科技革命引起的生产力飞跃。生产力的发展推动现代资本主义去调整生产关系和社会矛盾。当代信息技术的广泛应用,企业生产组织的创新,文化的大规模商品化,股份制的新发展等等,都对资本主义产生巨大的影响。虽然单纯从技术观点看问题,不能充分揭示资本主义的实质。但若忽略了这个视野,就对当代资本主义认识不全,也认识不清。以马克思主义为指导对这些影响进行研究,正是21世纪面临的崭新课题。

235

---

① 高放:《社会资本主义是资本主义的最高阶段》,《江汉论坛》,2001年第8期。

一些学者试图以几次科技革命为基础划分资本主义的历史阶段①。(1)第一次科技革命与自由竞争资本主义(18世纪末—19世纪70年代)。17世纪后半期以来,数学、力学、天文学等的大发展,以及18世纪下半叶到19世纪中叶以纺织机的改革和蒸汽机的发明应用为标志,发生了近代以来第一次科学技术革命。这次科技革命直接导致了18世纪末开始的,以煤为能源,蒸汽机的广泛应用,纺织工业、冶金工业、机械工业、造船工业和航海业空前规模等为主要内容的工业革命,造成了资本主义生产力的巨大发展,人类社会从手工时代进入了蒸汽时代,实现了生产机械化。第一次科技革命大大巩固并发展了初生的资本主义生产关系,并使从封建资本主义发展而来并且日益活跃的自由竞争资本主义得以充分地发展。(2)第二次科技革命与私人垄断资本主义(19世纪70年代—20世纪30年代)。19世纪下半叶到20世纪上半叶,发生了以电磁学理论建立为先导,以电和内燃机发明应用为标志的第二次科技革命。其间出现过两次高潮,一是19世纪末20世纪初,电力工业、化学工业以及电报、电话迅速发展,使人类从蒸汽时代进入了电气时代。二是20世纪的30—40年代。石油化工、汽车工业、航空业的发展,使人类社会的现代化趋于成熟和完善。科技的巨大进步、工业生产的迅速发展,推动了生产关系的演进,私人垄断资本主义迅速发展壮大。(3)第三次科技革命与国家垄断资本主义(20世纪30—90年代)。第三次科技革命包括20世纪初以相对论、量子力学建立为标志的科学革命和20世纪40—50年代始于美国的以电子技术的发明和应用为标志的技术革命。第三次科技革命巩固和发展了国家垄断资本主义生产关系,不仅在一

① 参见李旭:《从科学技术发展的视角论资本主义的发展阶段及演变时域》,《社科纵横》(甘肃),2007年第10期。

定程度上缓和了资本主义统治下的阶级矛盾和社会矛盾,而且也在一定程度上调节或缓和了生产资料私人占有制对生产力发展的制约,适应了生产进一步社会化和国际化的客观要求。(4)第四次科技革命与社会资本主义(20世纪90年代以来)。20世纪90年代以来,个人电脑与移动电话开始普及,因特网产生、普及和大规模进入民用,以及克隆和纳米技术的问世等等,标志着在发达资本主义国家掀起了以信息技术、微电子技术、生物工程、新材料技术、新能源技术、宇航技术等为代表的第四次科技革命,人类生产力发展到了一个新水平。第四次科技革命迅速加快了跨国公司的全球化发展,促进了经济全球化。国家垄断资本主义生产关系与生产力的矛盾的新发展,必然要求大垄断资产阶级对国家垄断的资本主义生产关系进行调整,调整的重点在于减少国家干预,减少各国对资本、商品和劳动力流动的限制,加快资本、商品和劳动力流动的速度。同时,跨国公司的全球化发展和经济全球化,使股权进一步分散,使生产规模急剧扩大,出现了个别资本不可能建立的大企业,甚至国家垄断的企业也变成了社会的企业,从而使资本具有了社会资本的形式,生产资料占有形式发生了阶段性部分质变。相对而言,国家垄断资本主义生产关系已经变得过于狭小、陈旧和落后,已不能适应随着生产力发展而成长起来的以跨国公司为代表的大垄断资本的需要。在此形势下,国家垄断资本主义逐渐发展为社会资本主义阶段。

从技术角度观察当代资本主义有多种说法,诸如"后工业社会论"。这种理论指出:新科技革命极大地促进了生产力的发展,造成产业结构、经济结构、生产规模、劳动的社会分工、生产组织和经济管理体制等方面的变化;使知识、智力在社会中发挥越来越重要的作用,成为企业竞争力和经济增长的关键;开创了用机械部分地代替脑力劳动,导致劳动方式的变革和人类思维劳动生产效率的提高,从而加速了经济发展等等。当今更具有代表性的还是"信息资本主义论"。技术出身的尼古拉·尼葛洛庞蒂认为,整个世界已经因为日益依赖于信息技术而变得数字化,形象描述人类已经进入"数字化生存"时代。侧重于传媒研究的丹·希勒在1999年使用了"数字资本主义"。他指出:在扩张性市场逻辑的影响下,因特网正在带动政治经济向所谓的数字资本主义转变。经济学者保尔·博卡拉等认为,信息革命比前两次产业革命给资本主义和人类社会带来更为深刻的影响。信息革命极大地促进了生产力的发展,改变了传统的经济增长方式,实现了节约资本的内生增长和集约增长;信息革命使产业结构和就业结构发生革命性变化。曼纽尔·卡斯特在其20世纪90年代末出版的《网络社会的崛起》一书中认为,资本主义在今天已经高度信息化,当代资本主义是信息时代的资本主义,即"信息资本主义"或"信息化的资本主义"。卡斯特认为,在20世纪70年代资本主义的再造过程中,信息技术扮演了主要的角色①。以微电子、计算机、通讯、电视、广播、光电、纳米、生物和网络技术为标志的信息技术革命,已经对当代资本主义的经济生活、政治生活、文化生活和全部社会生活以及相应的制度都产生了深刻而重大的影响,社会整体被信息化、网络化、数字化,因此这种信息资本主义也被称为网络社会或数字资本主义。在这个阶段,信息技术对社会各个领域产生了全面的渗透,使得以信息技术为基础的新经济成为资本主义经济的支柱。

其他各种资本主义阶段的视野中,实际上也或多或少考虑到信息技术的发展因素。詹姆逊的晚期资本主义社会突出"全球化"、"信息化"的内容。他指出"全球化"、"信息化"是与结构性

---

① [美]曼纽尔·卡斯特:《网络社会的崛起》,社会科学文献出版社,2001年版,第71页。

失业、金融投机、失控的资本流动联系在一起的。全球化和信息化技术确实是新的资本主义"后现代"阶段的主要创新。金融资本主义也考虑信息化的因素。信息技术成为交易技术后,减少了交易成本,使资本自由化。信息技术从性质上转变了金融交易的方式,可以即时运作也可以未来运作,造成了证券交易市场的革命。风险资本主义的斯科特·拉什指出,当代资本主义的风险和危险,将不再是由工业社会的物质化生产过程中所产生的风险和危险,而是从信息领域、从生物技术、从通讯和软件领域产生出的新的风险和危险。垄断资本主义也提到信息技术的垄断。信息技术将开创垄断资本主义史无前例的垄断。由于信息产业的核心技术被极个别发达的资本主义强国的信息寡头完全垄断。作为一种资本形态,信息资本主义开创了资本主义自进入垄断以来空前的也可能是绝后的垄断形式,而且这种垄断被覆盖上知识产权的外衣而变本加厉。信息技术借助于知识产权制度,依靠一系列独特的信息规则,以确保该行业的超额垄断利润。诸如,信息产品具有高固定成本低边际成本的特征,信息产品能够对使用者产生极强的锁定效应,信息捆绑和版权策略,零关税倾销策略等等①。全球资本主义认为,信息技术造就了资本全球化效果。现代信息技术可以将世界各地有价值的商品、劳务与信息进行实时地联结,可以让金融资本在全球各地不断追求较高的投资报酬率,可以将所有可以创造价值的人才、资金、商品与信息整合成为无疆界、无障碍甚至无时差的经济联合体。总之,若无新信息技术,全球资本主义就会大为受限。

239

---

① 鄢显俊:《信息资本与信息垄断》,《世界经济与政治》(北京),2001 年第 6 期。

## 二、新的矛盾与危机

如何看待信息时代的资本主义？一些技术乐观主义者如"后工业社会论"，力图用新科技革命证明，资本主义社会正在向一种神奇的新文明演变。它们撇开了社会生产关系，单纯以经济技术水平去划分社会形态和社会发展阶段；脱离了社会条件去观察科技的发展，把科技在现代社会发展中的作用绝对化；把科技和管理人员的崛起夸大为新统治阶级的出现，认为现在是能人统治、技术和知识阶层掌权。这就走到了另一个极端，掩盖当代资本主义的危机和矛盾。对待当代资本主义的历史命运，需要做实事求是的、比较具体的、多方面的分析。

信息时代的资本主义的历史命运取决于资本主义各种矛盾的变化。这体现在国内和国际方面。

在国内方面，第一，基本矛盾的发展。在资本主义发展的漫长历史过程中，每一次科技革命都推动社会生产力的发展，进而引起资本主义基本矛盾发生曲折而复杂的变动。这个变动是通过资本占有关系和资本经营管理形式的演化体现出来的。18世纪70年代发生的第一次科技革命所带来的社会生产力的发展，使资本的经营管理形式由单个资本的管理形式转变为股份资本的管理形式。19世纪70年代发生的第二次科技革命所推动的社会生产力的飞速发展，集体资本的占有关系发展为私人垄断资本的占有关系，由此产生了私人垄断资本集团的经营管理形式，即以股份制为基础的联合制、参与制等。第二次世界大战以后兴起的、并在20世纪70年代以后发展到一个新的阶段的第三次科技革命，使生产社会化的程度提高到一个前所未有的高度，这就使资本占有关系从私人垄断资本发展为国家垄断资本，相应的经营管理形式也就从私人垄断资本集团经营发展为代表整个资产阶级的国家经营或国家与私人共同经营。信息时代的资本主义的出现并不能彻底化解资本主义的基本矛盾。这个矛盾在信息时代的表现变得更加错综复杂。一些矛盾缓和了，一些矛盾加剧了。有些矛盾消失了，新的矛盾又出现了。第二，对工人的剥削没有改变。资本的本质是榨取剩余价值。信息技术等高新技术在生产中的普遍应用，成为资本获取剩余价值的手段。这种剥削的外在表现就是社会的贫富分化。除了传统的财富分化，还出现了新的数字分化，即数字鸿沟。来斯特·瑟罗指出，过去的 20 年中，只有最上层 1/5 的职工获得了实际工资的增长。如果把收入分配分为五个层次，越往下，工资收入下降得越多，第四层下降为 10％，最底层下降则为23％①。在数字资本主义条件下，信息技术的影响和作用远远超出了经济领域，而扩大到政治和文化等所有领域，数字鸿沟的产生也对社会弱势群体的政治参与和精神生活产生了极其不利的影响。

在国际方面，第一，对发展中国家的剥削没有改变。全球化时代的资本主义矛盾必须从全球范围内的多个领域观察。资本主义形成了发达国家和发展中国家的依附关系。一些发展中地区如中国、墨西哥、印度、东南亚等，成为国际资本寻求高额利润的重要地区。而撒哈拉以南的非洲，亚洲和拉美的一些贫困国家，无利可图，被资本主义世界边缘化。发达国家与发展中国家之间主要通过贸易、投资、技术等方面进行不平等交往。在技术方面，发达国家占据了世界资本主义体系中的技术垄断地位，一方面把在本国生产的产品已趋于过剩或被淘汰的技术项目转移到发展中国家，

---

① ［美］莱斯特·瑟罗：《资本主义的未来》，中国社会科学出版社，1998 年版，第 23 页。

另一方面也把有害于生态环境的、只具备陈旧技术生产设备的企业转移到发展中国家。这样发达国家可以降低成本，占领发展中国家市场。发展中国家只能处于技术的较低层次、较低等级上，跟在发达国家身后亦步亦趋地爬行。在贸易方面，利用其在世界资本主义体系中所占有的国际分工和劳动生产力的优势，发达国家采用不等价交换的方式剥削和控制发展中国家，即凭借其垄断地位，利用发展中国家不具备制造技术要求高、精度大的电子、机械设备和化工等产品的特点，极力提高自己所生产的并销往发展中国家的工业制成品的价格；利用发展中国家所生产的初级产品具有的需求弹性低、库藏时间短、容易找到代用品的特点，极力压低发展中国家出口初级产品的价格，从中获取大量超额利润。第二，穷国与富国之间的矛盾在信息时代还表现为越来越深、越来越宽的数字鸿沟。西方发达国家由于其强大的经济实力和先进的科学技术，正在享受信息经济和网络社会所带来的种种好处，而广大的发展中国家，特别是那些经济不发达国家，则正致力于解决温饱问题，甚至正在饥寒交迫中挣扎，没有更多的资源和机会去享受信息社会的好处。1993 年乌拉圭回合第八轮谈判，《与贸易有关的知识产权协议》正式签署，知识产权成为西方获取剩余价值的新的工具。正是基于信息时代资本主义内在和外在的这些基本矛盾，一些左派宣称信息技术不能改变资本主义的命运。

信息时代的资本主义内部还孕育着其对立的因素，即朝着社会主义发展。信息资源具有可共享性、无限制性，其内在要求生产关系与之相适应。保尔·博卡拉等法国经济学家认为，信息革命极大地促进了生产力的发展，信息革命使产业结构和就业结构发生革命性变化，从而为未来社会准备了要素。信息产品具有可复制性、无限消费性、共享性、积极外部性等特殊性质，信息产品的这种特质促进生产资料的私人占有制向社会所有制过渡。值得指出的是,信息时代的社会变革主体也在变化。各种新式的工人以及其他进步阶层的不断壮大,成为逐步推进社会走向社会主义的强大生力军和主力军。在信息时代,产品的物质要素所占的比重越来越小,信息和知识所占的比重越来越大。而信息和知识与劳动者,特别是智力劳动者难以分离。在这种情况下,资本的权力被相对削弱。信息革命需要掌握先进知识和技能、具有较高教育、文化素质的劳动者,这在客观上有利于劳动者的全面发展。知识工人是信息时代强有力的具有远大前途的阶层。

信息时代的资本主义依然是资本主义。历史地看,技术进步并不必然引起社会性质的改变。马克思指出,"在我们这个时代,每一种事物好像都包含有自己的反面。我们看到,机器具有减少人类劳动和使劳动更有成效的神奇力量,然而却引起了饥饿和过度的疲劳。新发现的财富的源泉,由于某种奇怪的、不可思议的魔力而变成贫困的根源。技术的胜利,似乎是以道德败坏为代价换来的。随着人类愈益控制自然,个人却似乎愈益成为别人的奴隶或自身的卑劣行为的奴隶。甚至科学的纯洁光辉仿佛也只能在愚昧无知的黑暗背景上闪耀。我们的一切发现和进步,似乎结果是使物质力量具有理智生命,而人的生命则化为愚钝的物质力量。现代工业、科学与现代贫困、衰颓之间的这种对抗,我们时代的生产力与社会关系之间的这种对抗,是显而易见的,不可避免的和毋庸争辩的事实"①。"这些矛盾和对抗不是从机器本身产生的,而是从机器的资本主义应用产生的!因为机器就其本身来说缩短劳动时间,而它的资本主义应用延长工作日;因为机器本身减轻劳动,而它的资本主义应用提高劳动强度;因为机器本身是人对自然的胜利,而它的资本主义应用使人受自然力奴役;因为机器本身增

243

① 《马克思恩格斯全集》第12卷,人民出版社,1980年版,第4页。

加生产者的财富,而它的资本主义应用使生产者变成需要救济的贫民,如此等等……"①。有的学者颇为激烈地指出,在所谓的知识社会中,我们看到,知识带来了经济的持续增长,但劳动者的收入却在降低;知识创新的制度化在加强,但知识社会却走向无序;知识在本质上是可共享的,但共享知识却意外地导致知识霸权;公有知识在全球扩散,但知识差距却在拉大②。詹姆逊明确指出,今日资本主义并未发生根本性的变化。

正是如此,一些西方著名学者分析了当今资本主义的危机。德里达曾列举了西方资本主义世界十大弊端③,并反反复复地说道,当今资本主义世界确确实实并非如福山所描述的那么美好,而是病得非常厉害,一天不如一天了;衰败正在扩展,正在自行生长,而且这种衰败不是成长中的衰败,不是发展的一个新阶段,因为当今资本主义世界成长本身就是病态的。德里达认为,福山所描绘的关于当代资本主义世界的那幅乐观主义图画,染有犬儒主义的味道。他强调指出,经济战争、民族战争、少数民族间的战争、种族主义和排外现象的泛滥、种族冲突、文化和宗教冲突,正在撕裂号称民主的欧洲和今天的世界。沃勒斯坦是世界体系理论的著名代表。早在20世纪80年代,他就曾经因预测全球化自由市场经济已经走入绝境、2025年会出现取代资本主义的"新秩序"而受人瞩目。在21世纪,沃勒斯坦认为自由资本主义的世界体系正在走向解体。资本主义全球体系的发展具有先天的限制。在未来资本主义体系中,所有人的利润都会越来越薄,这是资本主义体系结构先天就有的限制,不是任何人做什么就可以改变的。有越来越多的

---

① 《马克思恩格斯全集》(第26卷上册),人民出版社,1975年版,第483页。
② 杨松·《"数字资本主义"依然是资本主义》,《思想战线》,2007年第2期。
③ [法]德里达:《马克思的幽灵》,中国人民大学出版社,1999年版,第115—119页。

人因所得的差距越来越大而对自己的未来越来越不满。由于资本主义全球体系正走向危机,所以在沃勒斯坦看来,未来1/4的世纪都将处于一个黑暗时期。莱斯特·瑟罗在《资本主义的未来》中指出,当代资本主义世界的三个主要支柱:美国、西欧和日本,都有危及自身和世界经济和政治稳定的结构性弱点。尽管资本主义提供了前所未有的效益和技术,但由于只有贪得无厌,这些优势可能成为这种制度毁灭的根源。它在经济日益失衡的环境中运行,往往是促使其进一步恶化的原因,结果是慢慢地陷入一种"新的黑暗时代"①。罗伯特·库尔茨甚至认为,以信息技术为代表的第三次工业革命,是资本主义进入了大规模失业并由此产生的制度性危机的一个新的阶段。

随着资本主义对自身生产关系的不断调整,特别是在20世纪30年代普遍实行凯恩斯主义即加大国家对经济的干预和实行福利政策以来,资本主义的矛盾得到了一定程度的缓解。一些理论家据此认为应当用新的思维来思考资本主义的危机问题。生态危机理论就是其中之一。生态危机理论是由阿格尔、莱易斯等人在20世纪70年代提出来的。他们断言,"历史的变化已使原本马克思主义关于只属于工业资本主义生产领域的危机理论失去效用。今天,危机的趋势已转移到消费领域,即生态危机取代了阶级危机。资本主义由于不能向人们提供缓解其异化所需要的无穷无尽的商品而维持其现存工业增长速度,因而将触发这一危机②。"以私有制为基础,以追求利润的最大化为目的的资本主义生产的无政府状态所带来的过度生产和过度消费,必将导致对自然资源的

① 罗文东:《当代西方资本主义理论流派研究》,安徽人民出版社,第25页。
② [加]本·阿格尔:《西方马克思主义概论》,中国人民大学出版社,1991年版,第486页。

掠夺性开发。资本主义条件下的个体公司不可能按违背其自身利益的、着眼于集体和长远利益的生态化方式进行生产经营，于是全球性生态危机的出现在所难免。这一矛盾是内在的，决定了不会有持续的、绿色的资本主义。

指出当代资本主义孕育着的危机，并不是出于义愤的诅咒，而是具有深刻的内在原因。马克思主义曾对资本主义危机做过经典的分析。马克思在分析资本主义生产方式的基本矛盾，即生产的社会化和生产资料的资本主义私人占有时，认为周期性爆发的、以生产过剩为特征的经济危机，在资本主义世界每隔若干年就爆发一次，而且周期越来越短，程度越来越严重。马克思正是据此断言，资本主义私有制的丧钟已经敲响了，资本主义的灭亡和社会主义的胜利同样是不可避免的。资本主义历史上的确发生过许多次危机。英国是世界上资本主义发展最早的国家，也是周期性生产过剩的危机最早发生的国家。相关统计资料表明，若从1857年发生的第一次世界性资本主义经济危机算起，到第二次世界大战爆发前为止，资本主义世界共计发生了十一次世界性的经济危机，分别是：1857年，1866年，1873年，1882年，1890年，1900年，1907年，1913年，1920年，1929—1933年和1937年。1929开始的世界经济大危机，更是震撼了资本主义世界。这次危机于1929年10月开始爆发，以"黑色星期一"的证券市场危机为导火索，包括美欧主要资本主义国家在内的资本主义世界经济大危机，不仅持续时间长，而且破坏程度空前严重。主要资本主义国家工业生产下降的幅度，分别为美国46%，德国的40%，法国的32%和英国的23%。主要资本主义国家的失业率，分别为美国的24%，英国的23%，德国的30%和法国的24%。当时的资本主义世界一片恐慌，主要资本主义国家都在求变，美国选择了罗斯福的新政，但德国、意大利、日本等在这种背景下走上了法西斯主义和军国主义的道路。

资本主义尤其是二战之后的资本主义出现了很大的变化。经济危机虽然始终伴随着资本主义生方式的发展而不断发生,但发生的频率、强度、形式和内容却大为不同。当然,这绝不是说资本主义已经消灭了危机。2008年最新的世界经济危机再次暴露了资本主义内在矛盾的严重性。

当代资本主义的经济危机突出表现为金融危机。金融危机又与金融投机密切关联。20世纪70年代布雷顿森林体系崩溃之后,各国金融市场逐渐开放,借助信息技术的支撑,资本在全球高速流动,随时寻找最大的收益,具有明显的投机性。为了追求最大利润,大量资本不是流向生产领域,而是流向金融领域,进行投机活动。比如就外汇交易而言,用于炒作投机的占90%,用于贸易和投资的不到10%。20世纪末期,世界经济的美元化、金融化带来的不稳定性连续不断,诸如日本通货紧缩(1990年至今),美国经济衰退和不动产崩溃(1991年),墨西哥危机(1994年),亚洲金融危机(1997—1998年),俄罗斯政府推迟偿还短期国债和美国长期资本管理基金崩溃(1998年),巴西危机(1999年),美国互联网泡沫破裂(2000年3月),阿根廷危机(2001年)等等。

21世纪初,美国安然公司的破产就是投机崩溃的典型。安然公司在20世纪80年代末还只是美国二、三流的公司,但在90年代的10年中竟跻身于美国500强中的第七位,成为世界最大的石油天然气公司。这些年安然股价之所以会不断飚升,原来是安然公司勾结美国政府中的某些当权人物,修改美国有关法律,以适应安然进行能源产品衍生交易的需要;勾结世界著名的会计师事务所安达信,编造虚假公司业绩欺骗股民;勾结花旗、摩根等美国著名银行,在安然外围设立公司,一方面掩盖公司负债的真相,一方面通过与外围公司的关联资产交易,造成公司盈利大幅度增长的假象。2000年,安然公司的利润中来自传统能源生产与销售的部分竟然只占到2.3%,绝大部分利润都是来自于资产交易,难怪人们说安然已经越来越不像一家生产公司,而更像一家投资银行。为了编造虚假经营业绩,安然公司在1999年创立了一家进行能源衍生产品交易的网络公司"安然在线",当年的交易额就达到了1万亿美元。而奇怪的是,在这个网上交易中,几乎所有卖主都是把产品卖给一个买主,就是安然自己。而几乎所有买主又都是从一个卖主手中买到东西,这个卖主还是安然。当安然公司继续作假不成就只有宣告破产时,公司从市值最高时的900亿美元到目前只剩下不到5亿美元,以及一大堆债务甩给银行。

2008年最新经济危机的导火索是美国的次贷危机。二战后到80年代,美国的住宅金融一直是以民间的储蓄贷款机构为中心、以联邦抵押金融公库为补充而发展扩大的。20世纪80年代,民间的储蓄贷款机构出现了两次危机。在这些危机中,有数百家民间的储蓄贷款机构破产。据估算,包括存款保险机构的损失在内,危机所造成的损失总额达1500多亿美元。由此,一直持有债券到到期为止这种美国的住宅金融模式走到了尽头。20世纪90年代以后,它们就向证券化模式转变。1996年以后,在新经济景气下,美国住宅市场重新活跃,同时从消费者角度来看,住宅贷款的主力变成了抵押贷款公司。很多抵押贷款公司并不吸收存款,伴随着住宅贷款的证券化,就可以摆脱资金制约和高通胀下倒挂问题,而且不受州际限制地持续扩大业务。随着信息技术的进步,信贷得分等个人信用等级评价体系的完善,当低利率的浮动利率、最初只偿还利息甚至是低于利息的还款、允许以后逐渐增加还款的融资等灵活且最初吸引低收入阶层的融资产品的精细设计和管理成为可能。在技术和政策的推动之下,大型商业银行和储蓄金融机构都纷纷以子公司形式参与该业务,面向次贷阶层的抵押贷款急剧扩大。美国住房贷款不断扩大,到 2006 年累计余额高达 13 万亿美元,与 GDP 规模相匹敌。其中,次级贷款尤其是 2001 年以后急速增加,2006 年占总住宅贷款的 20%。如果平均每笔贷款为 20 万美元、平均每个家庭为 3 口人的话,就有 850 万个家庭共计 2550 万人靠次级贷款获得了住房。到 2006 年,长达 10 年的美国住宅市场的投机性景气达到了顶点。随着住宅价格下降,次贷阶层的还贷就出现问题,抵押房产被扣押就增多。同时,各种次贷关联证券的信用风险增大,其价格下跌,其流动性下降,评级被一再调低,保险公司也频频发生倒闭危机,各种金融机构和各种投资基金的损失不断增加,从而导致其危机的发生和恶化。

次贷危机使新世纪以来靠住宅市场投机性泡沫支撑的美国经济景气出现逆转,导致了消费需求、企业盈利和就业形势的恶化,造成从金融部门到非金融部门的宏观经济正在走向真正的衰退。美国出现的经济危机也正在极大地震动着世界经济,金融危机席卷全球。

国际货币基金组织前首席经济学家肯·罗格夫指出:这次危机是对几个世纪以来金融领域屡见不鲜的荒唐行径的亦步亦趋。《金融时报》的马丁·沃尔夫写道:这次危机源自全球宏观经济的失序,而非简单的金融脆弱性或者重要的央行所犯下的错误。英国学者苏珊·斯特兰奇用赌场资本主义形容当代资本主义具有高度的投机性和风险性。当代资本主义社会恰如一个巨大的赌场,它具备了赌场的所有要素:赌徒、赌具、赌资、筹码和赌场的规则,它也像赌场一样充满了投机和风险,少数赌徒可能一夜暴富,但更多的则是满盘皆输。这种投机性集中体现在当代资本主义的金融体系中。这一金融体系有极其复杂的结构,其成分除了传统资本主义所固有的银行、证券交易所、信托公司、期货公司和保险公司等外,还包括各种各样的新式基金会和投资公司,特别是金融机构的数量增加、交易规模和交易活动的范围比以前更大,交易成本成倍增多,交易的手段更先进。从而其赌场的性质也更加明显。在资本主义发展史上,反复出现过多次伴随着投机性金融交易扩大的泡沫膨胀及其破灭的过程。正如马克思所指出的那样,资本主义的信用体系,一方面具有实现社会闲散资金的动员利用的合理性功能,另一方面又具有难以摆脱根本性的投机不稳定性。次贷危机揭示了资本主义金融体系内在的不稳定性。美国金融企业的利润总额在上世纪70、80年代只是非金融企业的利润总额的1/5,到2000年上升到1/2,最高峰进一步上升到7成以上的水平。这种金融产业部门的膨胀,并不是主要靠将存贷利差作为主要收益源泉这种传统型银行业务,而是主要靠由证券等金融产品的开发、推销、交易、信用担保等所获得的手续费、保险费、金融产品及衍生金融产品的投机性交易的差价收益。

　　英国路透社这样形容这场危机,信贷危机几乎演变为一场灭顶之灾。虽然世界各国政府已经投入数以千万亿美元计的巨资挽救濒临崩溃的银行并阻止全球性萧条,但是危机并没有消退迹象。人们正在达成一个共识:资本主义要想自我拯救,需要一场21世纪的大修。英国《国际社会主义》杂志2008年春季号刊登了克里斯·哈曼题为《从信贷吃紧到全球危机的幽灵》的文章,认为当前由美国蔓延到全球的次货危机,是20世纪70年代中期以来世界资本主义利润率持续低迷的最新恶果。美国曾先后利用广场协定向德、日,利用新自由主义向原苏东社会主义国家和第三世界,利用金融化向全球转嫁这一利润率危机。日本学者伊藤诚指出,美国次贷危机导致了消费需求、企业盈利和就业形势的恶化,表明了新自由主义政策的破产。次贷危机的影响,使人们强烈地感受到需要关注金融问题,有必要重新探讨经济政策的公正和公平运用的实现途径等问题。英国路透社还报道说,随着华尔街金融危机的爆发,我们过去熟知的资本主义正濒临末日,马克思当年的预言也得到了验证。日本再度掀起了一股马克思主义热，人们把马克思的书当成探讨资本主义之后将出现的新世界的教科书。日本《经济学人》杂志刊登一篇由日本神奈川大学经济系教授撰写的文章，题为《马克思为何再次受到关注》。文章指出，现在寻找对抗帝国理论的关于马克思的书特别畅销。我认为这次人们不是想从马克思那里找到治疗资本主义的"灵丹妙药"，而是想把马克思主义当成取代资本主义的一种新选择，从而重新评价马克思。人们是把马克思的书当成探讨资本主义之后将出现的新世界的教科书，感到有必要重读马克思。

以上资本主义的矛盾和危机表明，马克思主义的两个必然仍是历史性的结论。当代资本主义矛盾的状况以及出现的新因素，也表明理解信息时代的资本主义时，不能离开这个结论。这是一方面。然而，另一方面则是不能将这个大历史的结论简单化，尽量避免极端化的、被实践所证明的不合时宜的判断，必须充分看到其中的变化和复杂性。

第一，资本主义生产力还能增长。以前有的观点认为，资本主义生产关系再也容纳不了生产力的需求，资本主义已经到了最后的阶段，资本主义灭亡的时间似乎指日可待。事实上，当今资本主义的生产力比之那个时代又提高了几十倍甚至上百倍，但仍然不能断定资本主义马上灭亡。如同马克思指出的："无论哪一个社会形态，在它所能容纳的全部生产力发挥出来以前，是决不会灭亡的。"①就当代资本主义而言，它不仅容纳了现实的生产力，而且还能容纳生产力的进一步发展。全球化开辟的世界市场需求，为少数发达国家生产力的发展提供了较广阔的空间。以信息化为代表的新科技革命，为资本主义的发展提供了新的机遇。需要指出的

---

① 《马克思恩格斯选集》第2卷，人民出版社，1995年版，第33页。

是信息化中的垄断和竞争问题。在当今西方世界，一方面，各大公司为了迎接经济全球化和新科技革命的挑战，加速兼并联合，从而使垄断进一步向纵深化和更广泛领域发展；另一方面，各国政府却毫不留情地高举反垄断的利剑，垄断才被严格限制在合法的限度内。跨国公司大部分并非垄断资本，而是中、小型资本。在发达国家，中、小型跨国公司也占很大比重，如在英国和法国约占 80%。竞争能促进中、小企业不断生长，是资本主义增长的动力和源泉。信息技术革命等带动了新一轮竞争的热潮。当今西方资本主义经济远不是简单地用垄断二字可以概括的，毋宁说它还是一个竞争大于垄断的社会。

第二，资本主义社会关系还能调整。资本主义每一次自我调节都使它获得新的动力。众所周知，19 世纪末、20 世纪初，由于电力技术等的普遍应用，推动了大工业的发展，促使资本主义出现了阶段性的变化，即进入帝国主义阶段。这个阶段被认为是资本主义的最高阶段，是一个丧失活力的腐朽的和垂死的阶段。20 世纪资本主义通过调节，改变了 19 世纪的自由资本主义在生产和社会关系方面的一系列紧张关系，由此而极大地促进了资本主义生产力的新的发展。当代资本主义都在寻求调整。资本主义努力采用新技术，改进生产管理，使之更加社会化、国际化，以促进生产的发展。二战之后发达资本主义借助新科技革命，生产力得到了长足和巨大的发展，并且进行了包括福利国家在内的各种社会改良。西方还赢得了与苏联社会主义阵营冷战的胜利。当代资本主义更是努力作出面向时代，尤其是面向信息化、全球化的调整和变化，无论是经济上的新自由主义变革，还是行政上的新公共管理变革，都与信息时代全球化的大背景相联系。资产阶级的民主形式进一步扩大。在消除选举的种族、性别歧视并实现较为完整意义上的普选制的基础上，西方国家公民权利的内涵与外延有新的拓展，公民权利相应地得到扩大。当代资本主义国家在坚持不损害资产阶级根本利益的前提下,采取包括允许部分工人参加企业管理等多种形式改善劳资关系,缓和阶级矛盾。这些使得西方国家在战后半个世纪的时间内基本上保持了国内的安定与和平。新技术革命也是资本主义调整社会关系的新工具。比如,通过技术手段来增加劳工的绝对所得,从而减轻劳工的生存发展压力。技术进步是资本主义国家化解劳资矛盾的主要手段之一。

第三,变革资本主义的阶级力量有待整合。变革资本主义的基本力量是无产阶级。当代西方无产阶级还没有充分动员起来,还存在阶级意识的缺乏和历史使命感的淡漠现象。这既与工人阶级为维持经长期斗争取得的既得利益的考虑有关,也与当代资本主义社会盛行的改良主义对工人阶级所造成的不可忽视的影响相连;既有工人阶级内部由于结构复杂化、分散化和多层次化所造成的整体处于分裂状态,而难以采取统一的行动和进行共同的斗争,也有工人阶级政党和工会指导思想及其行动方针的失误,导致其权威和影响减弱的因素;既与当前资本主义生产方式尚有进一步容纳生产力发展的空间有关,也与垄断资产阶级对无产阶级意识的分散化密不可分。信息时代如何动员和组织进步的力量进行社会变革,是需要探索的时代难题。

## 三、两制的新竞争

信息时代的来临,引发了一个重大的论争:这个时代的未来究竟是社会主义的,还是资本主义的,或是其他主义的。这需要解析技术形态与社会形态的关系,对信息社会两制的未来进行前瞻。

马克思主义经典的社会形态论理论是五段论,即社会从原始社会、奴隶社会、封建社会、资本主义社会到共产主义社会历史地发展(就马克思而言,社会主义是作为共产主义社会的一部分)。当然,马克思也有另外的社会形态划分,如在《1857—1858年经济学手稿》中提出的社会历史的三段划分就是:人对人的依赖关系的社会,人对物的依赖关系的社会,人的全面自由发展的社会。而过去公认的,还是从原始社会到共产主义的社会形态划分。

当今常用的技术形态划分是三段论,即社会从农业社会、工业社会到信息社会的发展。当然,很多表述不一样,比如后工业社会理论的代表人物丹尼尔·贝尔,将人类社会的发展历史划分为前工业社会、工业社会、后工业社会。这里的前工业社会就是农业社会,后工业社会相当于信息社会。也有人将这三个阶段称为农业文明、工业文明和信息文明。除了这种大的三个阶段外,还有人从更小的阶段划分,比如将人类有史以来的科技革命分成5、6次等,或将近代以来的科技革命分成蒸汽时代、电气时代、电子时代等。当然,最有代表性和流行的,还是农业、工业、信息时代的划分。

技术形态与社会形态是认知社会发展的不同视野。社会是复杂的和多层面的,因此对社会发展的认知,可以而且必然是多视角的。任何社会都混和了各种不同的经济、技术、政治和文化体系,每一个体系都有自身的相对独立性。因此从任何角度观察社会,都有其自身的合理性,也有其自身的局限性。所以,不能以社会形态否定和取代技术形态,更不能以技术形态否定和取代社会形态。实践中,不同的学者可以有不同的视角,即使同一个学者也能从多个视角认识社会。比如,马克思除了经典的社会形态论外,也有技术形态的划分。马克思曾有过采集和渔猎时代、农业时代、工业时代等提法。中国过去一直遵照马克思的社会形态学说划分社会。当代科学技术在社会中的作用越来越突出,越来越多的学者尝试从技术视野观察社会形态。

技术形态与社会形态具有内在的关联。首先,无论是技术形态还是社会形态的划分，两者所指的社会对象是同一的。这就意味着两者的不同，是同一社会的不同侧面，而不是不同的社会。社会是整体的和系统的，不同侧面之间不是孤立的，而是具有某种内在的联系。其次，技术形态和社会形态都是依照历史发展排列的。如丹尼尔·贝尔就是"前""后"逻辑，即前工业社会、工业社会和后工业社会。马克思的从原始社会到共产主义社会是一种历史顺序，而从农业社会到信息社会也是一种历史顺序。如果仿照贝尔的逻辑，则也可以称为前资本主义社会、资本主义社会和后资本主义社会。由此可见，技术形态和社会形态划分的历史向度是相同的，因而可以比较。第三，技术进步与社会进步具有内在的关联性。在马克思看来，科学技术是"历史的有力的杠杆"，是"最高意义上的革命力量"①。科学技术是第一生产力，不仅使人类的物质财富和精神财富突飞猛进地增长，而且是推动社会变革的伟大力量。历史上，每次重大的技术进步都推动着经济发展和社会变革。

255

技术形态与社会形态之间的这种关联，不是简单的对应关系。比如说，某个技术形态如农业形态，就只能对应某种社会形态如封建社会。事实上，在各个技术形态和社会形态之间，存在着巨大的复杂性。这既表现为一个技术形态对应于几个社会形态，比如工业时代既有社会主义，也有资本主义，甚至还有封建主义遗留；也表现为一个社会形态可以存在于几个技术形态，如社会主义是大工业发展的产物，但在工业不发展的农业社会也可能产生社会主义。丹尼尔·贝尔曾用美国、苏联、印尼、中国来说明社会制度和生产力之间的交错关系。他认为，从技术层面，美国和苏联都是工业社会，中国和印度尼西亚都不是；而从社会层面，美国和印尼都

---

① 《马克思恩格斯全集》第19卷，人民出版社，1963年版，第372页。

是资本主义,苏联和中国都是社会主义①。

出现这种复杂性的原因有多个方面。从技术形态上看,农业时代、工业时代、信息时代的划分具有模糊性,并没有明晰的时间分期,而且也难以作出这样的分期。任何社会在技术上都具有复杂性,都不会、也不可能是纯而又纯的。比如,在工业时代中既有农业时代的遗留,也有信息时代的萌芽。技术形态的社会发展是递进的关系,而不是取代的关系,后一种形态中总是包容着前一种形态。比如,工业时代不是没有农业,信息时代也不是没有工业。从社会形态看,虽然从政权角度可以认定一个社会的性质,但社会转变的经济基础和生产力水平是很复杂的,经济发展水平落后的国家,并不一定在社会革命方面就走在后面。社会形态也不是纯而又纯的,每一个社会也有前一个社会的遗留和后一个社会的萌芽。所谓社会形态的历史顺序,只是一般性而言,并不是每个国家都要严格经过这样的顺序,也不排除一些国家在发展过程中出现跳跃。两种形态本身的复杂性,以及两者相互关联的间接性,使得不能将具体的技术形态与社会形态的关系理解简单化。

鉴于技术形态与社会形态之间的复杂关系,我们可以作出这样的假设,即每一个具体的技术形态与社会形态之间的适应关系,与其说是定性式的"是"或"否",即或者是"适应",或者是"不适应";不如说是定量式的"强"、"中"或"弱",即适应程度上有所差别。以下是技术形态与社会形态对应关系的图表。为简化起见,图中的社会形态只截取了当今还有意义的封建社会、资本主义社会和社会主义社会。这个图表假设有两个隐含的前提,一是农业社会、工业社会、信息社会的历史进程,与封建社会、资本主义社

---

① [美]丹尼尔·贝尔:《后工业社会的来临》,新华出版社,1997年版,第7—8页。

会、社会主义社会的历史进程是统一的。二是每一个社会形态对技术形态的适应性都有一个从弱到强并再到弱的过程。

**图表　技术形态与社会形态的关联模式**

|  | 农业社会 | 工业社会 | 信息社会 |
|---|---|---|---|
| 封建社会 | 强 | 中 | 弱 |
| 资本主义社会 | 中 | 强 | 中 |
| 社会主义社会 | 弱 | 中 | 强 |

显然，这个图表的假设还有许多需要推敲的地方，而且本身是简化又简化的产物。但这个假设对认知技术形态和社会形态，提供了一些新的也是简明的见解。

第一，每个具体的技术形态与社会形态的多重对应关系。比如说，农业社会可以是封建社会，但也不排除农业社会是资本主义社会，甚至在农业社会基础上建立社会主义也是有可能的。20世纪一些国家的社会主义变革，就是在基本上还是农业社会的背景下发生的。又如工业社会，工业革命催生了资本主义，工业社会与资本主义紧密关联，这是毫无疑问的。但在一些封建或带有封建性质的国家，也能够实现一定的工业化。而现实中的社会主义国家，也没有能够超出工业化的阶段。信息社会还是未来的设想。马克思设想社会主义是大工业时代的产物。这即是说，工业时代的前半段是资本主义的，后半段也就是大工业阶段是社会主义的。马克思没有经历、甚至没有预计到信息时代的来临，所以他的展望只是工业社会。如果将马克思所言的大工业时代转换成信息时代，马克思的设想也正好符合图表中的假设。信息社会应该是与社会主义最相关，但现实中资本主义率先进入信息时代。如果有的国家在信息时代依然保留带有封建标志的国王的话，也是一种可能。

257

图表中这个多重对应关系的假设，在理论上突破了"单线论"。单线论将每个技术形态对应于一种社会制度。而一旦在一种技术形态中出现多种社会形态，就将其中的一些社会形态看成是例外。甚至将之看做是缺乏合法性的，或是作为新的"早产"的社会，或是作为灭亡社会的"残余"。多重对应关系则认为，每个技术形态能对应多个社会形态。这多个社会形态都是正常的，都具有自身的适应性，虽然在适应性的程度上有所区别。

第二，每个具体的技术形态与社会形态具有对应的重心。两者之间虽然是多重对应关系，但在强度上并不是均衡的，而是内在联系有强有弱，适应性有大有小。依照图表，农业社会与封建社会相关最强，工业社会与资本主义社会相关最强，信息社会可能与社会主义相关最强。从一般理论上，工业社会的生产力水平高于农业社会，信息社会的生产力水平又高于工业社会，因此它们与之对应的社会形态，也应该是逐步提升的。从历史和现实中看，农业社会的大部分是封建社会，工业社会的大部分是资本主义社会，或许未来的信息社会将最终是社会主义社会。这个图表也说明，封建社会的适应性高峰在农业社会，而今显然处于衰落阶段。资本主义适应性高峰在工业社会，随着信息社会的来临，也在走下坡路。社会主义却处在一个适应性提高的阶段，信息社会比工业社会更适应于社会主义。

图表中对应重心的假设，有别于"平行论"。平行论把同一技术形态中的各种社会形态看成是平行的。比如，将社会主义和资本主义都看做是工业时代现代化的手段，似乎它们并没有原则差别。"统一工业社会"论的创始人雷蒙·阿隆就认为，社会主义和资本主义只不过是工业社会发展的两种途径①。贝尔则指出，资

① 叶险明：《论现代西方社会发展与改革理论》，《清华大学学报哲学社会科学版》（北京），1994年第3期。

本主义和社会主义是两种不同类型的工业社会,它们都将进入
"后工业社会"。图表的假设虽然承认在同一技术形态下不同社
会形态的同时存在,但这些社会形态在适应性上存在着"强"、
"中"、"弱"的差别。

当今时代正在向信息时代迈进,与这个技术形态相对应的未
来社会形态是什么? 社会主义还是资本主义? 这个问题需要回
答。但是也要看到,信息时代还刚刚起步,任何关于信息时代的论
断,都不能不带有假设的性质,还需要未来的实践来检验。

前文的图表中,对信息时代的未来社会发展作了假设。这个
假设的逻辑前提是,技术形态和社会形态都在不断进步,而且技术
形态依照农业时代→工业时代→信息时代推进,社会形态依照封
建社会→资本主义社会→社会主义社会推进。从这个逻辑出发,
信息时代的社会走向有两个基本的结论。

第一,信息时代的两种甚至是多种制度将长期共存。信息时
代既可以是社会主义的,也可以是资本主义的,甚至不能完全排除
信息时代的某种封建主义。认为信息时代是单一制度的社会,无
论这种制度是资本主义还是社会主义,就如同认为工业时代是单
一社会一样,都是不正确的。两种制度的共存也将是长期的。就
资本主义对技术形态的适应来说,完整的过程应当是:弱→中→强
→中→弱。依照图表的假设,资本主义对信息社会有"中"度的适
应,它就没有完全丧失存在的依据,还有相当的生命力。两种制度
的长期竞争将从工业时代延伸到信息时代。

第二,信息时代的社会主义最终占有优势。从工业时代到信
息时代,社会主义的适应性从"中"上升到"强"。与资本主义的适
应性减弱相反,社会主义在信息时代的适应性增强。两种制度虽
然是并存的,但发展趋势还是不一样。当然,这个发展趋势的体现
需要若干条件。首先,这个发展趋势是一个长期的趋势,不代表某

一个具体阶段的现实。资本主义适应性的减弱是一个过程,社会主义的适应性增强也是一个过程。在这个大趋势中将包含着许多的变数。其次,社会主义强势的出现,还依赖于社会主义国家的加快发展。目前,世界发达的国家基本是资本主义国家。这些国家在信息革命中具有领先的优势,率先进入信息时代。它们也有机会率先进行相应的调整,试图适应这个新的时代。社会主义实践还限于相对落后的国家,还处在信息化的起步阶段。只有在社会主义国家进入比较成熟的信息化阶段之后,才有可能将理论上的强势转化为现实中的强势。

以上两种制度的未来走向,只是假设的推导。而今信息时代正在来临,已经对资本主义和社会主义产生着冲击。实践中,资本主义和社会主义都在试图加以调整,以应对这个新的信息时代。

信息时代与资本主义的初步结合,呈现出两个特征。

第一、资本主义对信息化的一定的适应性,信息化推动了资本主义的发展。当代的信息化发轫于发达的资本主义国家。信息化与资本主义的结合,形成了卡斯特所称的"信息化资本主义"①。卡斯特认为,目前存在的信息社会仍是资本主义社会,而不像工业社会那样还有别的主义(如被他称为国家主义的社会主义)②。当然,他也强调信息化社会在文化和制度上的多样性。他认为,信息资本主义增加利润的四种方法:降低生产成本、增加生产力、拓展市场、加速资本周转。就整个资本主义而言,真正的挑战是拓展市场。为了开拓全球市场,连接各个有价值的市场环节,需要提高全球流动的能力。信息化为开拓市场提供了相应的条件,使资本主

① [美]曼纽尔·卡斯特:《网络社会的崛起》,社会科学文献出版社,2001年版,第22页。
② [美]曼纽尔·卡斯特:《网络社会的崛起》,社会科学文献出版社,2001年版,第24页。

义在历史上首次实现了全球化。丹·希勒在"数字资本主义"一书中指出,信息技术的发展导致信息网络以一种前所未有的方式与规模,渗透到资本主义经济文化的方方面面,成为资本主义发展不可缺少的工具与动力。

第二、资本主义与信息化存在矛盾和冲突,信息化固化和激化资本主义的基本矛盾。丹·希勒认为,数字资本主义没有消除、反而强化了资本主义的一些矛盾。信息化的资本主义是一个严重两极分化的社会,既扩大了原有的社会差距,还造成了新的数字鸿沟。在国家之间,发达国家与发展中国家不可能均等享受知识资源,从而不可能均等享受知识增长所带来的全球收益。在国内阶层之间,数字鸿沟凝固和扩展了两极分化,信息贫穷者更加边缘化。资本主义还与信息技术的内在本质相冲突。资本主义的竞争虽然在一定意义上有助于产生科技成果,但私有制的相互技术封锁和垄断,不仅延长了技术成果产出周期,而且限制技术成果的分享范围。人类共享信息时代的科技成果是社会发展之要求。作为信息时代核心的知识和信息,两者在本质上是不可能私有的。这将使资本主义赖以为据的私有制最终丧失了存在基础。当代的自由软件运动,就是从信息技术发展的自身要求出发,反对软件产品的垄断和占有。而信息时代礼品经济的兴起,也是对牟利为基础的经济原则的根本否定。

展望信息时代的社会主义,也有两个特征。

第一、社会主义从本质上更适应信息化。一些左翼学者认为21世纪的信息时代是社会主义。英国左翼学者理查德·巴布鲁克提出了网络共产主义的概念。在他看来,信息时代的经济是礼品经济。这个礼品经济以奉献、合作、效率和共享为特征,摆脱和超越了商品经济的一些基本规范。随着信息社会的发展,社会的日益丰裕和闲暇,将出现以礼品经济为基础的赛伯共产主义。俄罗斯学者伊诺泽姆采夫认为,向信息时代的转变冲击着全世界。社会主义在适应新的后工业时代方面没有原则性困难。正在形成的后工业社会的许多特点,与马克思主义奠基人的预言完全吻合①。信息时代将满足人类日益增长的消费需求,并且不断创造人们的消费需求。信息时代的社会主义,是个激动人心的历史目标,它正召唤、集合和激励着全世界为社会主义而奋斗的战士。信息时代不是人类历史的福山式的终结,而是崭新时代的开始。

第二、现实的社会主义需要进行面向信息化的发展与改革。所谓发展,就是实践中的社会主义国家都比较落后,还处在工业化的中级阶段,甚至还有很多的农业社会的遗留。在信息化发展上,与发达国家还有很大的距离。现在还谈不上信息化与社会主义的很好结合。社会主义国家的当务之急是加快发展,赶上信息化的潮流,否则就连谈论信息化的社会主义的基本资格都没有。所谓改革,就是使社会主义体制适应信息化的需要。当今的社会主义体制是建立在工业时代的基础之上,不能不带有这个时代的特征。工业时代的体制不能很好地适应信息时代的要求。卡斯特曾详细分析了苏联的高度集中的计划经济体制与信息化的冲突,并认为这种体制是苏联在信息时代黎明崩溃的一个重要原因。约瑟夫·奈、弗朗西斯·福山都认为,计划经济对大工业有效,但面对信息时代的复杂性和变化就失灵了。苏联式僵化的社会主义,无法同化、利用信息技术之中的原则,遭到了信息时代的淘汰。

信息社会的未来是什么,就可以预见的将来来说,既存在社会主义,也存在资本主义。在一个相当长的时期内,两制竞争的关

---

① ［俄］B.伊诺泽姆采夫:《后工业社会与可持续发展问题研究》,中国人民大学出版社,2004年版,第3页。

键,是看哪种制度更能进行顺应时代的改革。

资本主义在适应技术发展方面有所成效。众所周知,19世纪末、20世纪初,由于电力技术等的普遍应用,推动了大工业的发展,促使资本主义出现了阶段性的变化,即进入帝国主义阶段。这个阶段被认为是资本主义的最高阶段,是一个丧失活力的腐朽的和垂死的阶段。然而,资本主义努力采用新技术,改进生产管理,使之更加社会化、国际化,以促进生产的发展。二战之后发达资本主义借助新科技革命,生产力得到了长足和巨大的发展,并且进行了包括福利国家在内的各种社会改良。西方终于赢得了与苏联社会主义阵营的冷战。当代资本主义更是努力作出面向时代,尤其是面向信息化、全球化的调整和变化,无论是经济上的新自由主义变革,还是行政上的新公共管理变革,都与信息时代全球化的大背景相联系。由于发达资本主义在信息化发展上处于领先的位置,"春江水暖鸭先知",它们在面向信息时代的变革方面也领先了一步。

社会主义在适应技术变革方面相对迟缓。苏联社会主义在20世纪30年代的大工业中取得了令人瞩目的发展速度,高度集中的计划经济显示了发展的优越。但在二战之后的新科技革命中,苏联体制的弊端日益显现。面对新科技革命引发的经济生活日益复杂和多变的形势,苏联经济体制僵化守旧,没有适时抓住机遇进行改革。在政治方面,则没有及时调整和改变党的组织结构和运作机制,继续维持着长期不变的僵化模式。这些逐渐演变为深刻的社会危机。当今俄国的一些学者认为,苏联社会主义之所以垮台,主要是因为不能根据经济的发展特别是当代的科技发展,使自己适应后工业社会的要求。后工业社会的到来向工业社会主义提出了挑战,使社会主义形成体系的最一般的原则遭到怀疑。俄共三大通过的纲领在总结苏联失败的教训和确定未来的任务时,实际上就是以后工业社会作为基本点的①。

20世纪的历史上,被认为腐朽的资本主义顺应新技术革命,一定程度上再现了活力;而被寄予希望的苏联社会主义则因保守僵化而走向解体。在信息时代来临之际,这种教训是极为深刻的。一方面,我们要认识到,资本主义的适应性变化是有限度的,不可能根本上改变制度,在未来的发展中资本主义的这种适应性将受到历史的考验。另一方面,社会主义在坚守基本制度的同时,要注意适应性变革。

当今中国更要未雨绸缪,与时俱进。这个"时"最宏观意义上就是信息时代,与时俱进重要的就是面向信息时代的变革。20世纪90年代以来全球市场化和信息化的同步扩张,并不是历史的巧合,而是信息化与市场化具有内在的联系。中国进行的市场经济体制改革,可以说是顺应信息时代的潮流。当然,这种变革不限于经济体制,各个方面都有适应信息时代变革的问题。

---

① 郑异凡:《苏联解体后俄国左翼学者的思考和探索》,《东欧中亚研究》(北京),1999年第3期。

# 参 考 文 献

## 一、书籍

《马克思恩格斯选集》第 2 卷,人民出版社,1995 年版。

《马克思恩格斯全集》第 4 卷,人民出版社,1972 年版。

《马克思恩格斯全集》第 12 卷,人民出版社,1980 年版。

《列宁选集》第 3 卷,人民出版社,1995 年版。

《列宁选集》第 4 卷,人民出版社,1995 年版。

《邓小平文选》第 3 卷,人民出版社,1993 年版。

[英]阿列克斯·卡利尼科斯:《反资本主义宣言》,上海译文出版社,2005 年版。

[美]阿尔温·托夫勒:《第三次浪潮》,北京三联书店,1983 年版。

[美]阿尔文·托夫勒:《力量的转移》,新华出版社,1996 年版。

[美]艾尔文·古德纳:《知识分子的未来和新阶级的兴起》,江苏人民出版社,2002 年版。

[美]埃里克·赖特:《后工业社会中的阶级》,辽宁教育出版社,2004 年版。

[加]本·阿格尔:《西方马克思主义概论》,中国人民大学出版社,1991 年版。

[美]布热津斯基:《大失控与大混乱》,中国社会科学出版社,

1995 年版。

[美]彼得·巴恩斯:《资本主义3.0》,南海出版公司,2007 年版。

[美]戴维·施韦卡特:《反对资本主义》,中国人民大学出版社,2002 年版。

[美]大卫·施韦卡特:《超越资本主义》,社会科学文献出版社,2006 年版。

[美]丹尼尔·贝尔:《后工业社会的来临》,新华出版社,1997 年版。

[美]丹尼尔·贝尔:《资本主义文化矛盾》,北京三联书店,1989 年版。

[法]德里达:《马克思的幽灵》,中国人民大学出版社,1999 年版。

[美]弗兰西斯·福山:《大分裂——人类本性与社会秩序的重建》,中国社会科学出版社,2002 年版。

[美]杰米里·里夫金:《工作的终结》,上海译文出版社,1998 年版。

[英]A. T. 卡里尼科斯:《反资本主义宣言》,上海译文出版社,2005 年。

[美]凯斯·桑斯坦:《网络共和国:网络社会中的民主问题》,上海人民出版社,2003 年版。

[美]考斯塔·艾斯平:《福利资本主义的三个世界》,法律出版社,2003 年版。

[美]莱斯特·瑟罗:《资本主义的未来》,中国社会科学出版社,1998 年版。

[法]卢梭:《社会契约论》,商务印书馆,1980 年版。

[美]罗伯特·赖克:《国家的作用》,上海译文出版社,1998

年版。

　　[英]洛伦·格雷厄姆:《俄罗斯和前苏联科学简史》,复旦大学出版社,2000年版。

　　[美]曼纽尔·卡斯特:《千年终结》,社会科学文献出版社,2003年版。

　　[美]曼纽尔·卡斯特:《网络社会的崛起》,社会科学文献出版社,2001年版。

　　[美]迈克尔·哈特、安东尼奥·奈格里:《帝国》,江苏人民出版社,2005年版。

　　[美]迈克尔·布若威:《制造同意——垄断资本主义劳动过程的变迁》,商务印书馆,2008年版。

　　[法]米歇尔·阿尔贝尔:《资本主义反对资本主义》,社会科学文献出版社,1999年版。

　　[埃及]萨米尔·阿明:《全球化时代的资本主义——对当代社会的管理》,中国人民大学出版社,2005年版。

　　[英]苏珊·斯特兰奇:《赌场资本主义》,社会科学文献出版社,2000年版。

　　[英]斯蒂芬·博丁顿:《计算机与社会主义》,华夏出版社,1989年版。

　　[美]托马斯·弗里德曼:《世界是平的》,湖南科学技术出版社,2006年版。

　　[美]威廉·鲍莫尔:《好的资本主义坏的资本主义》,中信出版社,2008年版。

　　[德]维尔纳·桑巴特:《奢侈与资本主义》,上海人民出版社,2005年版。

　　[德]乌尔里希·贝克:《风险社会》,译林出版社,2004年版。

　　[德国]乌韦·让·豪斯:《信息时代的资本主义》。

〔美〕希拉·斯劳特：《学术资本主义斯劳特》，北京大学出版社，2008 年版。

〔英〕锡德尼·维伯：《资本主义文明的衰亡》，上海人民出版社，2005 年版。

〔俄〕B. 伊诺泽姆采夫：《后工业社会与可持续发展问题研究》，中国人民大学出版社，2004 年版，第 97 页。

〔日〕伊藤诚：《幻想破灭的资本主义》，社会科学文献出版社，2008 年版。

〔美〕约翰·贝拉米·福斯特：《生态危机与资本主义》，上海译文出版社，2006 年版。

〔美〕詹明信：《晚期资本主义的文化逻辑》，三联书店

Anthony Wilhelm: *Democracy in the Digital Age*, New York: Routledge, 2000.

Barry Hague: *Digital democracy*, New York: Routledge, 1999.

Benjamin Barber: *Strong Democracy*, University of California Press, 1984.

Dick Morris. Vote. com: *How Big – Money Lobbyists and the Media are Losing their Influence and the Internet is Giving Power to the People*, New York: Renaissance Books, 1999.

Paul Hawken. *Natural Capitalism*, Back Bay Books, 2000.

Pippa Norris: *Digital Divide?* MA: Cambridge University, 2001.

Richard Hermsteinn Charles Murray: *The Bell Curve: Intelligence and Class Structure in American Life*, New York: Simon & Schuster Inc, 1994.

陈家刚：《协商民主》，上海三联出版社，2004 年版。

陈学明：《驶向冰山的泰坦尼克号——西方左翼思想家眼中的当代资本主义》，人民出版社，2008 年版。

胡连生:《当代资本主义双重发展趋向研究》,人民出版社,2008年版。

靳辉明:《当代资本主义新论》,四川人民出版社,2005年版。

李琮:《当代资本主义论》,社会科学文献,2007年版。

李惠斌:《后资本主义》,中央编译出版社,2007年版。

林德山:《渐进的社会革命——20世纪资本主义改良研究》,中央编译出版社,2008年版。

罗文东:《当代西方资本主义理论流派研究》,安徽人民出版社。

孟杰:《传统"垄断资本主义"理论再思考》,山东大学博士论文,2007年。

张文祥:《区域垄断资本主义研究》,经济科学出版社,2007年版。

## 二、期刊文章

成保良:《资本主义发展阶段划分依据的理论述评》,《教学与研究》(北京),2003年第10期。

陈向阳:《论当代资本主义在促进社会和谐方面的有益做法》,《湖北行政学院学报》(武汉),2007年第3期。

高放:《社会资本主义是资本主义的最高阶段》,《江汉论坛》,2001年第8期。

胡鞍钢:《新的全球贫富差距与日益扩大的数字鸿沟》,《中国社会科学》(北京),2002年第3期。

胡海峰:《福特主义、后福特主义与资本主义积累方式——对法国调节学派关于资本主义生产方式研究的解读》,《马克思主义研究》(北京),2005年第2期。

贾星客:《论左版》,《云南师范大学学报(哲学社会科学版)》,2002 年第 1 期。

李旭:《从科学技术发展的视角论资本主义的发展阶段及演变时域》,《社科纵横》(甘肃),2007 年第 10 期。

李其庆:《西方左翼学者对当代资本主义的研究——第三届巴黎国际马克思大会述要》,《国外理论动态》(北京),2002 年第 1 期。

赖海榕:《资本主义起源与社会主义研究的界碑——关于桑巴特及其"为什么美国没有社会主义?"的评述》,《马克思主义与现实》(北京),2001 年第 4 期。

毛健:《经济增长中的跳跃发展规律》,《中国社会科学院研究生院学报》(北京),2004 年第 4 期。

马云泽:《信息化时代世界装备制造业的软化趋势》,《桂海论丛》(南宁),2007 年第 3 期。

梅荣政:《自由资本主义向垄断资本主义过渡的历史趋势的科学分析——《资本论》第 3 卷第 27 章研究》,《马克思主义研究》(北京),2007 年第 4 期。

田敏:《信息经济时代产业组织模块化垄断结构的规制研究》,《电子科技大学学报(社科版)》(成都),2006 年第 3 期。

徐强:《从经济危机到道德危机———论资本主义发展的新困境》,《江苏社会科学》(南京),2008 年第 4 期。

徐崇温:《当代资本主义处于什么发展阶段——是国家垄断资本主义还是国际垄断资本主义》,《红旗文稿》(北京),2005 年第 9 期。

杨松:《"数字资本主义"依然是资本主义》,《思想战线》,2007 年第 2 期。

杨凯源:《"数字鸿沟"的系统反思》,《系统工程理论与实践》(北京),2002 年第 2 期。

颜岩:《技术政治与技术文化——凯尔纳资本主义技术批判理论评析》,《哲学动态》(北京),2008年第8期。

翼飞:《美国学者论信息技术与实行社会主义计划管理的可行性》,《国外理论动态》(北京),1998年第4期。

鄢显俊:《信息资本与信息垄断》,《世界经济与政治》(北京),2001年第6期。

叶险明:《论现代西方社会发展与改革理论》,《清华大学学报哲学社会科学版》(北京),1994年第3期。

俞可平:《全球化时代的资本主义——四方左翼学者关于当代资本主义新变化若干理论的评析》,《马克思主义与现实》(北京),2003年第1期。

张康之:《"社会批判理论"的文化批判》,《教学与研究》(北京),1998年第10期。

张雷声:《从资本主义基本矛盾运动看资本主义历史走向》,《中国人民大学学报》(北京),2005年第3期。

张尧学:《从技术进步看市场经济与计划经济的有机结合》,《科学社会主义》(北京),2004年第5期。

郑异凡:《苏联解体后俄国左翼学者的思考和探索》,《东欧中亚研究》(北京),1999年第3期。

周琪:《美国的上层阶级》,《美国研究》(北京),1996年第3期。

周敦仁:《知识经济:经济发展的最新趋势》,《现代国际关系》(北京),1998年第6期。

[美]克里斯托弗·芬利森:《新自由主义经济学的意识形态霸权》,《国外理论动态》(北京),2006年第10期。

[意]毛里齐奥·拉扎拉托:《非物质劳动》,《国外理论动态》(北京),2005年第3、4期。

〔美〕迈克尔·哈特:《当代意大利激进思想序言》,《国外理论动态》(北京),2005 年第 3 期。

〔澳〕尼克·比姆斯:《资本主义的世界性危机和社会主义前景》,《国外理论动态》(北京),2008 年第 11 期。

责任编辑:杜文丽
封面设计:曹 春
版式设计:程凤琴
责任校对:杜凤侠

**图书在版编目(CIP)数据**

信息时代资本主义研究/陶文昭 著. −北京:人民出版社,2009.10
ISBN 978 − 7 − 01 − 008273 − 8

Ⅰ. 信… Ⅱ. 陶… Ⅲ. 信息技术-影响-资本主义-研究-现代
Ⅳ. D033. 3

中国版本图书馆 CIP 数据核字(2009)第 168882 号

**信息时代资本主义研究**

XINXI SHIDAI ZIBENZHUYI YANJIU

陶文昭 著

人民出版社 出版发行
(100706 北京朝阳门内大街 166 号)

北京瑞古冠中印刷厂印刷 新华书店经销

2009 年 10 月第 1 版 2009 年 10 月北京第 1 次印刷
开本:880 毫米×1230 毫米 1/32 印张:8.875
字数:212 千字 印数:0,001 − 3,000 册

ISBN 978 − 7 − 01 − 008273 − 8 定价:24.00 元

邮购地址 100706 北京朝阳门内大街 166 号
人民东方图书销售中心 电话 (010)65250042 65289539